KB263447

새로 발굴한

신소설 월하탄금성

신소설 월하탄금성

李建國 作

이복규 譯註

도서출판 박이정

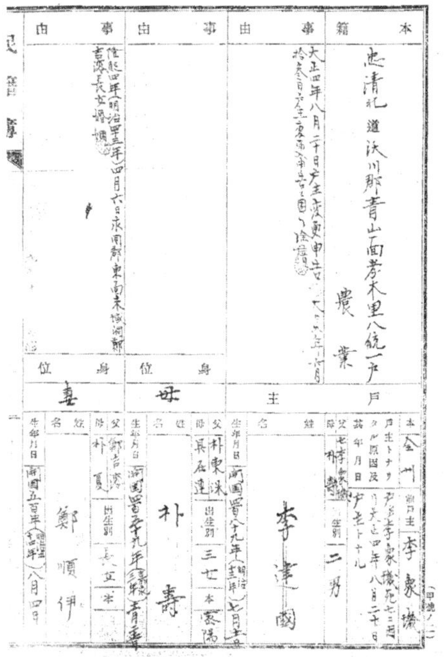

本籍 忠清北道 沃川郡 青山面 孝木里 八統一戶

農業

戶主 李津國

母 朴壽

妻 鄭順伊

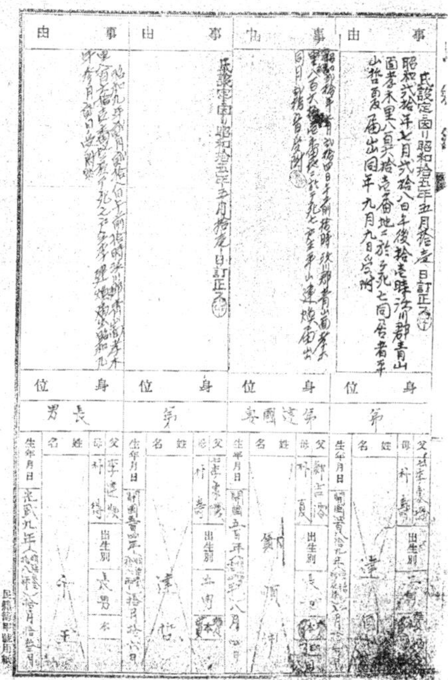

長男

弟

이건국의 제적부(출생·사망 관련 기록)

이건국의 묘(충북 영동군 용산면 미전리)

幼學 8 敢昭告于
土地之 神今爲學生全州李公 孺人密陽朴氏 營建宅兆
神其保佑俾無後艱謹以淸酌脯醢
祗薦于 神尙 饗

平土山神祝
維歲次云云 幼學 8 敢昭告于
土地之 神今爲學生全州李公 孺人坡平尹氏 窆玆幽宅
神其保佑俾無後艱謹以淸酌脯醢祗
薦于 神尙 饗

平土祝 (用父母)
維歲次癸酉正月壬辰朔十七日戊申 父先亡孤子 母先亡哀子 父母俱亡孤哀子
8 敢昭告于

이건국의 필적

이건국의 생가
(충북 옥천군 청산면 효목리 · 중앙의 옷 널린 건물과 그 왼쪽 건물)

머리말

이 책은 신소설 <월하탄금성>을 학계에 소개하는 것이다. 첫머리에 해설 논문을 싣고 원문에 주석을 달아 제시하는 한편 맨 뒤에 원본을 영인하여 첨부하였다.

책으로 낼 생각을 처음부터 한 것은 아니었다. 글을 통하여 이 작품의 존재만 학계에 알릴 생각이었다. 하지만 1998년 5월 전북대학교에서 열린 국어국문학회 전국대회에서 구두발표하고 『국어국문학』 122호에 논문을 게재한 후에, 현대문학을 전공하는 조정래 교수와 김정훈 박사 등으로부터 출판하라는 권유를 받았다. 작자의 인적 사항이 분명한 신소설 작품이 별로 없는데 이 작품은 또렷이 밝혀져 있으며, 게다가 지방 출신의 작가가 지방에서 출판한 경우는 유일한 사례이니 자료적 가치가 충분하다는 것이었다.

그 말에 마음이 동해 출판을 위한 작업을 빠르게 진행하였다. 원문 주석은 이미 『국제어문』 19집에 실어 놓은 것을 바탕으로 조금 보완하였다. 문제는 작자 이건국의 생가인 옥천군 청산면을 방문하는 일이었는데 승용차가 없는 나로서는 부담스러웠다. 하지만 총신대학교 문용식 교수께서 도와주어 일거에 해결하였으니 고마운 일이다. 현지 방문 때 종손(從孫) 이은복(李殷福) 옹께서는 안내를 맡아 주고 관련사실을 증언하며 이건국의 유일한 필적을 제공해 주었다. 원고를 완성하고 나서 박이정 출판사의 박찬익 사장께 의향을 물으니 고맙게도 흔쾌히 받아들여 이 책은 햇빛을 보게 되었다.

몇몇 분께 더 감사해야 하겠다. 매번 책을 낼 때마다 느끼는 것이지만 이번에도 많은 분에게 빚을 졌다. 이건국의 묘지 사진은 종손자(宗孫子) 이은방(李殷邦) 시조시인께서 제공해 주셨다. 이은방 선생은 어릴 때 작자 이건국의 등에 업혀서 자란 분이기도 하다. 이건국의 생애에 대한 주요 증언은 조카 이봉하(李鳳夏) 옹께서 해주셨다. 제적부 열람은 청산면사무소의 권미란 선생이 도와주었고, 제적부에 나타나는 번지에 대한 추적 조사는 지명 연구자인 공주교대 강병륜 교수께서 도맡아 수고해 주셨다. 난해한 어구의 해석은 일평(一平) 조남권(趙南權) 선생님과 강헌(剛軒) 이종순(李鍾醇) 선생님께서 도우셨다. 가장 크게 감사해야 할 분은 역시 이 자료의 소장자인 소호(蘇湖) 이종철(李鍾喆) 옹이다. 그분의 배려에 힘입어 이 작품을 소개하고 연구해 책으로 엮을 수 있었으니 거듭 감사할 따름이다.

1999. 2. 20.
서경대 연구실에서
이 복 규

차 례

Ⅰ. 새로 발굴한 신소설 <**월하탄금성**>에 대하여

필자는 최근에 대전 가양동에 거주하는 이종철 씨 댁의 소장 자료를 열람하는 과정에서 신소설 작품 하나를 발견하였다. 1913년 발행 <월하탄금성>의 필사본이 그것이다. <월하탄금성>은 그 동안 학계에 전혀 소개된 바 없는 작품[1)]이면서 연대와 작자가 분명하기에, 몇 가지 사항으로 정리하여 학계에 보고한다.

1. 제목

겉표지에 "신소셜 월하탄금셩", 본문에서도 "월하탄금셩 신소셜"이라고 씌어 있어 이 작품의 제목은 <월하탄금성>이나. 이를 한자로 옮기면, '月下彈琴聲'일 것이니, 본문 서두에 나오는 배경 설명과 연관지어 붙인 것임을 알 수 있다. 이 작품의 서두를 보면, "시러렁 시러렁 ᄃᆡ슌(大舜)의 칠현금(七絃琴)이요 시러렁 시러렁 셔북풍(西北風)이 부러 오니 시러렁 시러렁 이ᄣᅢ 거의 ᄉᆞᆷ경(三更)이라. 만호(万戶) 장안(長安)에 등촉(燈燭)을 모도 ᄭᅳ고 사방이 적요(寂寥)ᄒᆞᆫ지라. 동산지(東山之) 발근 달이 두우간(斗牛間)에 비회(徘徊)ᄒᆞ니 령령(泠泠)ᄒᆞᆫ 칠현금(七絃琴)이 달빗헤 빗취여셔 ᄲᅡᆫ작ᄒᆞ며"라고 되어 있기 때문이다. '달빛 비치는 아래에서 들리는 가야금 소리'라는 뜻 그대로 이 작품의 서두는 가야금 소리 나는 잔치 장면에서부터 시작하고 있다.

---

1) 하동호, "개화기소설의 서지적 정리 및 조사", 동양학 7(서울: 단국대학교 부설 동양학연구소, 1977)가 가장 상세한 신소설 목록인데 거기에도 이 작품은 올라 있지 않다.

2. 책 모양

이 작품은 현재 대전광역시 동구 가양동에 거주하는 이종철(李鍾喆) 씨가 소장하고 있는 한장본(韓裝本) 책으로 전한다. 한백지(韓白紙)를 다섯 군데 끈으로 꿰어 만든 책으로 크기는 가로 14.4㎝, 세로 21.6㎝인데, 세로로 써내려간 국문 필사본이다. 국문을 앞세우고 필요한 부분에는 괄호 또는 오른쪽 여백에다 한자를 병기하고 있다. 어쩌다 한자를 먼저 쓰고 국문을 병기한 경우도 있으나 그런 예는 극히 예외적이다. 분량은 전부 36장(72면)이며, 글자 수로 약 4,800자, 200자 원고지 260여 장 분량이다.

맨 끝에 "읍청회사(挹淸會社)"에서 인쇄한 것으로 되어 있어, 원래는 활자본으로 출간했던 것을 누군가가 필사한 것임을 알 수 있다. 보존 상태는 매우 양호하다.

3. 작자 및 지어진 연대

1) 작자

이 작품의 작자는 이건국(李建國)이다. 책 맨 뒤에 "忠淸北道 靑山郡 東面 木洞 三統 七戶 著作者 李建國"으로 나와 있기 때문이다. 상당수의 신소설이 그 저작자 난에 출판사 주인의 이름을 적어 넣은 경우가 있어[2] 이것도 의심해 볼 필요는 있다. 하지만 교열자는 "조동식(趙東式)", 인쇄자는 "정용모(鄭龍謨)", 발행자는 "김두남(金斗南)"으로 명백하게 구별해 적었으므로, 이건국이 이 작품의 작자인 것은 확실하다.

판권란에 적힌 이건국의 주소지는 조선총독부에서 1914년 3월 1일부터 행정구역을 변경[3]하기 이전의 것으로서, 변경 이후에는 충북 옥천군(沃川郡) 청

2) 전광용, 신소설연구(서울: 새문사, 1986), 22쪽.

3) 강길부, 땅이름 국토사랑(서울: 집문당, 1997), 135-137쪽.

산면(靑山面) 효목리(孝木里)로 되었다.[4] 청산면 사무소 권미란 씨의 도움을 받아 제적부(除籍簿)를 열람하여 다음 사실을 알아냈다.

이건국은 '충북 청산군 동면 목동 8통 1호'(현 충북 옥천군 청산면 효목리)[5]에서 1880년 7월 11일에 빈농이었던 부친 이상기(李象璣)(본관 전주)와 모친 박수(朴壽)(본관 밀양)의 5남 2녀 중 차남으로 태어나 1945년 7월 28일 오후 11시 '충북 옥천군 청산면 효목리 861번지'[6]에서 사망하였다. 부인 정순이(鄭順伊)는 그 해 7월 24일 오전 10시에 운명했으니 부인이 사망한 지 나흘 만에 세상을 뜬 셈이다.[7] 친척들의 증언[8]에 의하면 극빈했던 이건국은 동네 일을 보아주는 대가로 마을 사람들이 추수기에 모아주는 약간의 곡식과 부인이 채소를 장에 내다 팔거나 어물 도붓장수를 하여 얻은 수입으로 근근히 생계를 유지했다는 것으로 미루어, 부인과의 사별은 이건국에게 커다란 충격을 안겨 주었던 것으로 이해된다.

제적부에는 이건국이 분가한 때부터의 사실만 반영되어 있으므로 이건국의

---

4) 신구대조 조선전도부군면리동명칭일람(경성: 중앙시장, 1917), 150-151쪽.

5) 이건국의 생가는 두 채로 된 초가였는데, 지붕만 초가에서 스레트로 바뀐 채 1999년 4월말까지 원래의 골격으로 남아 있다가, 지금은 헐리고 다른 모습으로 개축중에 있다. 현행 주소는 청산면 효목리 861번지이며 족손(族孫)인 이필주 씨(44세)가 거주하고 있다.

6) 이건국 사망 당시의 집은 헐리고 그 터만 남아 있다. 출생한 집과 사망한 집은 아주 가까운 거리(다섯 집 정도를 격한 거리)에 있다. 제적부에 사망 당시의 주소가 출생지의 주소인 효목리 861번지로 되어 있어 의문이었는데, 현지에 가서 확인한 결과, 이건국이 861번지에서 살다가 분가한 이후에도 주소 변경을 하지 않아서 그렇게 된 것임을 알 수 있었다. 실제와 신고한 내용이 다른 경우는 시골에서 아주 비일비재한 일이기도 하다.

7) 가족들은 부인이 한 달 전인 6월 28일(음력 5월 28일)에 작고한 것으로 증언하고, 제사도 그 날짜에 지낸다고 하므로, 호적 신고 내용과 실제와는 약간 차이가 있다는 것을 알 수 있다.

8) 가족 및 친척들과의 면담은 세 차례에 걸쳐 실시하였다. 1차 면담은 1998년 1월 7일 오후 9시 30분에서 10시 30분까지, 서울 영등포구 대림동 영화다방에서, 이건국의 직계 증손자이며 종손(宗孫)인 이은방(李殷邦: 59세, 시조시인, 한국문인협회 부이사장) 씨를 만나 이루어졌다. 2차 면담은 1998년 2월 10일 오후 3시에서 5시까지, 서울 마포구 서교동 서교호텔에서, 이건국의 조카(형 건환의 둘째아들)인 이봉하(李鳳夏: 83세, 목수) 씨 및 이건국의 친척으로서 같은 마을에서 살았던 이은기(李殷基: 67세, 출판업) 씨를 이은방 씨의 주선으로 만나 실시하였다. 3차 면담은 1999년 1월 29일 청산면 판수리에 거주하는 이건국의 3종손 이은복(李殷福: 72세, 농업) 씨를 만나 생가와 사망한 집터를 방문하여 실시하였다.

출생지가 어디인지에 대하여 의심을 가질 수도 있다. 하지만 가족들이 '충북 청산군 동면 목동 8통 1호'(현 충북 옥천군 청산면 효목리 861번지)를 생가로 증언하는 점, 가족들이 전하고 있는 가승(家乘)에, 지금부터 360년 전에 덕천군(조선 정종대왕의 열번째 아들)의 손자였던 처인도정(處仁都正)이 경기도 파주군 능산리에서 이곳으로 이사한 이래 계속해서 같은 마을에서 살아온 것으로 되어 있는 점, 이건국 아버지의 주소지가 제적부상에 '충북 청산군 동면 목동 8통 1호'(현 충북 옥천군 청산면 효목리)로 나와 있고 그 형도 거기에서 분가해 나가는 점 등으로 미루어, 이건국의 생장지가 '충북 청산군 동면 목동 8통 1호'(현 충북 옥천군 청산면 효목리)인 것은 의심할 여지가 없다고 생각한다. 다만 결혼 이후에는 분가해서 같은 마을의 다른 집에서 살다가 사망하였는데, 그 사망한 집은 현재는 터만 남아 있을 따름이다. 이건국이 충청도 옥천 사람인 것은 작품에서 구사한 어휘 가운데 "①진진 밤(긴긴 밤) ②앙커나(아무렇거나, 어쨌든) ③씰 듸(쓸 데) ④즉지(지팡이)" 등 충청도 방언이 노출되어 있는 데에서도 확인할 수 있다. 이건국의 묘도 그 부근에 있는데 행정구역상으로는 영동군 용산면 미전리(米田里)이다.

직업은 제적부에 "농업"으로 적혀 있는데, 가족의 증언을 따르면, 농촌에 사니까 면사무소에서 그렇게 기록했을 뿐, 그 당시 사람들의 대부분이 그러하듯, 논 두어 마지기 정도만 가지고 있었고 이부자리도 제대로 없이 살 정도로 극빈하였다.[9] 그나마 농사 일은 돌보지 않은 채 동네 구장으로서 동네 일을 도맡아 보았으며, 특히 효목리와 소림리 두 지역 사람들의 요청을 받아 부고장, 제사 축문, 편지 등 각종 문서를 대필하는 일을 평생 동안 했다고 한다. 마을에서는 그 보답으로, 보리 추수할 때와 벼를 추수할 때면 집집마다 보리와 벼를 거두어 이건국에게 주었다고 한다. 살림은 가난했지만 이건국은 인근 지역에서 '학방(學房)할아버지' 또는 '학방선생'이라고 불릴 만큼 한학에 밝아 이렇게 지역 사람들의 문서 대필을 도맡아 처리하는 외에 청산향교와 옥천향

9) 이건국이 소유한 농토는 거의 없었으나 물려받은 산은 상당하여, 현재 직손인 이은방 씨가 확보하고 있는 것만도 수만 평에 이르고 있다.

교를 오가며 글을 강하거나 문서와 관련한 일을 보았다고 한다. 옥천 지역에서는 물론 보은, 영동, 상주에서도 알아주는 선비였는데, 옥천향교에서 가르친 사람들 가운데에는 박정희 대통령 부인 육영수 씨의 집안 오빠들도 들어있다고 한다.

이건국은 술을 좋아해, 마을 사람들이 거두어 주는 곡식도 주로 술 마시는 데 썼고, 그것으로 부족해 술 빚을 져서 친척들이 대신 갚아준 일도 있다고 한다. 하지만 인정은 많아 남에게 술 사주기를 좋아했다고 한다. 중간 정도의 키에 준수한 이목구비를 갖추었고 목소리가 아주 컸다고 한다. 술에 취해 동네에 들어설 때면 큰 소리를 지르곤 했는데, 동네 사람들을 만나면 버릇이 없다는둥 마구 나무라곤 하였다고 한다. 그 지역 사람들은 이 '학방할아버지' 이건국의 학식 때문에 존경하고 어려운 분으로 여겼다고 한다.

이건국은 전통적으로 한문 공부만 하였을 뿐 근대식 교육은 받은 일이 없었던 것으로 가족은 증언하고 있다. 중앙에서 활동한 일도 없고 오로지 옥천을 중심으로 보은, 영동, 상주 등지에서만 활동한 것을 알 수 있다.

2) 지어진 연대

작품의 판권란에 "大正 二年 八月 二十六日 印刷 大正 二年 九月 十一日 發行"이라고 되어 있어, 1913년에 발행하였음을 알 수 있다. 다른 신소설의 경우 신문에 연재한 후에 단행본으로 출판하는 예가 많은데, 이 소설은 신문에 연재하는 과정을 밟지 않고 바로 출판한 것으로 보인다. 이 출판 연도는 어디까지나 책으로 만든 연도이니만큼 창작 연도는 그 앞으로 올라갈 수도 있을 것이다.

4. 발행한 곳

발행한 곳은 판권란에 "忠淸南道 公州郡 益口谷面 大壯里 三統 九戶 印

刷所 挹淸會社"라고 적혀 있어, 공주에 있던 '읍청회사(挹淸會社)'임을 알 수 있다. 읍청회사는 현재까지 전혀 알려진 바 없는 곳이고, 지방에 소재한 회사라는 점에서 특기할 만하다. 그 동안 신소설의 발행지가 주로 서울 지역이었던 것으로 알려져 왔는데, 서울과는 거리가 먼 공주 같은 지방에서도 신소설을 발행한 일이 있다는 것은 주목할 만하다.

읍청회사가 실재하였는지 알아보기 전에, 인쇄자 정용모(鄭龍謨)의 인적 사항을 알아볼 필요가 있었다. 작품 말미에 기록된 정용모의 주소지와 읍청회사의 주소지가 일치하기 때문이었다. 정용모가 실존한 인물이라면 회사의 존재도 그만큼 신빙할 만한 것이 될 것이다. 그 주소지는 1914년의 행정구역 변경으로 '충청남도 공주군 계룡면 하대리(下大里) 3번지'로 바뀌어 현재에 이르고 있었다. 계룡면사무소에서 보관하고 있는 제적부를 열람해 보니, 인쇄자 정용모는 1896년 7월 5일 출생하여 1960년 1월 3일에 사망한 인물이었다. 정용모가 살았던 집은 현재는 없고, 산 밑에 그 터만 남아 있을 따름이다.

그 마을에 거주하는 이희수 노인(72세)의 기억에 따르면, 정용모는 조카인 정진무(鄭鎭武)를 양자로 맞아들여 그 자녀가 현재 서울에 거주하고 있다고 하여 확인한 결과, 종손자 정보영(鄭保泳;46세 · 현대건설 근무) 씨와 통화할 수 있었다. 정보영 씨에 따르면 이 필사본이 원래는 정보영 씨 집에 있던 것이었는데, 몇 년 전에 누군가 가져가서 돌려주지 않고 있다고 하는 것으로 미루어, 정용모와 이 작품은 밀접한 관련이 있다는 것을 알 수 있다. 이희수 노인의 증언에 따르면, 정용모는 논 서너 마지기 정도를 경작(50대에 마련)하는 빈농이었으나, 구학(舊學)을 하여 그 지역에서는 '선비'로 불리었다고 한다.[10] 정용모의 집에서 책을 인쇄하였는지는 모르나, 정용모가 얘기책을 출판했다는 이야기는 들었다고 하는 것으로 미루어, <월하탄금성>의 인쇄에 관여했을 가능성을 짐작하게 해준다.

교열자 조동식(趙東式)의 인적 사항을 확인한 결과, 본관은 풍양이며, 1898

10) 인쇄자 정용모 관련 사실에 대한 탐문 조사는 공주교대 강병륜 교수의 도움을 받아 이루어졌다. 친절하게 조사해 준 강 교수께 깊이 감사한다.

년 7월 3일에 충북 옥천군 청산면 지전리 199번지[11]에서 직업이 농업인 조만하(趙晩夏)와 이범병(李範丙)의 장남으로 태어나, 1932년 10월 22일 그곳에서 사망한 실재 인물이다. 작자 이건국이 1880년생이니 18세 연하인 셈이다. 그 지역에서 자라 현재는 서울에서 출판업을 하고 있는 이은기(67세) 씨의 증언[12]에 따르면, 풍양 조 씨 가문이 그 지역에서 '조진사댁'으로 불리면서 부유한 가운데, 자녀들을 일본 유학도 보냈다고 하는 것으로 미루어, 이 작품 출판에 따르는 모든 경비는 조동식이 대고, 이건국은 창작, 정용모는 인쇄에 관련된 실무를 맡아 보았던 것이 아닌가 추정된다.

5. 줄거리

1. 승지(承旨) 홍승창(洪承彰), 하늘의 점지로 맺어진 진사 김연민의 딸 김씨에게 마음이 변해 10년 간이나 각방을 쓰고 있던 중, 잔치가 끝나 돌아가던 옥련(玉蓮)에게 접근해 집으로 데려간다.
2. 홍승창의 계집종 금순(錦順), 잠낀 다녀가라는 김 부인의 말을 전하며 홍승창의 행위를 원망하다가 머리를 얻어 맞는다.
3. 홍승창, 아내에게 건너가자 아내 김 부인이 차라리 죽여 달라며 야속해 한다.
4. 김 부인, 홍승창이 떠나간 후 금순을 붙들고 신세 한탄을 하며 눈물 짓는다.
5. 홍승지, 나이가 거의 오십이 된 어느날 인천집(옥련) 방에서 밤새워 희희낙락 이야기꽃을 피우고 김 부인은 잠을 이루지 못한다.
6. 금순, 순사인 홍승지의 셋째 아들 홍윤식에게 이 사실을 알려, 홍윤식으

---

11) 제적부에 출생지는 나와 있지 않으나, 사망지가 '옥천군 청산면 지전리 199번지'이고 아버지 조만하(趙晩夏)의 본적도 동일 주소인 것으로 미루어, '옥천군 청산면 지전리 199번지'에서 출생한 것으로 생각된다.

12) 1998년 2월 10일 오후 4시, 서울 서교호텔 커피숍에서 증언을 채록함.

로 하여금 인천집과 홍승지를 혼내게 한다.

7. 홍승지, 정체를 숨긴 제 아들 홍윤식에게 혼이 난 후에도 희희낙락하다가, 벽에 붙은 경고문을 보고는 인천집을 데리고 평양으로 가 혼자 남겨둔 채 서울로 돌아온다.
8. 홍승지, 서울에 돌아오자마자 순사의 추적이 두려워 가솔을 재촉하여 삼청동을 떠나 은진으로 낙향 길에 오른다.
9. 하인들, 은진에 거의 이르러 홍승지가 준 돈으로 술을 마시고 노래부르며 논다.
10. 금순, 하인들이 놀던 밤 사이에 괴한에게 봉변하여 독 속에 갇혀 있다 빈사 상태에서 구출을 받는다.
11. 순정자(順貞子) 금순, 동료 계집종인 계순(桂順)의 정성어린 간호로 회생하는데, 금순은 본래 한포재(寒圃齋) 이건명(李建命)의 후손으로서 집안이 곤궁해 어린 나이에 아버지와 헤어져 걸식하다 홍승지 집을 만나 사는 중이었다.
12. 홍승지 집안 사람들, 홍승지의 회갑날을 맞아 가지가지로 축하를 하고, 초청받은 손님들도 맘껏 취해서 돌아간다.
13. 순정자 금순, 홍승지 댁에 거지로 찾아온 맹인 아버지를 만나 지성껏 봉양한다.
14. 홍승지의 부인, 망녕이 들어 순정자를 미워해 나가라 하고 홍승지도 순정자를 헐뜯는 부인의 말을 믿는다.
15. 순정자, 맹인 아버지과 함께 길을 가다가 아버지도 잃고 오입장이 최승철에게 몸마저 빼앗긴다.
16. 순정자, 샘에 빠져 있던 아버지를 다시 만나 걸식하며 다니다가 김판서의 눈에 띄어 김판서의 며느리가 된다.
17. 김판서의 아들 김용학(金容學), 아버지 김판서의 분부를 받아 아내의 격려 가운데 일본 동경으로 법률을 공부하러 떠난다.
18. 순정자, 동경에서 온 김용학의 편지를 받고 답장을 한다.

19. 홍승지, 70여 세에 이르러 병이 중하자 장남 순식을 불러 유언하고 죽는다.
20. 순정자, 옛 동료 계순에게 편지를 보내고, 계순이는 홍승지 댁의 소식을 전하며 자기도 순정자 있는 데로 오겠다고 답장한다.
21. 김용학, 졸업 시험에서 최우등 점수를 얻어 고국에 돌아와 가족과 재회한다.

6. 신소설적인 특징과 한계

1) 신소설로서의 특징

이 작품이 신소설인 것은 분명하다. 우선 표제에 '신소셜'이라고 밝혀 놓은 것이 그 증거이다. 하지만 당시에 고소설 또는 신작 고소설까지도 '신소설'이라고 소개한 경우가 왕왕 있었으므로 이것만 믿을 수는 없는 일이다. 따라서 작품 자체의 형식과 내용 면에서 신소설적인 특징을 지니고 있어야 한다. 이 작품은 그런 면모를 몇 가지 보여주고 있어 신소설인 것이 명백하다.

(1) 형식 면의 특징

형식 면에서 고소설과 달라진 면모를 확인해 보기로 하자. 먼저 지적할 것은 고소설과는 달리 공식적인 서두에서 탈피한 점이다. <월하탄금성>의 서두를 인용해 보이면 다음과 같다.

> 시러렁 시러렁 ᄃᆡ슌(大舜)의 칠현금(七絃琴)이요 시러렁 시러렁 셔북풍(西北風)이 부러 오니 시러렁 시러렁 이ᄯᆡ 거의 ᄉᆞᆷ경(三更)이라. 만호(万戶) 장안(長安)에 등촉(燈燭)을 모도 ᄭᅳ고 사방이 젹요(寂寥)ᄒᆞᆫ지라. 동산지(東山之) 발근 달이 두우간(斗牛間)에 ᄇᆡ회(徘徊)ᄒᆞ니 령령(泠泠)ᄒᆞᆫ 칠현금(七絃琴)이 달빗헤 빗취여셔 ᄲᅡᆫ죽ᄒᆞ며, 부용(芙蓉) 갓흔 기ᄉᆡᆼ(妓生)들은 녹의홍상(綠衣紅

裳) 들쳐 입고 삼삼오오(三三五五) 짝을 지여 셤셤옥슈(纖纖玉手)는 주렴(珠簾)에 어른어른 경경(輕輕) 백말(白襪)은 화탑(華榻)에 번듯번듯, 좌즁(座中)에 잇는 ᄉᆞ람 혹심(酷甚)히 취ᄒᆞ여 망세간지갑ᄌᆞ(忘世間之甲子)라. 취ᄒᆞᆫ 좀미각젼(未覺前)에 파연곡(罷宴曲)을 아뢰니 그 노릐에 ᄒᆞ엿스되,

"노ᄌᆞ노ᄌᆞ 소년시졀에 놀ᄌᆞ 늘거지면 못 노나니 동원(東園)에 낙화(落花)되면 오든 봉졉(蜂蝶) 돌쳐가고 남산(南山)에 고목(枯木) 되면 오든 호죠(好鳥) 돌쳐간다 우리도 이와 갓치"

이ᄯᅢ 각히 허여지고 ᄉᆡ로히 한 졈 두 졈은 된 듯ᄒᆞ더라. 보름밤 둥근 달이 셔산(西山)에 걸치엿고 나무 닙히 소소(蕭蕭)ᄒᆞᆫᄃᆡ 기럭이 날아들고 사벽(四壁)에 충셩(忠聲[13])들은 예셔 찍찍 졔셔 찍찍 산곡(山谷)에 쳥계슈(淸溪水)는 예셔 졸졸 졔셔 졸졸 ᄉᆞ람이 이ᄯᅢ를 당(當)ᄒᆞ면 혹(或) 깃분 ᄉᆞ람도 잇고 혹 슬푼 ᄉᆞ람도 잇는 거슨 왕고ᄂᆡ금(往古來今)에 항상(恒常) 잇는 거시엿다. 더구나 이ᄯᅢ는 구시월(九十月) 풍셜(風雪) ᄯᅢ라 쟌치를 파(罷)ᄒᆞ고 다 각각(各各) 도라가니 셜월(雪月)이 빗취여 안젼(眼前)을 가릐엿다.

홀연(忽然)이 엇더ᄒᆞᆫ 남ᄌᆞ(男子)를 만나여 형용(形容)을 좀간(暫間) 보니 당(唐)나라 두목지(杜牧之)가 회ᄉᆡᆼ(回生)ᄒᆞ여 왓나 보다 의심(疑心)이 날 만ᄒᆞ더라. 피풍모ᄃᆡ안경(被風帽戴眼鏡)ᄒᆞ고 ᄶᅥᆨ졉 갓흔 옥관ᄌᆞ(玉貫子)는 두 귀 겻히 분명(分明)ᄒᆞ고 것침업시 옥년(玉蓮)의 압헤 오더니 옥년의 숀을 ᄭᅳ을며 왈(曰),

"네가 나를 모로리라. 삼쳥동(三淸洞) ᄉᆞ는 홍승창(洪承彰)이라 ᄒᆞ는 ᄉᆞ람이라. 죠곰도 의심(疑心) 말고 나만 ᄯᅡ라 오너라."

이렇게 주인공 남녀가 만나게 되는 특정 상황에 초점을 맞추어 시작하는 표현방식은 신소설적인 특징으로 이미 밝혀져 있다.[14] 서술의 역전에 의한 해부적 구성을 사용하는 것도 신소설적인 특징이다. 이 작품에서는 등장인물간의 관계를 처음부터 순서대로 서술하지 않는다. 나중 장면에서 시작해 과거로 거슬러 올라가 그 전말을 풀어가는 수법[15]을 사용하고 있는 것이다. 홍승지

13) '虫聲'의 잘못.
14) 전광용, 앞의 책, 16쪽.

집에서 종 노릇을 하던 순정자(금순)가 괴한한테 봉변해 시름시름 앓다가 계순의 극진한 간호로 회생하는 데까지 서술한 다음에야 다음과 같이 순정자가 본래 어떤 가정에서 태어나 어떻게 해서 고아 신세로 남의 집에 들어오게 되었는지를 보여주는 것이 그 예다.

> 슌졍ᄌᆞ는 잠시 곤궁ᄒᆞ여 남의 집에 드러셔 죵노릇 ᄒᆞ고 잇지마ᄂᆞᆫ 만일 견ᄃᆡᄂᆞᆫ 집 갓흐면 홍승지를 불버ᄒᆞᆯ 것 업시 고ᄃᆡ광실에 ᄃᆡᆼ그러케 놉히 안져 남녀노비 압헤 두고 ᄌᆞ근아씨 소ᄅᆡ를 드를 터이지마ᄂᆞᆫ 하회를 보라.
>
> 아국(我國) 경죵죠(景宗朝)에 젼쥬 니씨 한포ᄌᆡ(寒圃齋) 이건명(李建命)의 ᄌᆞ숀이니, 슌졍ᄌᆞ의 증죠부는 경샹감사(慶尙監使[16])로 세샹을 이별ᄒᆞ고 죠부는 진ᄉᆞ로 세샹을 ᄯᅥ나고 그 부친은 ᄒᆞᆯ 슈 업셔 걸인(乞人)으로 ᄃᆡᆼ기고 금슌은 엇지ᄒᆞ여 이 지경에 당ᄒᆞ엿나 ᄒᆞ회를 보라.
>
> 금슌이가 팔구 세에 그 부친이 금슌의게 일너 왈,
>
> "너의 아비 나ᄂᆞᆫ 곤궁(困窮)ᄒᆞ여 연명(延命)ᄒᆞᆯ 계ᄎᆡᆨ(計策)이 업스니 너ᄂᆞᆫ 나를 아비로 알지 말고, 나ᄂᆞᆫ 너를 ᄯᆞᆯ노 알지 말어셔, 망망ᄋᆡ각(茫茫涯角)에 샨지사방(散之四方)ᄒᆞ여 너ᄂᆞᆫ ᄂᆡ가 쥭은 쥴노 알고 나ᄂᆞᆫ 네가 쥭은 쥴노 알어 셔로 ᄉᆡᆼ각ᄒᆞᆯ 것 업시 쥭은 쥴노 알고 잇스면, 이후에 혹 너를 만ᄂᆞ면 다ᄒᆡᆼ이고 불ᄒᆡᆼ이 너를 만나지 못ᄒᆞ면 ᄂᆡ의 ᄉᆡᆼ젼에 너를 ᄉᆡᆼ이별ᄒᆞᄂᆞᆫ 거시니, 이리 알고 잇기 바란다."

이런 식으로 '하회를 보라'는 말과 함께 이 작품에서는 시간의 역전에 의한 서술을 자주 하고 있어 신소설인 것이 확실하다.

(2) 내용 면의 특징

먼저 소재에서부터 신소설적인 특징이 드러난다. 개화기 이후 또는 일제시대의 어휘 또는 생활상이 반영되어 있기 때문이다. '남대문역'과 거기에서 떠

15) 같은 책, 19쪽.

16) '慶尙監司'의 잘못.

나는 ‘평양행 기차’, ‘경성청년회관’, ‘대한제국’, ‘순사’, ‘동경(東京)’, ‘졸업시험’, ‘양복(洋服)’, ‘시계’, ‘안경’, ‘여송연’, ‘후로고투’ 등이 그것이다. 작품 자체에서 화자가 당시를 ‘신세계’로 표현한 것도 이 작품을 신소설로 보게 하는 사례라 하겠다.

이런 소재적인 것 말고 더 중요한 것은 이 작품에 나타난 주제의식이다. 일반적으로 신소설은 자유와 평등과 인간의 존엄성에 대한 이념을 바탕으로, 자주독립·신교육·여권존중·계급타파·자유결혼·평민의식·자아각성에 의한 현실고발 등을 주제로 다루고 있다고 알려져 있다.[17] 이 작품도 그와 같은 주제의식의 일단을 구현하고 있다.

첫째, 축첩 행위에 대한 비판을 들 수 있다. 축첩 행위에 대한 비판은 주인공 홍승지가 아들에게 남긴 유언에 잘 나타난다.

> “너외간에 금슬 죠흐며 쳡 으들 싱각은 쳔니 밧게 이별ᄒᆞ라.”

주인공 홍승지가 본처인 김씨 부인을 멀리하고 인천집한테 빠져 있다가 다시 개심하기까지의 과정이 이 작품의 주요 골격 중의 하나인데, 이렇게 결론을 내리고 있는 것이다. 작가가 이처럼 그 당시에 존재하던 축첩 제도를 비판함으로써 결과적으로 일부일처제를 주장한 것은 분명히 근대지향적인 의식의 표출이라 하겠다.

둘째, 신교육의 필요성을 주장한 점을 들 수 있다. 순정자를 며느리로 맞아들인 김진사가 그 아들 김용학에게 유학을 권유하면서 나눈 대화에 이 점이 잘 나타나 있다.

> “지금 세계를 보니 ᄉᆞ람이 세샹에 힝세를 ᄒᆞ여야 져의 명예가 ᄒᆞᆫ층 더 오르나니, 너도 공연이 놀지 말고 우리 나라 ᄯᅡ에 어ᄃᆡ든지 가던지, 그러치 안커든 동경이라도 가셔 공부ᄒᆞ여라. 집 싱각ᄒᆞ지 말고 부지러니 공부ᄒᆞ여 금

---

17) 전광용, 앞의 책, 20쪽.

의환향ᄒᆞ기 ᄇᆞ라노라."

용학이가 눈에 눈물이 가랑가랑ᄒᆞ여 왈,

"지금은 하필 일본을 가지 아니ᄒᆞ면 힝세를 못ᄒᆞ리가? ᄎᆞ라리 샹히나 미국을 갈지언졍 일본은 가기 실습니다."

"여보아라, 아니로다. 일본을 드러가 몃 ᄒᆡ든지 공부만 힘써 ᄒᆞ고 현힝 법률을 통달ᄒᆞ면 곤난치 아니ᄒᆞ니라. 네가 결단코 네의 ᄯᅳᆨ을 잇지 못ᄒᆞ여 드러가기 실여ᄒᆞ나 보다마는, 공부하는 아ᄒᆡ가 그런 ᄉᆡᆼ각ᄒᆞ면 ᄆᆡ사불셩이니라."

용학이가 부득이ᄒᆞ여 ᄃᆡ답ᄒᆞ여 왈,

"몃 ᄒᆡ든지 공부ᄒᆞ고 나오겟습니다."

셋째, 이상이 작품의 주요 플롯에서 드러나는 핵심 주제들이었다면, 부차적인 플롯을 통하여 내비친 주제의식 가운데 근대지향적인 것 네 가지를 들 수 있다. ①나라를 망하게 한 무능한 관리들에 대한 비판, ②전통적인 결혼제도의 형식성에서 탈피하려는 의식, ③인물 개개인의 다양한 가치관을 충실하게 보여주려는 의식, ④남녀간의 정욕에 대한 어느 정도의 긍정 등이 그것이다.

나라를 망하게 한 무능한 관리들에 대한 비판은 홍승지한테 버림받은 인천댁(옥련)의 발언에서 잘 드러나 있다.

> 어지ᄒᆞ나………… 이년 팔ᄌᆞ 어지ᄒᆞ나? 홍승지인지 ᄇᆡᆨ(白)승지인지 황(黃)승지인지 무엇 쟙놈인지, 가만이 잇ᄂᆞᆫ 나를 무ᄉᆞᆷ 연유로 다려다가 이 고ᄉᆡᆼ을 식히게 하나? 홍승지ᄂᆞᆫ 쇼위 승지인지 한림인지 벼살을 ᄒᆞ여 과거ᄭᆞ지 ᄒᆞ고 이러ᄒᆞᆫ 법율도 모로나? 져러ᄐᆞ시 용열우ᄆᆡ(庸劣愚昧)ᄒᆞᆫ 인민(人民)을 무ᄉᆞᆷ ᄭᆞ닭으로 과거를 식히여 국녹을 타다가 ᄌᆞ긔 집만 치례ᄒᆞ여 구즁궁궐(九重宮闕) 이뢰 노코 국가에 유익은 도모지 업스니 한심ᄒᆞ고 ᄋᆡ두룹다. 져러ᄒᆞᆫ 위인을 소위 승지이니 한림이니 영감이니 ᄶᅵᆼ감이니 ᄒᆞ니, 나라히 망ᄒᆞ지 아니ᄒᆞᆯ소냐?

이같은 발언은 슬쩍 지나가는 말 같으나, 당시 이미 우리가 한일합방으로 식민지화한 처지였음을 고려해 볼 때 의미심장한 말이라고 생각한다. 일제의식민지통치가 시작되면서 무자비한 억압이 가해졌고, 그런 조건에서 엄격한 검열을 통과해 출간되었던 당시의 신소설에서 일제에 대한 항거의 의지 같은 것을 찾는다는 것은 어차피 무리[18]이다. 그렇다면 나라가 망한 이유를 우리 내부의 조건에서 찾아, "용열우미(庸劣愚昧)"한데도 관료가 되어 "국녹을 타다가 ᄌᆞ긔 집만 치례ᄒᆞ여 구즁궁궐(九重宮闕) 이릐 노코 국가에 유익은 도모지 업스니 한심"한 위정자들 때문에 나라가 망했다는 진단은 당시로서는 최선의 발언이라 평가할 수 있다. 더구나 당시의 신소설 대부분이 친일 일색으로 되어 있음을 고려할 때, 친일은커녕 부부적이나마 이와 같은 비판적인 사회의식을 내비치고 있는 것은 소중한 면모라 하겠다.

전통적인 결혼제도의 형식성에서 탈피하려는 의식은 김진사가 순정자를 며느리로 맞아들일 때 예법에는 어긋나지만 당시의 풍조를 따라 혼인 과정을 거치지 않고 신부례를 하는 대목에 잘 나타나 있다. 그 부분을 인용해 보이면 다음과 같다.

> 김판셔가 그 부인 명씨를 도라 보며 왈,
> [김판셔] 여보 마누라, 혼인으로 ᄒᆞᄌᆞ니 경우가 아니요, 신부례로 ᄒᆞᄌᆞ니 혼인도 아니 지ᄂᆡ고 신부례를 ᄒᆞᄌᆞ니 당치 안쇼구려. 엇지ᄒᆞ면 죠켓쇼?
> [부 인] 그런 걱졍은 아니ᄒᆞ셔도 관계치 안쇼. 요ᄉᆞ이 ᄀᆡ명시ᄃᆡ(開明時代)에는 혼인 여부 업시 신부례도 한다우구려.

이처럼 양반 가문의 결혼 관행을 무시하고 'ᄀᆡ명시대'의 시속을 좇는 것은 분명 근대지향적인 면모라 할 수 있다. 더구나 비록 순정자의 가문이 양반 가문이라고는 하지만, 거지 신세로 몰락해 있는데도, 김진사 측에서 비난을 무릅쓰고 혼인하는 것은 매우 파격적인 조처라고 할 것이다. 신소설 대부분이 기존의 가정소설 내지 애정소설을 변형시켜 근대적인 가족관계, 새로운 결혼제

---

18) 조동일, 신소설의 문학사적 성격(서울: 서울대학교 출판부, 1973), 101쪽 참조.

도를 실험하는 양상으로 존재한다고는 하지만, 이 작품에서의 이같은 설정은 주목할 만하다 하겠다.

인물 개개인의 다양한 가치관을 충실하게 보여주려는 의식은, 동일한 상황을 두고 벌어지는 인물 간의 의견 개진 장면에서 잘 구현되어 있다. 예컨대, 홍승지가 은진으로 귀향하면서, 수고한 노복들에게 돈 10환을 주면서 탁주를 사서 마시라고 했을 때 보인 노복들의 반응이 제각각임을 충실하게 소개하고 있다.

"너희들아 드러 보아라."

"예- 예-"

"돈 십 환 쥴 거시니 이 밧게 나가 탁쥬(濁酒) 얼마든지 사셔 느희들 비부르게 먹고 닉일(來日) 아참에 일즉 등디ᄒᆞ렷다."

여러 놈들이 딕답을 질계 ᄒᆞ며 돈을 바다 가지고 져희길에[19] 즁얼그리는 놈도 잇고 조와ᄒᆞᄂᆞᆫ 놈도 잇스며 칙망ᄒᆞᄂᆞᆫ 놈도 잇ᄂᆞ 보더라.

[ᄒᆞᆫ ᄌᆞ] 월노에 고싱ᄒᆞᆫ 후에 돈 십 환 바다 가지고 무슴 일을 화여 먹겟나? 페일언ᄒᆞ고 본디 양반 딕에셔는 하인의 사졍을 모로나니라. 돈 십 환을 쥬시고 우리 십여 명이 탁쥬를 사 먹을 슈 잇나? 돈 십 환으로 탁쥬가 미인에 디여셧 준식 외에 더 되겐나? 후유.

[ᄒᆞᆫ ᄌᆞ] 여보게 모로난 말이로다. 우리 발노 거러셔 도즁에 좀시 고싱ᄒᆞ엿다고 돈 십 환 쥬시니 도로혀 홍승지 영감 마님게셔 후ᄒᆞ신 ᄶᅡ닭이라. 돈 십 환이 어ᄃᆡᆫ가 우리가 무슴 사업을 ᄒᆞ여 ᄒᆞᆫ 달에 돈 십 환 벌겟나? 얼시고나 지화ᄌᆞ.

[ᄒᆞᆫ ᄌᆞ] 이놈들아 드러 보라. 엇지 싱긴 놈들이 힝실이 그럿ᄐᆞ시 불공ᄒᆞ냐? 돈 바라고 양반딕에 츌립ᄒᆞ더냐? 나로 말ᄒᆞ며 죠곰도 그런 마옴은 업다. 아모죠록 상젼을 셤기면 이후에 극낙지복을 누리ᄂᆞ니 너희들은 엇지 싱긴 놈들이 돈 십 환을 어더셔 세샹에 업는 화물노 아너냐? 만일 진심갈녁ᄒᆞ여 우를 셤기면 후세에 유명ᄒᆞᆯ 거시며, 십 환보다 더욱 큰 화물이 도라올 쥴을 모로

---

19) 저희끼리.

나냐? 너희들은 지금사 보니 숑순쥬도 고사ᄒᆞ고 청쥬 쇼쥬 고ᄉᆞ하고 포도쥬도 고사하고 싱젼에 탁쥬만 먹을 놈들이로다. 당쟝에 돈 십 환 어더셔 즁얼거리ᄂᆞᆫ 놈도 잇고 죠와셔 뛰ᄂᆞᆫ 놈도 잇스니 공부ᄌᆞ(孔夫子) 말숨에도 '인무원려(人無遠慮)면 필유근우(必有近憂)라' ᄒᆞ셧스니, 너희놈들이 아모리 무식ᄒᆞ기로 세샹에 소위 인싱이라 명층ᄒᆞ며 힝위가 그럿ᄐᆞ시 부졍ᄒᆞ냐?

한 노복은 불만을 터뜨렸고, 한 노복은 만족해 하였으며, 또 한 노복은 이들 둘 다를 나무라며, 무조건적으로 상전을 섬겨야 할 것을 강조하고 있다. 이와 같이 상전의 처사에 대하여 노복들이 가질 수 있는 세 가지 태도를 입체적으로 그리는 것은 분명히 전향적인 면모라고 생각한다. 노복들도 개별적인 의식을 지닌 존재로 존중하는 태도가 거기 깔려 있다고 보아서이다. 그 동안 신소설의 주제를 지배하는 이념으로서 인간의 존엄성이 거론되어 왔는데, 바로 그 점을 확인시켜 주는 국면이라 하겠다.

남녀간의 정욕에 대한 어느 정도의 긍정은 홍승지가 옥련(인천집)의 미모에 끌려 외도하는 것과 순정자(금순)를 강간한 최승필의 행동 등에 나타나 있다. 이 작품에서 작자는 홍승지가 본처를 떠나 첩에게 빠진 데 대하여, 그다지 강하게 비판하고 있지는 않다.

ᄉᆞ람이 무론 뉘기던지 당쵸야에 ᄎᆞ하든 힝실(行實)이 惡(악)ᄒᆞᆫ 지경에 들기ᄂᆞᆫ 쉽다 ᄒᆞ려니와, ᄌᆞ긔의 악ᄒᆞᆫ 힝실을 회긔(悔改)ᄒᆞ기ᄂᆞᆫ 어려운 일이라. 젼혀 홍승지를 그르다 ᄒᆞᆯ 슈도 업ᄂᆞ니 엇지 된고 화회를 볼지어다.

쳐음 홍승지가 옥년을 만날 ᄯᅢ에 옥년을 잠간 보니, 빅옥[20](白玉)으로 ᄯᅡᆨ가닌 듯 젼불날지(顚不剌的)[21]를 견요만쳔(見了万千)이로ᄃᆡ 져반가희랑(這般可喜娘)은 한증견(罕曾見)일시, 아(我)- 안화요란(眼花燎亂) 구란언(口難言)ᄒᆞ니 혼영아(魂靈兒)ㅣ 비거반쳔(飛去半天)이로다. 나뷔가 ᄭᅩᆺ을 보고 도로 울쳐 나르리요? 한 번 보ᄆᆡ 불 갓ᄒᆞᆫ 욕심(慾心)이 나셔 옥년의 숀을 ᄌᆞ밧스니 어

20) '빅옥'의 잘못.

21) '전불자적(顚不剌的)'의 잘못. 원대의 북방어로서 '말괄량이'란 뜻.

젼에유지왈(於傳에有之曰) '호식지심은 셩인도유지라(好色之心은 聖人도 有之라)' ᄒᆞ엿스니 인싱(人生)이 세계에 나셔 무졍ᄒᆞᆫ 세월이 덧업시 가셔 강보지아히(襁褓之兒孩)가 소년에 달ᄒᆞ고 소년이 노연에 달ᄒᆞ여 금명일(今明日)을 아지 못ᄒᆞᄂᆞᆫ 인싱이 엇지 실푸지 아니ᄒᆞ랴. 홍승지가 옥년의 숀 잡을 ᄯᅢ에 그 겻헤 요순공맹(堯舜孔孟)이 잇스면 어지 동심(動心)이 되지 아니ᄒᆞᆯ 니가 잇겟너냐. 아모리 마ᄋᆞᆷ에 업다 ᄒᆞᆯ지라도 가다가 셔너 ᄎᆞ례는 도라볼 터이라. 홍승지는 졸연이 변ᄒᆞ여 이러타시 회기ᄒᆞ여스니 엇지 범샹(凡常)ᄒᆞᆫ ᄉᆞ람이라 ᄒᆞ리요.

이 인용문에 보이는 것처럼, 작자는 첩의 미모에 빠진 홍승지의 처사를 '그르다'고만은 할 수 없다며, 오히려 호색하는 마음이야 성인도 지니고 있다고까지 하면서 홍승지를 옹호하고 있다. 작자는 남자가 정욕에 빠지는 것에 대해서는 관대하고, 회개하지 않는 것을 죄악시하는 시각을 가지고 있다. 남녀의 정욕을 자연스럽게 보려는 작자의 시각은 최승필이 순정자를 겁탈하는 장면에 아주 선명하게 드러나 있다.

옛글에 일넛스되 약고불가이젹강(弱固不可以敵强)이라 ᄒᆞ엿고, 샹당에 일넛스되 약육강식(弱肉强食)이라 ᄒᆞ엿스니 슌졍ᄌᆞ 갓치 약ᄒᆞᆫ ᄉᆞ람이 강ᄒᆞᆫ 남ᄌᆞ의게 엇지ᄒᆞ리요? 부득이ᄒᆞ여 운우지락을 ᄌᆞ미잇게 지엇더라.

이 대목은 상식적으로는 이해하기 어렵다. 순정자가 고이 간직해 온 정조를 오입장이 최승필에게 유린당하는 장면을 묘사하면서, '부득이ᄒᆞ여 운우지락을 ᄌᆞ미잇게 지엇더라'고 표현한 것은 아무래도 지나치기 때문이다. 하기야 작자는 이미 최승필이의 입을 통하여 남녀간에 정욕은 해소되어야 하는 것이라는 점을 분명히 밝히고 있다.

그 남ᄌᆞ는 두려ᄒᆞᄂᆞᆫ 긔쇡이 업시 슌졍ᄌᆞ를 도라다 보며,
"여보아라, 너가 지금 나히는 근 슴십이 되엿스나 쟝가를 들지 못ᄒᆞ여 발

> 광증이 나셔 다니는 ᄉᆞ람이라. 닉의 일홈은 최승철이로라. 너도 덩기를 짜헛스니 나와 셔로 닉외 되는 거시 엇더ᄒᆞ냐?"

이 인용문에서는 남자의 정욕에 대하여 말하였지만, 여자의 정욕에 대해서도 작자는 발언하고 있다. 홍승지의 부인이 순정자를 쫓아내는 장면에서 그 점을 확인할 수 있다.

> 김씨 부인이 좌우를 물니치고 홍승지를 마ᄌᆞ듸려 금순의 얘기를 ᄒᆞ되,
>
> "여보 영감, 닉가 망녕이란 말이요, 영감이 망녕이란 말이요? 피ᄎᆞ에 뉘가 망녕이요? 금순이로 일을진딕 나히 이십이 넘도록 남편 맛을 보지 못ᄒᆞ여스니, 아모리 여ᄌᆞ이라도 동심이 아니된단 말이요? 무론 남녀ᄒᆞ고 이십이 너무면 음탕ᄒᆞᆯ 음쓰는 싱기는 법이왼다[22]. 금순이가 여즁오입으로 유명ᄒᆞᆫ 아히요."

어떤 여성이라도 일정한 나이에 이르면 음탕한 마음이 생길 수밖에 없다고 함으로써, 여성의 정욕도 자연스런 것으로 인정하고 있는 것이다. 이처럼 작품 도처에서 남녀의 정욕에 대하여 인정하는 시각은 분명히 근대지향적인 면모라고 생각한다.

2) 이 작품의 한계

위에서 지적한 몇몇 특징에도 불구하고, 이 작품은 다음과 같은 한계점을 지니고 있다.

첫째, 한문학적인 표현을 자주 구사하는 점이다. 도처에서 <적벽부>·<어부사>를 비롯하여 『시경』과 『통감』 등에 나오는 문구를 빈번하게 인용하고 있는 것을 지적할 수 있다. 등장 인물 상호간에 주고받은 편지에는 특별히 그런 간찰 특유의 정형문구가 그대로 구사되고 있다. 몇가지 인용해 보이면 다음과 같다.

---

22) '법이외다'의 잘못.

젹벽부(赤壁賦)에 일너스되 'ᄀᆡ부유어천지(寄蜉蝣於天地)ᄒᆞ고, 묘창ᄒᆡ지일쇽(渺滄海之一粟)이라' ᄒᆞ며, 츄풍사(秋風辭)에 일너스되 '소장(小壯)이 긔시혜(幾時兮)여. ᄂᆡ노하(奈老何)' ᄒᆞ엿스니

오ᄅᆡ 젹죠(積阻)ᄒᆞ여 쳠앙(瞻仰)ᄒᆞ거든 ᄎᆞ 혜셔(惠書)를 봉독(奉讀)ᄒᆞ니, 불각지모(不覺紙毛)로다. 근심(謹審) 졍쳬동지(靜體動止)가 만왕(萬旺)ᄒᆞ니 앙하만만(仰下萬萬)이라. 졔유농와지경운(弟有弄瓦之慶云)ᄒᆞ니 농와(弄瓦)는 아모리 농장(弄璋)과 갓지 못ᄒᆞ나, 급긔방산지시(及其方産之時)에 용려지졔(用慮之際)는 불논쟝와(不論璋瓦)ᄒᆞ고, 유이슌만위축의(唯以順娩爲祝矣)라. 앙커나 산후에 무탈(無頉)ᄒᆞ니 시위목하ᄃᆡ경(是爲目下大慶)이라. ᄒᆡᆼ물챵연(幸勿悵然)이 여하(如何)오? 뎨(弟)ᄂᆞᆫ 일쟝부(一丈夫)를 두어스니 부모의 마ᄋᆞᆷ 위로ᄒᆞᆯ ᄌᆞ는 막과어챠의(莫過於此矣)로라.

챵낭슈가 말거든 갓근을 씨슬 거시오. 챵낭슈가 흐리거든 발을 씨스리로ᄃᆞ.

이같은 점은 독자층을 제약하는 요인으로 작용하고, 언문일치로 나아가는 데 부정적이라 할 수 있다. 신소설로서의 한계라 하겠다.

둘째, 극히 일부에서지만 구성상의 필연성과 유기성이 부족한 대목이 있다. 예컨대 순정자가 홍승지 집에서 쫓겨나와 방황하던 중 오입쟁이 최승필에게 강간당하는 설정은 뒷 사건과 전혀 연결되지 않는다.

7. 구성과 문체의 특징

1) 구성의 특징

이 작품의 구성에서 보이는 가장 큰 특징은 구성의 이원성이다. 중심 사건이 이원화되어 있기 때문이다. 홍승지가 첩에 빠져 생활하다가 개심하고 죽기까지의 이야기가 이 작품을 지탱하는 한 축이라면, 홍승지 집에서 종살이하던

순정자가 어릴 때 헤어진 맹인 아버지를 만나 지극한 정성으로 받들어 마침내 김진사의 며느리가 되어 잘 살게 된다는 이야기가 또 하나의 축이다. 이런 구성은 신소설에서 흔하지 않은 것으로, 주인공 한 사람의 일대기 형식으로 진행되는 고소설과 구별되는 면모라 할 수 있다.

구성에서 보이는 특징을 또 하나 든다면 삽입가요의 빈번한 활용이다. 이 작품에는 참으로 많은 삽입가요가 등장한다. 잡가를 비롯해 <농부가>·<상두꾼노래> 같은 민요 등 모두 7편의 가요가 나온다. 차례로 인용해 보이면 다음과 같다.

① 노ᄌᆞ노ᄌᆞ 소년시절에 놀ᄌᆞ 늘거지면 못 노나니 동원(東園)에 낙화(落花) 되면 오든 봉졉(蜂蝶) 돌쳐가고 남산(南山)에 고목(枯木) 되면 오든 호죠(好鳥) 돌쳐간다 우리도 이와 갓치

② 쳔싱증민ᄒᆞ실 젹에 有物有則(유물유측)이언마ᄂᆞᆫ 엇든 ᄉᆞ람 공부ᄒᆞ여 사긔 역ᄉᆞ를 다 일고 사셔 삼경을 다 일고 고문진보 팔ᄃᆡ가 時時(시시)로 열남ᄒᆞ며 슈용산츌(水湧山出) 문ᄌᆞᆼ 되야 소년등과 급졔ᄒᆞ야 한림 승지 쒸여올나 교리 슈챤 다 지ᄂᆡ고, 챰의(參議) 챰판(參判)에 쒸여올나 육조판셔(六曹判書)를 다 지ᄂᆡ고 삼정승(三政丞)에 쒸여올나 긔사당샹(耆社堂上) 다 지ᄂᆡ고, 입신양명(立身揚名) 츙군ᄋᆡ국(忠君愛國)ᄒᆞ여 상영부모(上榮父母) 하현긔신(下顯其身)ᄒᆞ여 잇고.

쩽-쩽- 을널널 상사뒤-.

엇든 사람 근면(勤勉)ᄒᆞ여 죠경모운(朝耕暮耘) 농부(農夫) 되야 상평하평(上坪下坪) 다 갈아 노아 츄슈동쟝(秋收冬藏)ᄒᆞᆫ 연후에 샹공(上供) 부모 하양(下養) 쳐ᄌᆞ ᄒᆞ여 잇고.

쩽-쩽- 을널널 샹사뒤야-.

옛적에 동소남(董邵南)이 쥬경야독(晝耕夜讀) 근면(勤勉)ᄒᆞ여 이후(以後) 셩사(成事)ᄒᆞ신 공덕(功德) 지금ᄭᅡ지 유명(有名)ᄒᆞ다.

을널널 샹ᄉᆞ뒤- 쩽-쩽-

빅이슉졔(伯夷叔齊) 갓흔 ᄉᆞ람 불식쥬쇽(不食周粟) 다라나셔 슈양산(睢陽

山)에 숨어 잇셔 국가여하불고(國家如何不顧)ᄒᆞ고 고ᄉᆞ리를 키여다가 반촌을 삼아 두고, 산젼(山巓)에 한와(閒臥)ᄒᆞ여 노릭를 불으다가 잉쟉곤혼[23](仍作孤魂)ᄒᆞ엿스니, 죽일 놈은 그뿐일세.

쐥-쾡- 을널널 샹ᄉᆞ뒤요-

③ 명쳔이 도으셧나 귀신이 도으셧나 죽을 번 금슌이가 깜든 눈을 ᄯᅥ엿스니 명쳔지공(明天之功) 이 아닌가? 명사십리(明沙十里) 벽계변(碧溪邊)에 빅구(白鷗) 펄펄 날아드니, ᄂᆡ 병 나흘 증죠로다. 장졔오류심심리(長堤五柳深深裡)에 황죠영영[24](黃鳥嚶嚶) 날아드니, ᄂᆡ 병 곳칠 의사(醫師)로다. 얼시고나 지화ᄌᆞ.

④ 셔지위경(庶至危境) 금슌이가 명천조일(明天朝日) 만낫스니 동오셔쟉(東烏西雀) 펄펄 날아 각귀고향(各歸故鄕) 멀니 쓰고, 연비여천(鳶飛戾天) 소릭기와 魚(어)약우연(躍于淵) 괴기들은 문병(問病)ᄒᆞ려 나왓다가 ᄃᆡ경질식(大驚疾色) 다라ᄂᆞᆫ다. 얼시고나 지화쟈.

⑤ 만고츙비 슌졍ᄌᆞ가 황쳔귀경ᄒᆞ려다가 츈화사풍(春花斜風) 죠흘 ᄯᅢ에 신경차세(新見此世)ᄒᆞ엿스니, 구년지슈 지리ᄒᆞᆯ 졔 ᄐᆡ양 볏을 ᄃᆡ하는 듯, 삼일 신월을 ᄃᆡᄒᆞᆫ 듯 얼시고나 지화쟈.

⑥ 어하하- 어하하- 우리 ᄉᆞ람 ᄒᆞᆫ 직분은 농ᄉᆞ의 일이로다. 챵낭슈가 말거든 갓근을 씨슬 거시오. 챵낭슈가 흐리거든 발을 씨스리로ᄃᆞ. 홍승지ᄃᆡᆨ은 가세도 유여ᄒᆞ고 인품도 흡족ᄒᆞ지마ᄂᆞᆫ, 인쟈ᄒᆞ고 츙효 잇ᄂᆞᆫ 슌졍ᄌᆞ를 무슴 연유로 쫏ᄎᆞ ᄂᆡ여, 오날날 그 지경 웬일인가? 어하하- 어하하-

⑦ "요령이 쌀낭쌀낭 요령이 쌀낭쌀낭- 상여는 너펄너펄 상여는 너펄너펄-"
"여보아라 ᄂᆡ 말 드러. 여보아라 ᄂᆡ 말 드러."
"어화이 어화-, 요령이 쌀낭 요령이 쌀낭 요령이 쌀낭."

23) '잉작고혼'의 잘못.
24) '황조앵앵'의 잘못.

"어화 넘ᄌᆞ. 산도 넘고 물도 넘어 ᄇᆡᆨ운심쳐(白雲深處) 지쵸 밧헤 건좌곤향(乾坐坤向) 뫼셔 놋세."
"어화이 어화- 요령이 쌀낭."
"싱젼에 츅ᄒᆞᆫ ᄌᆞ는 연화ᄃᆡ(蓮花臺)로 갈 거시며, 싱젼에 악ᄒᆞᆫ ᄌᆞ는 지옥(地獄)으로 갈 거시라."
"어화이 어화-, 요령이 쌀낭 요령이 쌀낭-"
"명예 낭ᄌᆞᄒᆞᆫ 홍승지 ᄃᆡᆨ 승지 영감 싱죤ᄒᆞ여"
"어화이 어화-, 요령이 쌀낭 요령이 쌀낭."
"옷업는 ᄉᆞ람 옷 쥬시고 밥 업는[25] 밥 쥬시며 환과고독(鰥寡孤獨) ᄋᆡ셕히 여기샤"
"어화이 어화-, 요령이 쌀낭."
"ᄭᅮ여 쥬시고 ᄃᆡ여 쥬시며 득인심을 ᄒᆞ셧다."
"어화이 어화이 요령이 쌀낭."
"연화ᄃᆡ로 뫼시고 가ᄌᆞ"
"어화이 어화-, 요령이 쌀낭."
"지금 가면 언졔 오나? 명년 츈풍에 펄펄."
"어화이 어화-, 요령이 쌀낭"

여타 신소설 중에서 삽입가요를 활용하는 경우는 창극 <최병도타령>의 개작으로 밝혀진 <은세계>에서나 볼 수 있는데, 이 작품에서는 이처럼 다채롭게 구사하고 있어 분명 이색적이라 할 수 있다.

이 작품에 노정기(路程記)가 등장하는 것도 특이할 만한 사항이다. 서사문학의 주인공이 목적지에 당도하기까지 어디 어디를 거쳤는지 그 과정을 자세히 서술한 것이 노정기인데, 우리 문학에서는 무가에서 출발하여 판소리, 판소리계소설, 근대소설로 계승된 것으로 보고되어 있다.[26] <춘향전>의 암행어사 노정기가 그 대표적인 사례라 하겠다. 그런데 신소설에도 노정기가 나타났다

25) '업ᄂᆞᆫ' 다음에 'ᄉᆞ람'이 들어가야 하는데 빠져 있음.
26) 김헌선, 노정기의 서사문학적 변용(성남: 한국정신문화연구원 부속대학원 석사학위논문, 1988) 참조.

는 보고는 아직 없었다. 그런데 이 <월하탄금성>에서 그 노정기가 보여 주목된다. 다음 대목이 그것이다.

> 얼마짐 왓든지 평턱(平澤)에 나리여 뎡산(定山) 청양(靑陽) 다 지니고 비인(庇仁) 남포(藍浦) 다 지니고 회덕(懷德) 진잠(鎭岑) 다 지니고 결셩(結城) 보령(保寧) 다 지니야 노셩(魯城) 들어 슉쇼ᄒᆞ고 은진(恩津)을 향ᄒᆞ여 경계한 후

이렇게 홍승지가 서울을 떠나 은진에 도착하기까지의 과정을 적는 데에 전대 서사문학에서 즐겨 활용하던 노정기가 비록 축약된 형태로나마 이 작품에 나타나는 것은 무엇을 의미할까? 분명히 작자 이건국은 판소리 또는 판소리계 소설에서 영향을 받아 이를 신소설을 창작하는 데 활용하였음을 의미한다고 생각한다.

2) 문체의 특징

이 작품에서 두드러지는 문체상의 특징으로 다음 몇 가지를 들어보기로 한다.

첫째, 반복법의 활용이다. 인용해 보이면 다음과 같다.

> 아씨 아씨, 마옵시요 마옵시요. 그런 말슴 마옵시요.

> 아씨(娥氏) 아씨 이 말슴이 웬 말슴이야요? 마옵시요 마옵시요. 부듸부듸 그러ᄒᆞᆫ 말슴 마옵시요.

> 간다 간다 나는 간다. 이별이다 이별이다. 사라 싱젼 이별이다. 슬푸도다 슬푸도다. 너를 두고 나는 가니 슬푼 마음 다홀소냐? 써나노라 써나노라 고국을 써나노라. 어지ᄒᆞ리 어지ᄒᆞ리 너의 신세 어지ᄒᆞ리?

> 아바님 아바님, 어듸로 가셧쇼 어듸로 가셧쇼? 어린 쌀 혼ᄌᆞ 두고 어듸로

가셧쇼?

츈풍이 소소ᄒᆞᆫ ᄯᆡ ᄯᆞᆯ ᄉᆡᆼ각 오쥭 ᄒᆞ셧슬가? 낙엽이 표표ᄒᆞᆯ ᄯᆡ ᄯᆞᆯ ᄉᆡᆼ각 오쥭 ᄒᆞ셧슬가? 츄절이 양명휘ᄒᆞ니 ᄯᆞᆯ ᄉᆡᆼ각 오쥭 ᄒᆞ셧슬가? 츈일사풍에 두견이 우니, ᄯᆞᆯ ᄉᆡᆼ각 오쥭 ᄒᆞ셧슬가? 하운이 다긔봉ᄒᆞ니 ᄯᆞᆯ ᄎᆞᄌᆞ 오실쇼니. 츈슈만사퇴ᄒᆞ니 도즁 쥭고 오쥭 ᄒᆞ셧슬가? 년년 구월에 졔비ᄂᆞᆫ 무졍ᄒᆞ여 고국을 향ᄒᆞ고 유졍ᄒᆞᆫ 기력이는 구만 장쳔에 놉히 써셔 기루룩 기루룩 ᄒᆞ니 ᄯᆞᆯ ᄉᆡᆼ각 오쥭 ᄒᆞ셧스며, 아버님 ᄉᆡᆼ각 오쥭 ᄒᆞ엿슬리가?

둘째, 열거법의 활용이다. 대표적인 부분을 인용해 보이면 다음과 같다.

큰아달 슌식이는 ᄇᆡᆨ샹 후숀 ᄊᆞᆼ을 지여 영챵ᄇᆡ를 숀에 각각 들고 왕ᄂᆡ진퇴ᄒᆞ여 슐존을 올니며, ᄂᆡ외 병챵 츅슈 왈,

"긔슈영챵ᄒᆞ옵소셔."

둘ᄌᆡ아달 군식이는 취병 후숀 ᄊᆞᆼ을 지여 유쟉ᄇᆡ를 각각 들고 왕ᄂᆡ진퇴ᄒᆞ며,

"만슈유쟉ᄒᆞ옵소셔."

셋ᄌᆡ아달 윤식이는 뎡ᄌᆡ 후숀 ᄊᆞᆼ을 지어 무강강ᄇᆡ를 숀에 들고 놉히 병챵 츅슈 왈,

"만슈무강ᄒᆞ옵소셔."

넷ᄌᆡ아달 쥰식이는 양판 후숀 ᄊᆞᆼ을 지여 셩복ᄇᆡ를 숀에 들고 왕ᄂᆡ진퇴 슐 올니며,

"영슈경복ᄒᆞ옵소셔."

큰숀ᄌᆞ의 거동 보라. 포은 후숀 ᄊᆞᆼ을 지여 강녕ᄇᆡ를 놉히 올니며 여셩병챵 왈,

"영세강녕ᄒᆞ옵소셔."

둘ᄌᆡ숀ᄌᆞ 거동 보라. 월산 후숀 ᄊᆞᆼ을 지여 영슈ᄇᆡ를 숀에 들고 여셩병챵ᄒᆞᄂᆞᆫ 말이,

"만세영슈ᄒᆞ옵소샤."

셋ᄌᆡ숀ᄌᆞ 거동 보라. ᄇᆡᆨ강 후숀 ᄊᆞᆼ을 지여 시광ᄇᆡ를 숀에 들고,

"슈복강녕ᄒᆞ옵소셔."

넷ᄌᆡ숀ᄌᆞ 거동 보라. 사계 후숀 ᄊᆞᆼ을 지여 불쇠ᄇᆡ를 숀에 들고,

"동발안치ᄒᆞ옵소셔."

맛ᄯᅡ님의 거동 보라. 청음 후숀 쌍을 지여 ᄀᆡ미비를 숀에 들고,

"영슈ᄀᆡ미ᄒᆞ옵소셔."

외숀ᄌᆞ의 거동 보라. 우암 후숀 쌍을 지여 미슈비를 숀에 들고,

"만세미슈ᄒᆞ옵소셔."

금슌이와 계슌이는 찬난의복 ᄯᅳᆯ쳐 입고 경경ᄇᆡᆨ말노 갓가왓다 나갓다 물너낫다 ᄒᆞ며 시굉비를 숀에 들고 쌍을 지여 병ᄎᆞᆼᄒᆞ되,

"만슈무강ᄒᆞ옵시며 영세무궁ᄒᆞ옵소샤."

일가친척 죄다 모아 술존으로 츅슈ᄒᆞ고 다 각각 사랑으로 나오더라.

이거슨 다름이 아니오라 강틔공의 죠쟉 방아로 덜그렁 덜그렁 ᄶᅵ어 ᄂᆡ여 ᄇᆡᆨ옥으로 가미ᄒᆞ여 이뤄 노흔 옥식이요, 이거슨 다름이 아니오라 칠리동강 멈ᄌᆞ룽이 간의ᄃᆡ부 사양ᄒᆞ고 쳔쳑삼눈을 직ᄒᆞ슈ᄒᆞ여 ᄌᆞ어 낙근 ᄉᆡᆼ션이요, 이거슨 다름이 아니오라 동녕에 슈고숑ᄒᆞ니 숑순을 ᄏᆡ여다가 이뤄 노흔 숑순쥬니, 무궁무진 잡으시오. 이거슨 다름이 아니오라 거구세린에 숑강지노어올시다.

셋째, 의성어・의태어의 적극적인 활용이다. 다음과 같은 것들이다.

①시러렁 시러렁 ②졸졸 ③이리 둥글 져리 둥굴 ④호로록 호로록 ⑤번듯번듯 ⑥ᄲᅡᆫ족ᄲᅡᆫ족 ⑦�벗ᄶᅡᆸ벗 ⑧컹컹컹컹 ⑨빙긋빙긋

넷째, 골계미의 구현이다. 이 작품은 심각한 상황에서도 전혀 그런 분위기에 어울리지 않게 골계적인 표현을 도처에서 보여준다. 이같은 표현은 작품 초반에서부터 등장한다. 홍승지가 금순이를 혼내 준 후 김씨 부인을 만나고 오는 사이에, 금순이는 여전히 홍승지가 자기 앞에 있는 줄만 알고 허공에 대고 횡설수설 하소연하는 우스운 장면이 나온다. 그런가 하면 홍승지가 인천댁을 평양에다 버려 두고 도망친 후, 어쩔 줄 몰라 홍승지를 찾아 헤매는 인천댁에게 웬 낯선 사내가 손을 잡으며 접근하면서 '황송'하다고 하자 인천댁이 한 말 "황숑인지 누른 숑아지인지 숀이나 노흐시요."라고 한 데에서도 골계미

는 드러나고 있다. 금순이가 어떤 괴한에게 봉변당할 뻔하였을 때, 이 사실을 안 김씨 부인이 금순의 말을 듣고 그 괴한을 욕한 대목에서도 마찬가지이다. 그 대목을 인용해 보면 다음과 같다.

> "세상에 허다흔 인심이 만토다. 그 놈이 엇더흔 놈인지는 모로겟스나, 요량컨딕 그 놈의 어미가 그 놈을 빈 쇽에 여허 두고, 필연 미역국을 반 그럭을 먹엇고나.

이상 이 작품이 지닌 문체상의 특징을 네 가지 들었는데, 사실 이는 판소리 또는 판소리계소설 일반이 지닌 특징이기도 하다. 어째서 판소리의 문체적 특징이 이 작품에 나타나는 것일까? 필자가 추정하기로는, 작자 이건국은 분명 판소리 또는 판소리계소설에서 영향을 받았던 것으로 생각한다. 실제 이 작품에서 그려진 순정자가 맹인 부친인 이강호에게 극진히 효성을 바치는 것은 <심청가> 또는 <심청전>을 연상하기에 족하다. 앞으로 더욱 치밀하게 연구해야 할 일이나, 이건국은 기존의 문학갈래 중 <심청가> 또는 <심청전>에서 영향을 받아 그 표현방식을 적극 활용하되, 여기에 한문학적인 지식을 동원하고, 당시에 유통되던 신소설의 주제를 일부 수용해 이 작품을 창작하였던 것이라 생각한다. 그 결과 위에서 보는 것과 같은 문체상의 특징이 강화되어 나타났던 것이라 여겨진다.

8. <월하탄금성> 발견의 의의와 앞으로의 과제

이 작품의 발견이 지니는 의의는 무엇인지 몇 가지로 정리하고 앞으로 수행해야 할 과제를 기술하기로 한다. 먼저 의의부터 간추리면 다음과 같다.

첫째, 이 작품이 발굴됨으로써 신소설 연구의 대상을 확장하게 해 준다. 이 작품은 그 동안 전혀 알려지지 않은 작품이다.

둘째, 판권란에 저작자의 인적 사항이 밝혀져 있어, 신원이 확실한 신소설 작가 한 사람을 추가하게 해 준다. 그 동안 알려진 신소설의 작가는 총 47명 정도인데, 이 중의 상당수가 실제 작가가 아니라 출판사 주인이나 발행인이고 확실한 작가는 소수에 불과하다는 점을 고려할 때, 인적 사항이 확실한 작가 한 사람을 찾아낸 것은 고무적인 일이다.

셋째, 이 작품이 지방(충북 옥천)에서 생장하고 활동한 인물에 의해 창작되고, 지방 출판사에서 출판된 사실도 중요한 의미를 지닌다. 잘 알려진 신소설의 작가들 대부분이 서울이나 경기도 출신이거나 서울에서 활동한 인물이고 출판사도 서울에 있는 회사들인 점에 비추어, 이 사실은 신소설의 유통에 대해 새로운 시각을 가지도록 일깨워 준다. 농업을 직업으로 하면서 전통학문만 익힌 지방 출신의 작가가 이같은 신소설을 창작하고 지방에서 출판했다는 것은 무엇을 의미할까? 그만큼 신소설이 광범위하게 읽혀 영향력을 발휘했음을 의미한다 하겠다. 향교를 중심으로 훈도 노릇을 하였던 인사까지 신소설의 영향을 받아 개화적인 사고의 일단을 반영한 작품을 창작하게 할 만큼 말이다.

앞으로 해야 할 일은 무엇인가.

첫째, 우선적으로 이 작품을 인쇄한 '읍청회사'란 출판사의 정체를 확인하는 일이다. 어쩌면 그 회사의 실체를 파악할 경우 거기에서 찍어낸 다른 작품들도 발견할 가능성이 높기 때문이다.

둘째, 판권란에 적힌 주소지를 근거로 교열자 '조동식(趙東式)', 인쇄자 '鄭龍謨', 발행자 '金斗南'에 대하여 추적 조사하는 일이다. 이들의 후손가에 관련 기록이 남아 있을 수 있고, 그럴 경우 이 작품의 유통과 관련한 자료를 얻을 수 있다고 예상하기 때문이다.

셋째, 필사본 <월하탄금성>의 발견을 계기로, 이 작품의 활자 인쇄본을 찾는 데에도 힘을 기울여야 한다. 이를 위해서는, 앞에서도 적은 대로 판권란에 적힌 인물들의 후손 집을 추적해 조사하는 일이 급선무라고 생각한다.

넷째, 원문 주석 과정에서 어휘와 어구의 뜻을 해명하지 못한 경우가 더러 있다. 방언이라든가 파자풀이가 그 대표적인 경우인데 앞으로 해결해야 할 과제이다.

Ⅱ. <월하탄금성>의 원문과 주석

* 일러두기 : 원문대로 표기함을 원칙으로 하되, 띄어쓰기와 맞춤법 및 문장 부호는 요즘식으로 하였음. 한자 병기도 원문을 따르되, 명백하게 잘못된 경우에는 각주에다 각주자의 의견을 밝혔으며, 원문에서 한자를 병기한 위치가 어떤 것은 밑의 괄호 안, 어떤 것은 오른쪽 여백 등으로 다르나 여기에서는 괄호 안에 제시하는 것으로 통일하였음. 같은 글자의 중복을 나타내는 '〃' 표시는 해당 글자를 그대로 밝혀 써주었음.

[겉표지 제목] 신소셜 월하탄금셩
[본　문 제목] 월하탄금셩 신소셜

시러렁 시러렁 디슌(大舜)[27]의 칠현금(七絃琴)이요 시러렁 시러렁 셔북풍(西北風)이 부러 오니 시러렁 시러렁 이쎄 거의 숨경(三更)이라. 만호(万戶) 장안(長安)에 등촉(燈燭)을 모도 ᄯᅳ고 사방이 젹요(寂寥)ᄒᆞᆫ지라. 동산지(東山之) 발근 달이 두우간(斗牛間)[28]에 비회(徘徊)ᄒᆞ니 령령(泠泠)ᄒᆞᆫ[29] 칠현금(七絃琴)이 달빗헤 빗츼여서 쌘ᄌᆞᆨᄒᆞ며, 부용(芙蓉)[30] 갓흔 긔싱(妓生)들은 녹의홍상(綠衣紅裳)[31] 들쳐 입고 삼삼오오(三三五五) 쨕을 지여 셤셤옥슈(纖纖玉手)는 주렴(珠簾)에 어른어른 경경(輕輕)[32] 백말(白襪)[33]은 화탑(華榻)[34]에 번듯

27) 중국 고대의 순(舜) 임금을 높여 부르는 말.
28) 남두성과 견우성의 사이.
29) 泠泠한. 맑고 시원한.
30) 연꽃.
31) 푸른 옷과 붉은 치마.
32) 가볍고 가벼운.

번듯, 좌즁(座中)에 잇는 ᄉᆞ람 혹심(酷甚)히 취ᄒᆞ여 망세간지갑ᄌᆞ(忘世間之甲子)35)라. 취ᄒᆞᆫ 좀 미각젼(未覺前)36)에 파연곡(罷宴曲)37)을 아뢰니 그 노ᄅᆡ에 ᄒᆞ엿스되,

"노ᄌᆞ 노ᄌᆞ 소년 시졀에 놀ᄌᆞ, 늘거지면 못 노나니. 동원(東園)에 낙화(落花) 되면 오든 봉졉(蜂蝶) 돌쳐가고 남산(南山)에 고목(枯木) 되면 오든 호죠(好鳥) 돌쳐간다 우리도 이와 갓치"

이ᄯᅢ 각히38) 허여지고 시로히 한 졈 두 졈은 된 듯ᄒᆞ더라. 보름밤 둥근 달이 셔산(西山)에 걸치엿고 나무 넙히 소소(蕭蕭)ᄒᆞᆫᄃᆡ39) 기럭이 날아들고 사벽(四壁)에 충성(忠聲40))41)들은 예셔 ᄶᅵᆨᄶᅵᆨ 졔셔 ᄶᅵᆨᄶᅵᆨ 산곡(山谷)에 쳥계슈(淸溪水)는 예셔 졸졸 졔셔 졸졸 ᄉᆞ람이 이ᄯᅢ를 당(當)ᄒᆞ면 혹(或) 깃분 ᄉᆞ람도 잇고 혹 슬푼 ᄉᆞ람도 잇는 거슨 왕고ᄂᆡ금(往古來今)42)에 항상(恒常) 잇는 거시엿다. 더구나 이ᄯᅢ는 구시월(九十月) 풍셜(風雪) ᄯᅢ라 잔치를 파(罷)ᄒᆞ고 다 각각(各各) 도라가니 셜월(雪月)43)이 빗취여 안젼(眼前)을 가뤼엿다44).

홀연(忽然)이 엇더ᄒᆞᆫ 남ᄌᆞ(男子)를 만나여 형용(形容)을 좀간(暫間) 보니 당(唐)나라 두목지(杜牧之)가 회ᄉᆡᆼ(回生)ᄒᆞ여 왓나 보다 의심(疑心)이 날 만ᄒᆞ더라. 피풍모ᄃᆡ안경(被風帽戴眼鏡)45)ᄒᆞ고 ᄯᅥᆨ졈 갓흔 옥관ᄌᆞ(玉貫子)46)는 두 귀 겻히47) 분명(分明)ᄒᆞ고 것침업시 옥년(玉蓮)의 압헤 오더니 옥년의 숀을 ᄭᅳ을

33) 흰 버선.
34) 화려한 걸상.
35) 인간 세상의 시간이 어떻게 흘러가는지 잊어버림.
36) 깨기 전.
37) 잔치 끝날 때 부르는 노래.
38) 시각이(?)
39) 쓸쓸한데.
40) '虫聲'의 잘못.
41) 벌레소리.
42) 과거와 현재.
43) 눈 위에 비친 달.
44) 가리었다.
45) 모자와 안경을 씀.
46) 옥으로 만든 망건(網巾) 관자. 관자는 망건에 달아 망건줄을 꿰는 작은 고리.

며 왈(曰),

"네가 나를 모로리라. 솜청동(三淸洞) 〈는 홍승창(洪承彰)이라 ᄒᆞ는 〈람이라. 죠곰도 의심(疑心) 말고 나만 짜라 오너라."

이럿ᄐᆞ시 슈작[48]ᄒᆞᆯ 제 동산(東山)이 명황(明煌)ᄒᆞ여[49] 올나오거늘 옥년(玉蓮)의 마옴에는 의심이 죠곰 풀녀 가ᄂᆞᆫ ᄃᆡ로 짜라가니 얼마짐 갓던지 일층(一層) 누각(樓閣)이 벽공(碧空)에 다힌[50] 듯 문젼(門前)에 오류(五柳) 심어 도연명(陶淵明)을 이웃 삼고, 문안에 드러가니 뜰 우에 국화(國花)는 죠으ᄂᆞᆫ 듯 빗겨 셔셔 원촌(遠村) 근촌(近村)에 유향(幽香)을 보니고 방(房)안에 드러시니 사벽(四壁)에 붓친 도화(圖畵) 휘황(輝煌)ᄒᆞ고 찬난(燦爛)ᄒᆞ여 측냥(測量)ᄒᆞᆯ 슈 업더라.

이쎄 홍승창(洪承彰)은 옥년(玉蓮)을 다려다가 방(房)안에 안쳐 노코 무슴 이애기를 그리 ᄌᆞ미잇게 ᄒᆞ든지 겻헤 벼락이 나려도 모롤 터이라. 옥년(玉蓮)의 얼골은 츈일(春日)과 갓튼 진진 밤에 좀 ᄒᆞᆫ 심 못 ᄌᆞ고 공연(空然)히 싀윗더라. 명사십니(明沙十里) ᄒᆡ당화(海棠花)가 아촘 이슬에 져진 듯 아리짜운 집비들키 세우(細雨)[51]에 져진 듯 엇지 된고 하회[52]를 보라.

인싱(人生)에 삼겨나셔 쵸로[53]와 갓흔 거시 진실노 한탄(恨歎)ᄒᆞᆯ ᄇᆡ라. 젹벽부(赤壁賦)[54]에 일너스되 'ᄀᆡ부유어쳔지(寄蜉蝣於天地)[55]ᄒᆞ고, 묘창ᄒᆡ지일쇽(渺滄海之一粟)[56]이라' ᄒᆞ며, 츄풍사(秋風辭)[57]에 일너스되 '소장(小壯)이 긔시혜(幾時兮)여, ᄂᆡ노하(奈老何)[58]' ᄒᆞ엿스니, 가련ᄒᆞ다 인싱이라. 홍승충이

47) 곁에.
48) 酬酌.
49) 밝아.
50) 닿은.
51) 가랑비.
52) 下回. 다음 차례. 차회(次回).
53) 草露. 풀잎에 맺힌 이슬.
54) 송 나라 시인 소동파의 출세작.
55) 천지간에 하루살이와도 같은 인생을 붙여둠.
56) 아득한 바다에 떠있는 한 알의 좁쌀. 인생이 미미함을 표현한 말.
57) 한 나라의 무제가 지은 노래.

는 오세에 ᄌᆞ친(慈親) 일코 십 세의 부친(父親) 일코 다만 ᄌᆞ긔(自己) 슉부(叔父)의게 의지ᄒᆞ여 잇더니, 십칠(十七) 세(歲)에 슉부(叔父)ᄭᆞ지 일코 ᄎᆞᄎᆞ 커셔 이십(二十) 세(歲)에 셩취(成娶)[59]ᄒᆞ여 ᄂᆡ외(內外) 셔로 안지면 어린 � 고ᄉᆡᆼ ᄒᆞ든 이애기를 ᄒᆞ고 ᄌᆞ미잇게 지ᄂᆡ더니, 앙커나[60] 귀신(鬼神)이 와셔 홍승챵(洪承彰)의 마ᄋᆞᆷ을 요동(搖動)케 ᄒᆞ엿던지, 그 본쳐(本妻)와 졍(情)이 셕그러 십여(十餘) 년(年)을 범방(犯房)[61]을 피(避)ᄒᆞ고, ᄒᆡ마다 달마다 날마다 ᄯᅢ마다 일년(一年) 열두 달에 하로 삼시(三時)에 식샹(食床)[62]을 사랑(舍廊)에 ᄂᆡ아다 먹고, 이럿ᄐᆞ시 ᄒᆞᆫ ᄒᆡ가 틔산(泰山)이 나진 듯ᄒᆞ더라[63].

기집죵 ᄒᆞᄂᆞ이 나온다 기집죵 ᄒᆞ나이 나온다.

"셔방(書房)님 셔방님, 아씨(娥氏)게셔 급ᄒᆞᆫ 일이 이스니 좀간(暫間) 다녀 나가시라고 엿쥬심니다. 홍승지(洪承旨) 영감게압셔ᄂᆞᆫ 무슴 일노 우리 아씨와 졀연약상망(截然若相忘)[64]ᄒᆞ시나니가? 실로(實勞[65]) 답답(沓沓)하오이다."

홍승지(洪承旨)가 츄샹(秋霜)갓치 호령(號令)ᄒᆞ여 왈(曰),

"이년, 요망ᄒᆞᆫ 년, ᄎᆞᆺ ᄆᆡ에 쳐죽일 년."

ᄒᆞ여 금슌(錦順)의 머리를 들고 엇지[66] ᄎᆞᆺ던지 머리는 샹셜(霜雪)[67]이 지닌 듯ᄒᆞ고 젼신(全身)은 멍이 들어 이러나지 못ᄒᆞ고 마로 ᄭᅳᆺ헤 ᄭᅮ러 안져 엿ᄌᆞ와 왈(曰),

"영감(令監) 마님 영감 마님, 쇤네의 말이 아모리 누취(陋醜)하나 드르시기 바라나이다. 쇤네의 죄가 무슴 죄(罪)야요? 쇤네 마닐 죄(罪)가 잇스면 영감

---

58) 이 구절 전체를 번역하면 "젊음이 몇 때런가, 늙어짐을 어이하리."이다.
59) 장가듦.
60) 아무렇거나. 어쨌든
61) 방사(房事)를 함. 남녀가 교합함.
62) 밥상.
63) '이렇게 지낸 지가 태산보다도 많았더라.'로 해석됨.
64) 싹 끊고 마치 서로 잊어버린 듯이 함.
65) '實로'의 잘못.
66) 어찌? 글자가 선명치 않음.
67) 서리와 눈.

(令監) 마님게서 죽이셔도 말 훈 마듸 못훅게삽늬다. 쇤녜는 아씨(娥氏) 심부룸 나온 죄밧게는 업습니다. 쇤녜가 이 뎍에 드러오지 아니훅엿스면 모르오나, 이왕(已往) 드러왓스면 엇지 상젼(上典)의 심부름을 피훅오리가? 상젼은 부모(父母)와 갓다고 훅엿스니 구물에 든 고기를 쎄아야만 훅지 안삽느니가? 죽으면 죽소와도 아씨(娥氏) 싱각(生覺)은 잠시(暫時)라도 잇지 못훅게삽느이다. 죄(罪)가 무순 죄(罪)야요? 죄(罪)가 무슴 죄(罪)야요? 현철(賢哲)훅신 우리 아씨(娥氏) 일호(一毫)갓흔 죄(罪)도 업습니다."

물 퍼붓듯 훅난 말이 금슌의 어린 쇽에 어디셔 그리 나오는지 홍승지(洪承旨)가 금슌(錦順)의 말을 듯다가 쇽이 답답(沓沓)훅여 쇽마옴으로,

'져 년이 마로에 머리를 굽히고 말훅는 동안에 쇽히 단여 나오리라.'

훅고 뒤문을 소릐업시 열고 안마당에 드러가니, 그 마누라는 지게문에 기디여 쵸마 끈으로 눈물을 이리 씻고 져리 씻고 훅다가 홍승지(洪承旨)의 드러오난 양(樣)을 보고 우룸을 긋치여 왈(曰),

"여보 싹도 훅오. 이러타시 셔로 끈코 지너실나거든 나를 하로 밧비 한강슈(漢江水)에 씌여 죽여 쥬셧스면 도라가는 혼(魂)이라도 신세(身世)나 편(便)훅겟쇼. 여보 무슴 짜닭으로 무죄(無罪)훈 수람을 이러타시 괄시(恝視)훅오? 날마다 속 쓰리고 이 집안에 잇기 실쇼. 후유, 명쳔(明天)도 야쇽훅지."

이쩌에 홍승지(洪承旨)는 듯는지 마는지,

"어- 그 날 쳔기(天氣)야 죠쿤."

훅며 수랑(舍廊)으로 나오니 금슌(錦順)이는 무인공방(無人空房)[68]을 향(向)훅여 횡셜슈셜훅고 잇더라. 홍승창(洪承彰)이가 우숨을 억지로 츔고 왈(曰),

"이 년, 어셔 드러가렷다."

금슌(錦順)이가 그졔야 이러나니 두 귀 밋혜 눈물이 방울갓치 쩌러지며 안마당에 드러시니, 부인(婦人)이 쓰럭 밋혜 나려 금슌(錦順)을 붓들고 낙누(落淚)[69] 왈(曰),

---

68) 아무도 없는 빈 방.
69) 눈물을 흘림.

"나를 두고 이를진디 세상(世上)에 난 ᄇ람이 무어시냐? 우리가 세상(世上)에 삼길나거든 요슌(堯舜)갓치 축한 되(宅)을 만나거나, 그러치 안커든 쳣번 응아 소릐 한마디에 쥭엿시면 이런 일이 업슬 터인디, 네나 너나 써 못 맛ᄂᆞᆫ 타시로다."

ᄒᆞ며 진쥬(珍珠)갓흔 두 쥴 눈물을 금(禁)ᄒᆞ지 못ᄒᆞ거ᄂᆞᆯ 금슌(錦順)이는 젼(前)에 울든 눈물이 긋치지 아니ᄒᆞᆫ 터에 부인(婦人)의 말을 드러보니 마ᄋᆞᆷ이 답답(沓沓)ᄒᆞ여 마죠 잡고 울며 왈(曰),

"아씨 아씨, 마옵시요 마옵시요. 그런 말슴 마옵시요. 고진감닉(苦盡甘來)[70]와 흥진비닉(興盡悲來)[71]는 인간(人間) 샹ᄉᆞ(常事)이오니, 이러타시 ᄉᆞ러ᄒᆞ시지 마옵소셔."

부인(婦人)이 금슌(錦順)의 말을 다 듯지 못ᄒᆞ고 금슌(錦順)의 숀을 이끌고 방(房)으로 드러가더니, 눈물이 물 퍼붓듯ᄒᆞ며 금슌(錦順)을 압헤 안치고 일너 왈(曰),

"이 ᄋᆡ 금슌(錦順)아, 이 ᄋᆡ 금슌(錦順)아. ᄌᆞ고(自古) 이닉(以來)로 ᄉᆞ람이 세상(世上)에 나거든 ᄒᆞᆫ 번 낙이망우(樂而忘憂)[72]ᄒᆞᄌᆞᆫ 거시 아니냐? 닉의 몸으로 말ᄒᆞ면, 부모(父母)님의 ᄒᆞ날과 갓치 놉흐신 덕턱(德澤)과 ᄒᆞ히(河海)와 갓치 널으신 은덕(恩德)으로 씰디업ᄂᆞᆫ 이닉 몸을 ᄇᆡ쇽에 너흐시고 십삭(十朔)을 고싱하시다가 나를 나시여 이러타시 길느셔셔 츌가경윤(出嫁經綸)[73]ᄒᆞ시다가, 이 되(宅) 영감(令監) 마님 슉부(叔父) 영감 마님게셔 우리 진사(進士)님과 갓치 샹의(相議)ᄒᆞ여 졍(定)ᄒᆞᆫ 혼인(婚姻)이라. 닉 몸과 갓치 되야셔ᄂᆞᆫ 세샹에 싱긴 ᄇ람이 무어시냐? 이와 갓흘진디 진실노 사는 것도 웬슈러구나. 이 되 영감(令監) 마님이 나를 무슴 죄목(罪目)으로 미워ᄒᆞ신다더냐? 닉 죄(罪)가 무슴 죄(罪)냐? 혼인(婚姻)ᄒᆞᆫ 근(近) 십여(十餘) 년(年)에

70) 고생이 끝나면 즐거움이 옴.
71) 즐거운 일이 지나가면 슬픈 일이 닥쳐옴.
72) 즐겁게 지내 근심을 잊음.
73) 시집보낼 일을 도모함.

일호(一毫)라도 아모 죄(罪)는 업다. ᄉᆞ람이 변(變)하여도 그럿타시 변(變)ᄒᆞ단 말이냐? 니가 이 덕에 드러온 것도 운슈(運數)요, 이 덕(宅)에셔 고싱ᄒᆞ는 것도 운슈(運數)라. 슈원슈구(誰怨誰咎)ᄒᆞᆯ소냐?[74] 아모리 쳔번(千番) 만번(萬番) 싱각ᄒᆞ여도 잘못ᄒᆞᆫ 거시 무어시냐? 이 ᄋᆡ 금슌(錦順)아 이 ᄋᆡ 금슌(錦順)아. 너도 이 덕(宅)에 잇지 말고 하로 밧비 나가셔 다른 집에 요슌(堯舜)갓튼 덕(宅)에 드러가 잇스려무나. 네가 나로 ᄒᆞ여곰 갓치 스럼을 밧는고나. 금순(錦順)아, 나는 밥 먹기 슬허니 밥상(床) 치어다가 네가 먹으려무나."

금슌(錦順)이가 푹 업듸려지며 ᄒᆞᆨᄒᆞᆨ 늣기며 ᄒᆞ는 말이,

"아씨(娥氏) 아씨 이 말솜이 웬 말솜이야요? 마옵시요 마옵시요. 부듸부듸 그러ᄒᆞᆫ 말솜 마옵시요. 아씨(娥氏) 댁(宅) 마님게셔는 아씨(娥氏)를 나시여샤 남의 집으로 보니실 쥴만 아르셧지 이럿타시 고싱하실 쥴이야 아르셧습니가? 쉰네가 아씨(娥氏)를 뫼시고 이 덕(宅)을 써낫스면, 이 덕(宅) 영감(令監) 마님도 편(便)ᄒᆞ고 아씨(娥氏)와 쉰네도 편(便)하여 피ᄎᆞ(彼此) 죠흘 터이지마는, 그럿치도 못ᄒᆞ니, 싱젼 갓치 고싱만 ᄒᆞᆯ 츄긔(樞機)올시다. 갓치 뫼시고 잇ᄌᆞ니 아씨(娥氏)나 쉰네나 피ᄎᆞ(彼此) 고싱만 될 터이니 엇지 ᄒᆞ면 죠켓솝니가? 아씨(娥氏)게셔 고싱을 낙(樂)으로 알으시고 멧힐단지 게시면 양단간에 무솜 까닭이 날 터이니, 이리 마시고 안심(安心)이 게시옵소셔."

ᄒᆞ며 '아이아이' 우니, 부인(婦人)이 금슌(錦順)이를 이륵혀 일너 왈,

"금슌(錦順)아 울지 마라. 네나 니나 다 불신지탄(不辰之歎)[75]이러구나."

ᄒᆞ며, 부인(婦人)이 잘못ᄒᆞ는 일이 잇스면 금슌(錦順)이가 츙간(忠諫)[76]ᄒᆞ고, 금슌(錦順)이가 죄가 잇스면 부인(婦人)이 효유(曉喩)[77]ᄒᆞ여 특별이 졍이 드러

---

74) 누구를 원망하며 누구를 탓할까?
75) 때를 못 만난 데 대한 한탄.
76) 충성스럽게 말림.
77) 타이르고 깨우침.

상젼(上典)과 죵이 아니라 남이 보기에는 동ᄀᆡ 갓더라.

세월(歲月)이 여류(如流)ᄒᆞ여 홍승지(洪承旨)의 나히 근(近) 오십(五十) 되얏스니, ᄒᆞᆫ ᄉᆡᆼ각이 쇽에 골돌이 밋치여 목메인 ᄉᆞ람 갓다가, 옥년(玉蓮)을 다려온 후(後)로 일단(一段) 졍신(精神)이 여광여취(如狂如醉)[78]ᄒᆞ여, 옥년의 말이라면 막혓든 귀가 다시 ᄣᅦ인 듯ᄒᆞ고, ᄶᅡᆷ기든 눈이 번젹 ᄯᅦ인 듯ᄒᆞ고 멧 달 동안에 ᄒᆞᆫ 번식 드러가든 홍승챵(洪承彰)이가 그후(其後)ᄂᆞᆫ 하로 이십사시(二十四時)에 인쳔집 방에셔 우슈며 노올며 둘글며 심지어(甚至於) 인쳡집[79]의 무릅을 비이고 두루누어 노니, 그 부인 김씨는 김셩[80]이 아닌 경우에야 쇽이 온젼ᄒᆞᆯ 니가 잇깃너냐?

그날 밤이 오릐 되야 사방(四方)이 젹젹(寂寂)ᄒᆞᆫᄃᆡ, 인쳔집 잇ᄂᆞᆫ 방에는 등쵹(燈燭)이 휘황(輝煌)ᄒᆞ고 人聲(인셩)이 훤화(諠譁)[81]ᄒᆞ다. 김씨(金氏)ᄂᆞᆫ 잠이 오지 아니ᄒᆞ여 이리 둥글 져리 둥글 두 귀 밋헤 눈물방울 벼ᄀᆡ를 젹시도다. 혼ᄌᆞ말노 ᄌᆞ탄(自歎)ᄒᆞ되,

"ᄒᆞ나님도 야쇽ᄒᆞ고 귀신(鬼神)도 무졍(無情)ᄒᆞ지. 호쳔망극(昊天罔極)[82] 부모(父母)임이 나 ᄒᆞ나를 나시어셔 덥다 ᄒᆞ아 ᄒᆞᆫ마ᄃᆡ에 셔늘ᄒᆞᆫ ᄃᆡ 눕히시고, 칩다 ᄒᆞ아 ᄒᆞᆫ마ᄃᆡ에 더운 ᄃᆡ로 눕히시고, 'ᄂᆡ ᄯᆞᆯ이야 ᄂᆡ ᄯᆞᆯ이야 셤마 둥둥 ᄂᆡ ᄯᆞᆯ이야. 아리ᄯᅡ운 너의 일신 요죠슉녀(窈窕淑女) 길너ᄂᆡ야 군ᄌᆞ호구(君子好逑)[83] 비필(配匹) 되어 너의 부모 잇지 마라' 이럿ᄐᆞ시 ᄒᆞ시더니, 이년 팔ᄌᆞ 엇지 되야 이- 지경 웬일인가? 슉죵ᄃᆡ왕(肅宗大王) 착ᄒᆞᆫ 이도 쟝희빈(張嬉嬪)을 궁녀 ᄉᆞᆷ아 민 즁젼[84]을 츌궁[85]ᄒᆞ고 만고츙신(萬古忠臣) 박틔보(朴泰輔)를 화형(火刑)으로 쥭기시고, 이후(以後) 회과쟈칙[86]ᄒᆞ여 민 즁젼

78) 미친 듯도 하고 취한 듯도 함.
79) '인쳔집'의 잘못.
80) 짐승.
81) 시끌벅적함.
82) 어버이의 은혜가 하늘과 같이 넓고 크며, 하늘처럼 다함이 없다는 뜻.
83) 군자의 좋은 짝.
84) 閔中殿.
85) 黜宮. 궁에서 내쫓음.

(閔中殿)을 환궁(還宮)ᄒᆞ고 박티보의 죽은 혼을 일차(一次) 위로(慰勞)ᄒᆞ셧스니, 이 년의 팔ᄌᆞ인들 여긔셔 달을소냐? 고대광실(高臺廣室) 어ᄃᆡ 가고 삼간(三間) 집이 원일[87]이며 고량진미(膏粱珍味) 어ᄃᆡ 가고 악쵸구(惡草具)[88]가 웬일이며, 녹의홍상(綠衣紅裳) 어ᄃᆡ 가고 츄솔포의(醜率布衣)[89] 웬일인가? 옛말에 이르기를, '흥진비ᄅᆡ(興盡悲來)며 고진감ᄅᆡ(苦盡甘來)라' ᄒᆞ더니, 지금이야 볼진ᄃᆡᆫ 옛말도 그짓게라. 쳔싱즁민[90]ᄒᆞ실 젹에 ᄉᆞ람이 싱겨나셔 이목구비(耳目口鼻) 일반이나, 엇든 놈은 요슌(堯舜) 갓고 엇든 놈은 도쳑(盜跖)[91] 갓허, 심셩(心性)이 각각인고? 이러ᄒᆞᆫ 측ᄒᆞᆫ ᄃᆡᆨ이 오날날 이 지경 되기 웬일인가? 가ᄌᆞ ᄒᆞ니 갈 슈 업고 잇ᄌᆞ ᄒᆞ니 맘 샹하여 양단간이 다 어려워 쥭어도 예셔 쥭고 십흐나 금슌의 말에는 고진감ᄅᆡ라 ᄒᆞ기에 지금ᄭᅡ지 춤고 잇스나 ᄒᆞ여 웬슈 갓흔 좀이 깁히 드럿도다."

겻헤 ᄌᆞ든 금슌(錦順)이는 부슈시 이러나셔 머리를 독독 글그며 ᄌᆞ든 목소ᄅᆡ로,

"아씨(娥氏) 아씨, 무어시라 ᄒᆞ셧습ᄂᆞ이가?"

이ᄯᅢ ᄉᆞ방(四方)에 닭기 소ᄅᆡ 예셔 ᄭᅬ고요 제셔 ᄭᅬ고요 ᄒᆞ야 셔로 응답(應答)하는 듯ᄒᆞᄂᆞᆫᄃᆡ 어ᄃᆡ셔 인셩이 슈군슈군 ᄒᆞ거늘 귀를 북편으로 기우리고 사연을 드러보니, 웬슈 갓흔 홍승ᄎᆞᆼ과 쥭일 년 인쳔집이 무어시 그리 죠흔지 우슘 소ᄅᆡ가 낭자(狼藉)ᄒᆞᆫ가 보더라.

"허허 하하 흐흐 호호."

ᄒᆞ여 안방 김씨 부인의 이 애기를 ᄒᆞ니 금슌이가 듯다가, 쇽마음의 분(忿)을 춤지 못ᄒᆞ여 ᄒᆞᆫ 계칙(計策)을 ᄒᆞ되, 순사를 ᄒᆞ나 다리고 드러가셔 급경풍을 노흐리라 ᄒᆞ고, 자최를 슘기고 밧그로 나가셔 츄져주져ᄒᆞ든 ᄎᆞ, 홀연이 엇더ᄒᆞᆫ

86) 悔過自責. 과실을 뉘우치고 스스로 책망함.
87) '웬일'의 오기인 듯함.
88) 고기는 조금도 없고 거칠어 맛이 없는 음식.
89) 거칠게 만든 베옷.
90) 天生蒸民. 하늘이 만백성을 내심.
91) 중국 춘추 시대에 살았던 몹시 악한 사람.

힝순순사(行巡巡査)[92]를 만닉여 얼골을 졈간 보니 져의 셔방님이라. 홍승충이가 이십여 세에 그 아들을 두엇스되 제삼(第三)이라. 일홈은 홍윤식이니 이십여 세붓터 순ᄉᆞ가 되엿더라.

"ᄋᆡ고 셔방님이요, 인쳔마마 잇ᄂᆞᆫ 방에 영감 마님과 갓치 지금ᄭᆞ지 ᄌᆞ지 안코, 안방에 마님게옵셔ᄂᆞᆫ 좀을 이루시지 못ᄒᆞ시고 슈심(愁心)으로 게십ᄂᆡ다."

홍윤식이가 분이 나셔 머리 ᄭᅳᆺᄭᆞ지 등용(登湧)[93]ᄒᆞ엿도다.

"무어시야?"

ᄒᆞ며 혼불추신(魂不抽身)[94] 드러가셔 인쳔집 잇ᄂᆞᆫ 방 뒤마루에 셥젹 올나 가만이 드러 보니 ᄌᆞ긔 어머니의 이애기라. 영창을 화다닥 밀치고 것침업시 셥젹 드러가더니 샹셜 갓흔 칼날을 우로 번듯 알노 번듯 인쳡집[95]에 목에 져누며 고셩ᄃᆡ질(高聲大叱)[96] 왈,

"이년, ᄂᆡ 말 드러 보라. 지금 밤이 깁허 닭기 울도록 자지 안코 무슴 이예기를 이웃 사랑ᄭᆞ지 ᄌᆞ지 못ᄒᆞ게 ᄒᆞ너냐? 너갓흔 기집은 죄사불사(罪死不赦)[97]로ᄃᆡ 깁히 용셔(容恕)ᄒᆞᄂᆞᆫ 거시니, 이후(以後)에 그러ᄒᆞᆫ 힝실(行實)이 만일 ᄯᅩ 잇스면 너의 가늘고 가ᄂᆞᆫ 목이 이 ᄂᆡ 칼에 낙엽(落葉)과 갓흘지니 이리 알녓다."

ᄒᆞ며, 홍승충을 도라보며 왈,

"요ᄉᆞ이 신세계(新世界)에 신법령(新法令)이 나스되, 뉘기든지 쳡을 두어 밤낫업시 (好遊)[98]ᄒᆞ며 ᄌᆞ긔(自己)의 (本妻)[99]를 박ᄃᆡ(薄待)ᄒᆞᄂᆞᆫ ᄉᆞ람은 큰 욕을 당ᄒᆞᆯ 거시니, 당신의게 훈계(訓戒)ᄒᆞ노니, 어셔 밧비 회과(悔過)ᄒᆞ여

92) 살피며 돌아다니는 경찰.
93) 솟구쳐 오름.
94) 혼이 몸에서 빠져나오지 못함.
95) '인쳔집'의 잘못.
96) 높은 소리로 크게 꾸짖음.
97) 죄가 죽어서 용서받지 못할 정도임.
98) '호유(好遊)'로 표기해야 하는데 괄호 안의 한자만 씀. 놀기 좋아함.
99) '본쳐(本妻)'의 잘못.

축긔쳡(追其妾[100]) 이긔쳐(愛其妻)[101]ᄒᆞ기를 쳔만보답(千萬報答) ᄇᆞ라며, 만일 여ᄎᆞ(如此) 여ᄎᆞ 아니ᄒᆞ면 당신(當身)의 명이 시각(時刻)이 밧불 거시니 이리 알녀다. 쏘 무슴 이애기를 계명셩(鷄鳴聲)[102]이 들니도록 ᄉᆞ람들이 좀을 못 ᄌᆞ게 ᄒᆞ니 이러한 ᄒᆡᆼ위(行爲)가 어ᄃᆡ 이스리요? 십분(十分) 용셔(容恕)ᄒᆞ여 고만 두난 거시니, 다시ᄂᆞᆫ 그리 말녀다."

ᄒᆞ고 안방에 건너와 그 어머니를 위로(慰勞)하여 왈,

"스러ᄒᆞ시지 말으시고 몃 ᄒᆡ든지 참으시면 ᄒᆞᆫ ᄯᅢ가 잇습니다. ᄉᆞ람이 세샹에 삼겨나셔 일평ᄉᆡᆼ 희락으로 지ᄂᆡᄂᆞᆫ ᄉᆞ람도 업고 일평ᄉᆡᆼ 근심으로 지ᄂᆡ는 ᄉᆞ람도 없습니다."

ᄒᆞ며 졋헤 씨러져 그짓 ᄌᆞ는 쳬 하더니, 건너방문이 열니ᄂᆞᆫ 소릐가 나거늘, 그 부인은 안져셔 눈물을 써러트리고, 홍윤식은 겻헤 누엇더라. 홍승지가 안방으로 건너와 그 부인 김씨를 도라보며 왈,

"어- 큰일나쇼. 어- 큰일나쇼. 엇더ᄒᆞᆫ 슌사놈인지 도적놈인지 거침업시 타인의 ᄂᆡ실에 드러와 불을 ᄭᅳ고 샹셜 갓흔 칼을 ᄲᅢ여 번뜻번뜻ᄒᆞ기에 ᄂᆡ의 혼신은 지금ᄭᅡ지 염나ᄃᆡ왕이 쥬지를 안쇼구려. 어-. 이 ᄋᆡ 윤식이는 무슴 좀을 이럿ᄐᆞ시 곤ᄒᆞ게 ᄌᆞ나?"

ᄒᆞ더니, 어ᄂᆞᆫ 듯 동방(東方)이 긔백(旣白)[103]이라. 그날 밤은 무슴 밤인지 안방과 건너방에셔 좀 ᄒᆞᆫ 심 누어ᄌᆞ지 못ᄒᆞ엿더라. 홍승지가 윤식을 ᄭᆡ와 이러 안치며 ᄃᆡ칙[104] 왈,

"졍신ᄎᆞ려라. 이 ᄌᆞ식 너는 엇지 ᄉᆡᆼ긴 ᄌᆞ식이 아비가 큰 욕을 당ᄒᆞ여도 모로고 좀만 ᄌᆞ너냐? 나이ᄂᆞᆫ 이십이나 너문 ᄌᆞ식이 아비가 큰 욕을 당ᄒᆞ여도 모로너냐? 늘근 아비가 봉변[105]을 ᄒᆞ여스니 와셔 구원(救援)이라도 아니ᄒᆞ

100) '逐其妾'의 잘못. 그 첩을 쫓아버림.
101) 그 본처를 사랑함.
102) 닭 우는 소리.
103) 이미 훤하게 밝았음.
104) 大責. 크게 꾸짖음.
105) '봉변'의 잘못.

고, 집안은 영 망ᄒᆞ는 게로군. ᄌᆞ식이 져러ᄐᆞ시 싱기어스니 집안이 온젼홀 니가 잇나?"

윤식이가 두어 번 눈을 비비더니,

"무슴 말슴이야요? 이십이 너멋거나 슴십이 너멋거나 좀이 곤ᄒᆞ게 든 경우에야 어지ᄒᆞ오리가?"

"도라간[106] 밤에 닭은 ᄉᆞ오 ᄎᆞ리[107]를 우럿는ᄃᆡ 어ᄃᆡ셔 엇더ᄒᆞᆫ 슌ᄉᆞ인지 도젹인지 드러와셔 칼을 ᄲᅢ여 불호령을 ᄒᆞ며 눈을 베푸러 큰 욕을 당ᄒᆞ엿다. 좀이 무슴 좀이냐?"

"슌ᄉᆞ가 왓거나 도젹이 왓거나 졍신 모로난 경우에야 어지하여요? 불호령인지 물호령인지 좀든 동안에야 어지ᄒᆞ오리가?"

"엇더ᄒᆞᆫ ᄉᆞ람이 소위 아비라 ᄒᆞ며 그러홀 니가 잇너냐?"

"아바지계셔 불의지변(不意之變)[108]을 당(當)ᄒᆞ시여 ᄃᆡ단(大段)[109]히 놀나셧다니 소ᄌᆞ(少子)의 좀이 혼몽[110]ᄒᆞ여 ᄭᆡ닷지 못ᄒᆞ엿ᄉᆞ오니 하졍(下情)[111]에 황숑만만(惶悚萬萬)[112]이오며, 십분(十分) 통촉(洞燭)하시와 특위용셔(特爲容恕)[113]ᄒᆞ시기를 ᄇᆞ라ᄂᆞ이다."

이러홀 졔음에 월츌동영(月出東嶺)[114]ᄒᆞ엿도다. 홍승ᄎᆞᆼ이가 건너방에 건너가니, 이ᄯᅢ에 인쳔집은 면경(面鏡)[115] ᄎᆡ경(彩鏡)[116] 압헤 노코, 반월소(半月梳)[117]와 용쇼[118]로 솰솰 빗고 흑운(黑雲)[119] 갓치 거문 머리 직구동빅[120]에

106) 지난.
107) 차례.
108) 뜻하지 않은 변고.
109) '대단'은 순우리말인데도 한자어인 것처럼 한자를 병기하였다.
110) 昏夢. 정신이 아뜩하여 가물가물함.
111) 어른 앞에서 자기의 심정을 낮추어서 이르는 말.
112) 황송하기가 짝이 없음.
113) 특별히 용서함.
114) 동쪽 고개에 달이 떠오름.
115) 얼굴을 보는 작은 거울.
116) 아름답게 장식한 거울.
117) 반달 모양의 빗.
118) 용 모양의 빗(龍梳)?

함쓱[121] 짬어 향닉가 쵹비[122]ᄒᆞ더라.

인쳔집이 홍승지 드러오는 양을 보고 빙긋 우스니 잉도(櫻桃) 갓흔 불근 입셜 박씨 갓흔 니노 향닉를 ᄌᆞ아닉니 홍승지는 마죠 보고 빙-긋 우스니, 두 ᄉᆞ람이 졍이 엇지 그리 죠흔지 인심(人心)은 변ᄒᆞ여도 天地(텬지)는 변치 안코 상셜(霜雪)은 나리여도 숑쥭(松竹)은 불변기식(不變其色)[123]ᄒᆞᆫ다더니, 홍승지와 인쳔집은 지나간 밤에 큰 욕을 당ᄒᆞ엿더니 그ᄯᅢ는 경동지식(驚動之色)[124]은 죠곰도 업고 가치 희희낙낙으로 노니더라.

홍승지가 사랑으로 나아오니 홀연(忽然) 벽상(壁上)에 빅셔(白書)가 잇거놀 ᄌᆞ세(仔細)이 보니, 그 셔에 ᄒᆞ엿스되,

'한 고죠(漢高祖) 갓흔 니도 여후(呂后)를 쳡(妾)을 솜아 쳑부인(戚夫人)을 모함ᄒᆞ여[125] 셔지위경(庶至危境)[126]ᄒᆞ여잇고, 당 명황졔(唐明皇帝)[127] 갓흔 니도 양귀비(楊貴妃)를 다려다가 불쳘쥬야(不綴晝夜[128])' 노닐 젹에 슈만다사(數萬多士)[129] 션비들이 간ᄒᆞ고 ᄯᅩ 간ᄒᆞ되 죵시(終始) 듯지 아니ᄒᆞ여 현죵(玄宗)으로 곳쳐 잇고, 우리나라 슉죵딕왕(肅宗大王) 장희빈(張嬉嬪)을 궁녀(宮女) 솜아 즁궁젼(中宮殿)을 쬬ᄎᆞ닉고 만고츙신(萬古忠臣) 朴泰輔(박틱보)를 화형(火刑)으로 쥭이시여, 泰山磐石(틱산반셕)과 갓흔 대한제국(大韓帝國)이 셔긔위망(庶幾危亡)[130]ᄒᆞ엿스니, 화물며 사셔인(士庶人)[131]이 妾

119) 검은 구름.
120) 동백기름의 종류?
121) 듬뿍?
122) 觸鼻. 냄새가 코를 자극함.
123) 그 빛깔을 변하지 않음.
124) 놀라는 기색.
125) 한 고조가 척부인을 첩으로 맞아들여 본부인인 여후를 곤란하게 했던 것인데, 잘못 인용하였음.
126) 거의 위태로운 상황에까지 이르렀음.
127) 당 나라 현종(玄宗).
128) '不撤晝夜'의 잘못.
129) 수없이 많은 선비.
130) 거의 망할 정도로 위태롭게 됨.
131) 벼슬이 없는 선비나 서민들.

(첩)의게 혹(惑)ᄒᆞ여 불고신가(不顧身家)[132]ᄒᆞ게 되면 이후(以後)에 다시 와셔 급경풍(急驚風)[133]을 노흐리라.'

이럿ᄐᆞ시 써엿거늘 홍승지가 ᄭᅳᆺ가지 다 못 보고 두 눈이 어두우며, 입쇽에 침이 업셔 쪽쪽 지즈며[134] 가만이 누어 ᄉᆡᆼ각ᄒᆞ니 ᄉᆞ람을 다려다가 ᄶᅩᆺ기도 극난[135]이요 두고 잇ᄌᆞ니 변고삭츌(變故數出)[136]이라. ᄇᆡᆨ쥬(白晝)에 혼ᄌᆞ 누어 이리 궁굴 져리 궁굴 이 ᄉᆡᆼ각 져 ᄉᆡᆼ각 ᄒᆞ다가 챵졸에 입이 ᄶᅥᆨ 버러지며,

'올타 올타. 인쳔집을 다려다가 ᄇᆡᆨ여 리 밧게 두고 ᄂᆡ 긔집[137]은 낙향(落鄕)[138]ᄒᆞ여 살으리라.'

ᄒᆞ고 ᄯᅩ ᄒᆞᆫ ᄉᆡᆼ각이 동ᄒᆞ되, 동원에 ᄭᅩᆺ봉오리도 갓고 셔산에 반달과 갓흔 인쳔집을 이별ᄒᆞ기도 극난이라. 그러나 쳣 번 ᄉᆡᆼ각이 가ᄌᆞᆼ 죠흘 듯ᄒᆞ여 명일(明日)에 ᄯᅥ나기로 작졍ᄒᆞ엿더라.

ᄉᆞ람이 무론 뉘기던지 당쵸야에 측하든 ᄒᆡᆼ실(行實)이 惡(악)ᄒᆞᆫ 지경에 들기는 쉽다 ᄒᆞ려니와, ᄌᆞ긔의 악ᄒᆞᆫ ᄒᆡᆼ실을 회기(悔改)ᄒᆞ기는 어려운 일이라. 젼혀 홍승지를 그르다 ᄒᆞᆯ 슈도 업ᄂᆞ니 엇지 된고 화회를 볼지어다.

쳐음 홍승지가 옥년을 만날 ᄯᅢ에 옥년을 잠간 보니, 비옥[139](白玉)으로 ᄶᅡᆨ가ᄂᆡᆫ 듯 젼불날지(顚不剌的)[140]를 견요만쳔(見了万千)[141]이로ᄃᆡ 져반가희랑(這般可喜娘)[142]은 한증견(罕曾見)[143]일식, 아(我)- 안화요란(眼花燎亂)[144] 구란언(口難言)[145]ᄒᆞ니 혼영아(魂靈兒)[146]ㅣ 비거반쳔(飛去半天)[147]이로다. 나뷔

132) 제 몸과 가정을 돌보지 않음.
133) 외부의 자극을 받아서 갑자기 일어나는 경기(驚氣).
134) 찢으며.
135) 極難. 지극히 어려움.
136) 변고가 자주 일어남.
137) 계집?
138) 서울에서 시골로 거처를 옮김.
139) '빅옥'의 잘못.
140) '전불자적(顚不剌的)'의 잘못. 원대의 북방어로서 '말괄량이'란 뜻.
141) 자주 볼 수 있음.
142) 저 아리따운 아가씨.
143) 보기가 어려움.
144) 눈앞에 불똥같은 것이 어른거려 요란함.

가 꼿을 보고 도로 울쳐 나르리요? 한 번 보믜 불 갓흔 욕심(慾心)이 나셔 옥년의 숀을 ᄌᆞ밧스니 어젼에 유지왈[148](於傳에 有之曰) '호쉭지심[149]은 셩인도 유지[150]라(好色之心은 聖人도 有之라)' ᄒᆞ엿스니 인싱(人生)이 세계에 나셔 무정ᄒᆞᆫ 세월이 덧업시 가셔 강보지아ᄒᆡ(襁褓之兒孩)[151]가 소년에 달ᄒᆞ고 소년이 노연에 달ᄒᆞ여 금명일(今明日)을 아지 못ᄒᆞᄂᆞᆫ 인싱이 엇지 실푸지 아니ᄒᆞ랴. 홍승지가 옥년의 숀 잡을 ᄯᅵ에 그 겻헤 요슌공맹(堯舜孔孟)이 잇스면 어지 동심(動心)이 되지 아니ᄒᆞᆯ 니가 잇겟너냐. 아모리 마ᄋᆞᆷ에 업다 ᄒᆞᆯ지라도 가다가 셔너 ᄎᆞ례는 도라볼 터이라. 홍승지는 졸연이 변ᄒᆞ여 이러타시 회기ᄒᆞ여스니 엇지 범상(凡常)ᄒᆞᆫ ᄉᆞ람이라 ᄒᆞ리요.

그 명일에 옥년을 다리고 남ᄃᆡ문역(南大門驛) 썩 나셔셔 평양힝(平壤行)을 올ᄂᆞ시니, 호각 소릐는 호로록 호로록 ᄒᆞ며 어린 아ᄒᆡ(兒孩) 거름 것듯 ᄎᆞᄎᆞ ᄎᆞᄎᆞ 졈졈 ᄯᅥ나 좌우 청산이 번듯번듯 벽공(碧空)에 젼광[152] 갓고 공즁(空中)에 소릐기[153]라. 거문 연긔는 츙천ᄒᆞ여 흑운을 지으난 듯 비운[154]심쳐양삼가(白雲深處兩三家)[155]에 져문 연기 흡ᄉᆞᄒᆞ다. 얼마짐 갓던지 경거[156]를 ᄒᆞ는도다. 홍승지는 인천집을 다리고 나려가니 산도 셜고 물도 셜어 쵸힝길이 완연ᄒᆞ다. 층층누각은 벽공에 다힌 듯 각식(各色) 화물(貨物)은 산젹히쟝(山積海藏)[157]ᄒᆞ고 인물(人物)이 번화(繁華)ᄒᆞ다. 여긔는 어ᄃᆡ뇨. 긔ᄌᆞ[158]의 도회쳐라.

---

145) 입으로 말하기가 어려움.
146) 영혼.
147) 하늘 가운데로 날아감.
148) 경전에 있어 가로되.
149) 호색하는 마음. 여색을 좋아하는 마음.
150) 있음.
151) 강보에 싸인 아기.
152) 電光. 번갯불.
153) 솔개.
154) '빅운'의 잘못.
155) 백운이 깊은 곳에 있는 두세 채의 집.
156) 停車.
157) 산처럼 높이 쌓고 바다처럼 많이 저장함.
158) 箕子.

졍거장 가흐로 쥬져(躊躇)쥬져ᄒᆞ더니 엇더ᄒᆞᆫ 남ᄌᆞ가 길을 막고 옥년의 숀을 잡고,

"어ᄃᆡ 가ᄂᆞᆫ 부인이요?"

인쳔집은 셔리 마진 병아리 갓치 말 ᄒᆞᆫ 마ᄃᆡ 업거날 남ᄌᆞ 왈,

"아모리 남녀가 다르오나 일년이 ᄉᆡ로온 일이라 말 ᄒᆞᆫ 마듸 쳥ᄒᆞ여 보옵시다."

인쳔집은 북그러워 가ᄉᆞᆷ이 어ᄃᆡ셔 ᄶᅩᆺ겨온 ᄉᆞ람가치 두 방망이질을 ᄒᆞ여 머리를 숙이고 ᄯᅩ 말 ᄒᆞᆫ 마듸 아니ᄒᆞ거날 남ᄌᆞ 답답ᄒᆞ여 왈,

"여보시요 아씨인님, 너모 무례ᄒᆞᆫ 짓을 하엿ᄉᆞ오니 황숑(惶悚)ᄒᆞ오이다."

인쳔집이 마지 못ᄒᆞ여 잠간 말 ᄒᆞᆫ 마ᄃᆡ를 ᄒᆞ것다.

"황숑인지 누른 숑아지인지 숀이나 노흐시요. 길가에 가ᄂᆞᆫ ᄉᆞ람 길은 멀어 아득ᄒᆞ고, ᄇᆡᆨ일은 셔샨에 걸녓스니 이ᄃᆡ지 유체[159]하게 ᄒᆞ시며 무례이 ᄒᆞ신단 말이요? 노으십시요 노으십시요. 여보 홍승충 씨, 여보 홍승충 씨, ᄉᆞ람 좀 ᄲᅧ야 쥬- ᄉᆞ람 좀 ᄲᅧ야 쥬시요."

ᄒᆞ니, 인쳔집의 아람다운 입에 박씨 갓흔 입쇽에셔 향긔 잇ᄂᆞᆫ 말소ᄅᆡ가 코를 질으거날, 그 남ᄌᆞ는 더욱 마음이 방탕ᄒᆞ여 일단 졍신이 옥년의게 잇셔 여광여취로다. 인쳔집은 쇽이 답답ᄒᆞ여 눈물을 흘니며,

"여보 여보, 홍승지 영감 홍승지 영감, 어ᄃᆡ로 가셧쇼………"

이ᄯᅢ에 홍승지는 어ᄃᆡ로 피신ᄒᆞ고 인쳔집은 그 ᄉᆞ람의게 던질 쟉졍이라. 그 ᄉᆞ람의 형용을 즘간 보니, 이목이 춍명(聰明)ᄒᆞ고 션명(鮮明)ᄒᆞᆫ 양복(洋服)에 미려(美麗)ᄒᆞᆫ 후로고투[160]를 닙고, 금빗을 씌운 시계쥴은 후로고투 밧게 나탄ᄒᆞ여 일광에 빗취여 ᄲᅡᆫ즉ᄲᅡᆫ즉ᄒᆞ고, 금테 안경을 눈 아ᄅᆡ 눌너 쓰고 왼숀으로 단쟝 들고 오룬숀으로 여숑연 물고 머리에는 파나마[161]를 썻ᄂᆞᆫᄃᆡ 가위(可謂) 신세계에 활동한 ᄉᆞ람이라.

---

159) 濡滯. 막히고 걸림.

160) 낡은 코트.

161) 파나마 모자.

홍승지는 뉘의 집에 잠간 ᄉᆞ관을 정ᄒᆞ고 그 남ᄌᆞ의 ᄒᆞᄂᆞᆫ 힝동을 보니, 그 남ᄌᆞ는 인쳔집의 숀을 쓰을고 어난 곳 심림 쇽으로 드러가더니, 인쳔집은 숀을 노하라 남ᄌᆞ는 못 노켓다 힐난이 되엿더라.

[남ᄌᆞ] 여보 닉 말 듯쇼. 구테여 이러하실 것 무엇 잇쇼? 역발산긔기세(力拔山氣蓋世)[162]ᄒᆞ든 항우(項羽)도 고집으로 망ᄒᆞ엿스니, 그더도 지금 이렷트시 고집을 곳치지 아니ᄒᆞ면 타일에 타향 고혼이 될 터이니, 타향고혼이 되면 후회ᄒᆞᆫ들 씰데가 잇쇼? 나를 싸라 가셔 빅ᄌᆞ쳔숀(百子千孫)[163]에 호긔[164]잇게 살앗스면 죠치 아니ᄒᆞ게쇼? 오날날 이 고집도 닉일만 되여도 허ᄉᆞ로다.

인쳔집은 졔우 경신을 ᄎᆞ려 ᄎᆞ졈ᄎᆞ졈 나와 보니, 호호망망(浩浩茫茫)[165] 너른 길에 산천쵸목(山川草木)이 無(무)비[166]싱쇼(生疎)[167]라. 쳔녀 번 만녀 ᄎᆞ례 홍승지를 부르나 ᄃᆡ답이 업도다. 이ᄯᅢ에 ᄒᆡ는 지고 달이 쓰니 그 달빗이 인쳔집의 얼골에 빗취엿도다. 엇지ᄒᆞᆯ 계칙이 업셔 ᄒᆞᆫ 번 우름을 닉노컷다.

"어지ᄒᆞ나………… 이년 팔ᄌᆞ 어지ᄒᆞ나? 홍승지인지 빅(白)승지인지 황(黃)승지인지 무엇 쟘놈인지, 가만이 잇ᄂᆞᆫ 나를 무슴 연유로 다려다가 이 고싱을 식히게 하나? 홍승지ᄂᆞᆫ 쇼위 승지인지 한림인지 벼살을 ᄒᆞ여 과긔ᄭᅡ지 ᄒᆞ고 이러ᄒᆞᆫ 법율도 모로나? 져러ᄐᆞ시 용열우미[168]ᄒᆞᆫ 인민(庸劣愚昧ᄒᆞᆫ 人民)을 무슴 ᄶᅡ닭으로 과긔를 식히여 국녹을 타다가 ᄌᆞ긔 집만 치례ᄒᆞ여 구즁궁궐(九重宮闕) 이릐 노코 국가에 유익은 도모지 업스니 한심ᄒᆞ고 익두룹

162) 힘은 산을 뽑을 만하고 기운은 세상을 덮을 만함.
163) 많은 자손.
164) 豪氣. 거드럭거리는 기운.
165) 끝없이 넓어 아득함.
166) 非.
167) 생소하지 않은 게 없음.
168) 못나고 어리석음.

다. 져러훈 위인을 소위 승지이니 한림이니 영감이니 쩡감이니 ᄒᆞ니, 나라히 망ᄒᆞ지 아니ᄒᆞᆯ소냐?"

이리 ᄒᆞᆫ참 울 ᄯᅵ에 어ᄃᆡ셔 찔거덕 찔거덕 ᄒᆞ며 인쳔집에 압헤 와셔 무러 왈,

"엇더ᄒᆞᆫ 부인이 무슴 원억[169]ᄒᆞᆫ 일이 잇셔 삼경야월(三更夜月)[170]에 이러타시 울고 잇쇼? 나라라니 웬 나라 말슴은 그리ᄒᆞ오?"

인쳔집은 우룸을 그치고 왈,

"남의 사졍은 아라 무엇ᄒᆞ시랴요? ᄂᆡ가 ᄂᆡ의 셔럼에 북밧치여 우는 거슬 굿틔여 알 거시 잇쇼? "

슌ᄉᆞ가 압흐로 밧슥 다거 안지며 여러 번 무르되 도모지 ᄃᆡ답이 업거날, 슌ᄉᆞ가 답답ᄒᆞ여 왈,

"여보 가라쳐만 쥬시면 ᄂᆡㅣ가 좌우지간(左右之間)에 ᄭᅳᆺ을 ᄂᆡ힐 거시니 죠곰도 염녀 마시고, 쇽에 씨인 회포를 낫낫치 말ᄒᆞ시요구려."

인쳔집이 슌ᄉᆞ의 그 말 ᄭᅳᆺ헤 마ᄋᆞᆷ이 도라셔셔 우슘을 먹음고 왈,

"무타[171]라. ᄂᆡ가 쳐엄 아모ᄃᆡ셔 놀다가 집에 도라가려고 ᄒᆞ든 ᄎᆞ 홀연 인젹이 잇셔 ᄎᆞᄎᆞ 각가이 들니더니, ᄂᆡ의 압헤 와셔 길을 막으며 숀을 붓들고, '네가 나를 모로리라. 나는 숨쳥동 사는 홍승충충[172]이로다. 염예 말고 나만 ᄯᅡ라 오너라' ᄒᆞ기에 몃 번 사양ᄒᆞ고 아니 가려고 드럿더니 홍승충의 말에 '네가 마닐 나만 ᄯᅡ라오지 아니ᄒᆞ면 너의 머리가 벽공에 날으리라' ᄒᆞ기에 여ᄌᆞ(女子)의 마ᄋᆞᆷ이라 두려ᄒᆞ여 ᄯᅡ라갓더니, 불과(不過) 십년(十年)에 모흠을 ᄒᆞ여 나를 타인의게 던지려고 다리고 여긔가지 왓ᄉᆞ옵고, 홍승충인지 빅승충인지 궐ᄌᆞ[173]는 부지거쳐[174]로쇼이다."

슌ᄉᆞ가 듯기를 맛치지 못ᄒᆞ고 앙쳔탄왈(仰天歎曰)[175],

---

169) 冤抑. 원통하게 누명을 뒤집어 씀.
170) 달밝은 한밤중.
171) 無他. 다른 까닭이 아님.
172) '충'이 중복되어 있음.
173) 厥者. 그 사람.
174) 不知居處. 어디 있는지 알 수 없음.

"허 쳔지간에 소위 인싱들이 이러훈 변고를 죵죵 즈아닉니 추라리 오륜삼강(五倫三綱)은 구비(具備)ᄒ기 어려울지언졍 이러한 법이 잇스리요? 홍승충인지 그 궐즈는 어딕 가 잇쇼?"

[옥년] 강남에 연즈와 물쇽에 고기갓치 잠시 잠간 닉 압헤 반족 쎼히더니 호랑이가 ᄎ갓는지 벽공에 슐기미가 아춤거리 업셔셔 여긔져긔 날으며 비호비호ᄒ더니 홀기미가 ᄎ갓ᄂ 보오구려.

슌ᄉ가 홍승충이를 ᄎ지려고 슐집마다 다 가 보고 인가에는 다 가 보되 홍승충의 안진 흔젹도 업도다.

이쎄에 홍승지는 벌셔 ᄎ를 타고 경셩에 도달ᄒ여 가만이 싱각하니, 아마도 닉의 집이 삼청동 잇스면 변고 이뿐 아니라 구분지 일은 될 터이니 슐권[176]ᄒ고 낙향ᄒ여 살흐리라. 이리 싱각 져리 싱각ᄒ든 ᄎ에 사방에 닭기 소릭 식는 밤을 지쵹ᄒ여 원촌(遠村) 근촌(近村)에 셔로 하답[177]ᄒ여 동산이 발거오거늘, 홍승지가 안마당에 드러시며,

"여보 마누라, 큰일 나쇼."

젼에는 홍승지가 드러오면 눈을 흘기고 보든 김씨 부인이 하날이 달낫든지 귀신이 쐬왓든지 별안간에 미다지 문을 열며 왈,

"큰일이라니 무슴 말이요?"

[홍승지] 이 뒤에 슌ᄉ가 닉의 집을 멸망ᄒ려 온다우구려. 큰일 낫쇼. 허-

[부　인] 그러면 죠흔 도리가 잇쇼?

[홍승지] 응…… 도리라니 무엇 응……응……

[부　인] 낙향ᄒᄂ 슈밧게는 업쇼.

[홍승지] 어- 춤 용ᄒ오구려. 낙향ᄒᄂ 슈밧게는 업ᄂ보구려.

ᄒ며 입셜은 뒷 발이나 알노[178] 쳐여젓더라.

---

175) 하늘을 우러러 보며 탄식하여 가로되.
176) 率眷. 온 집안 식구를 데려감.
177) '화답'의 잘못.
178) 아래로.

[홍승지] 아모리 닉외간에 좃타 흔들 말짜지 갓단 밀이요? 닉 말이 그 말이 고 그 말이 닉 말이요구려.

슌ᄉ가 시각을 다투어 오는 듯 상하노복(上下奴僕)들이 모다 밥상을 '우샹'[179]쯧 '아리 ᄒ[180]'짜로 벌려 노코 졍신 업시 펴 먹고 이러시더니, 엇든 놈은

"이고 빅야"

엇든 놈은

"이고 머리야."

엇든 년은

"이고 슈쪽이야."

별안간에 만실우환[181]이 되얏고나. 홍승지는 쇽에 불이 나셔,

"이놈년들아, 죽으려거든 시각 닉로 죽던지, 죽기 실커든 어셔어셔 힝장을 ᄎ리여라. ᄎ 시간이 밧부치 아니ᄒ냐?"

홍승충의 집에 잇는 ᄉ람들은 홍승지의 말이라면 명쳔에 벼락보다 더욱 두려워하는 터이라 무슴 경황에 딕답을 그리 질게 하든지,

"예- 예이- 예-"

"힝중 등딕[182]하엿쇼."

[홍승지] 오냐 가마 안에 드리여라.

"예."

ᄒ더니, 벙거지 쓴 놈 두 놈이 가마를 메이고 겅츙겅츙 드러가거늘 김씨 부인이 가마 쇽에 드러가니 금순이는 가마 뒤에 싸라 나와 졍거증에 당도ᄒ여 상하노복(上下奴僕) 분간(分間[183]) 업시 동거(同車)[184]를 ᄒ엿도다. 얼마짐 왓든지 평튁(平澤)에 나리여 뎡산(定山) 청양(靑陽) 다 지닉고 비인(庇仁) 남포(藍

179) 上.
180) 下.
181) 滿室憂患. 한 집안에 앓는 사람이 많음.
182) 等待. 미리 갖추어 놓고 기다림. 대령(待令).
183) '分揀'의 잘못.
184) 수레에 같이 탐.

浦) 다 지너고 회덕(懷德) 진잠(鎭岑) 다 지너고 결셩(結城) 보령(保寧) 다 지너야 노셩(魯城) 들어 숙쇼ᄒᆞ고 은진(恩津)을 향ᄒᆞ여 경계한 후,

"여보아라."

"예- 등디[185]하엿쇼."

"너희들아 드러 보아라."

"예- 예-"

"돈 십 환 쥴 거시니 이 밧게 나가 탁쥬(濁酒) 얼마든지 사셔 느희들 빅부르게 먹고 닉일(來日) 아춤에 일즉 등디ᄒᆞ렷다."

여러 놈들이 디답을 질계 ᄒᆞ며 돈을 바다 가지고 져희길에[186] 즁얼그리는 놈도 잇고 조와ᄒᆞ는 놈도 잇스며 칙망ᄒᆞ는 놈도 잇느 보더라.

[ᄒᆞᆫ 즈] 월노에 고싱ᄒᆞᆫ 후에 돈 십 환 바다 가지고 무슴 일을 화여 먹겟나? 폐일언ᄒᆞ고 본디 양반 덕에셔는 하인의 사졍을 모로나니라. 돈 십 환을 쥬시고 우리 십여 명이 탁쥬를 사 먹을 슈 잇나? 돈 십 환으로 탁쥬가 미인[187]에 디여셧 존식 외에 더 되겐나? 후유.

[ᄒᆞᆫ 즈] 여보게 모로난 말이로다. 우리 발노 거러셔 도즁에 좀시 고싱ᄒᆞ엿다고 돈 십 환 쥬시니 도로혀 홍승지 영감 마님게셔 후ᄒᆞ신 까닭이라. 돈 십 환이 어던가. 우리가 무슴 사업을 ᄒᆞ여 ᄒᆞᆫ 달에 돈 십 환 벌겟나? 얼시고나 지화즈.

[ᄒᆞᆫ 즈] 이놈들아 드러 보라. 엇지 싱긴 놈들이 힝실이 그럿트시 불공[188]ᄒᆞ나? 돈 바라고 양반덕에 츌립[189]ᄒᆞ더나? 나로 말ᄒᆞ면 죠곰도 그런 마옴은 업다. 아모죠록 상젼을 셤기면 이후에 극낙지복[190]을 누리느니 너희들은 엇지 싱긴 놈들이 돈 십 환을 어더셔 세상에 업는 화물노 아너냐?

---

185) 等待. 미리 준비하고 기다림.
186) 저희끼리.
187) 每人. 각 사람.
188) 不恭. 공손하지 못함.
189) 出入.
190) 極樂之福. 지극히 즐거운 복.

만일 진심갈녁[191]ᄒᆞ여 우를 섬기면 후세에 유명ᄒᆞᆯ 거시며, 십 환보다 더 욱 큰 화물이 도라올 쥴을 모로나냐? 너희들은 지금사 보니 숑순쥬[192]도 고사ᄒᆞ고 청쥬 쇼쥬 고ᄉᆞ하고 포도쥬도 고사하고 싱젼에 탁쥬만 먹을 놈 들이로다. 당쟝에 돈 십 환 어더셔 즁얼거리ᄂᆞᆫ 놈도 잇고 죠와셔 뛰ᄂᆞᆫ 놈도 잇스니 공부ᄌᆞ(孔夫子) 말솜에도 '인무원려(人無遠慮)[193]면 필유근 우(必有近憂)[194]라' ᄒᆞ셧스니, 너희놈들이 아모리 무식ᄒᆞ기로 세샹에 소 위 인싱이라 명층[195]ᄒᆞ며 힝위가 그럿ᄐᆞ시 부졍ᄒᆞ냐?

여러 놈들이 머리를 슉이고 말 ᄒᆞᆫ 마ᄃᆡ 못ᄒᆞ다가 쥬졈에 들어 권커니 잡거니 취케 먹고 셕양쳔에 비틀거름으로 거르며 하날이 노ᄅᆡ여 돈 갓치 뵈이고 샹당에 소위 망세간지갑ᄌᆞ라. ᄒᆞᆫ 놈이 달녀 들어 두 숀으로 훤화를 물니치며 왈,

"여보게 이러ᄒᆞᆯ 거시 아니라 우리가 오날날 슐도 마니 먹엇스니 노ᄅᆡ를 ᄒᆞ 짓구나."

ᄯᅩ ᄒᆞᆫ 놈 달녀들며,

"무숨 노ᄅᆡ를 ᄒᆞᆯ소냐? 노ᄅᆡ도 각각이니 농부는 농부가를 ᄒᆞᄂᆞ니라."

ᄯᅩ ᄒᆞᆫ 놈 달녀들며,

"여보아라, 농부가를 ᄒᆞᆯ 터이면 풍악이 업슬소냐?"

ᄯᅩᄒᆞᆫ 놈 달녀들며,

"풍악 등ᄃᆡᄒᆞ엿쇼."

ᄒᆞ며 잉쟉농부가(仍作農夫歌)[196]ᄒᆞ니 그 노ᄅᆡ에 ᄒᆞ엿스되,

쳔싱증민ᄒᆞ실 젹에 有物有則(유물유측)[197]이언마ᄂᆞᆫ 엇든 ᄉᆞ람 공부ᄒᆞ여 사긔[198] 역ᄉᆞ를 다 일고[199] 사셔 삼경을 다 일고 고문진보 팔ᄃᆡ가[200] 時時

191) 盡心竭力. 마음과 힘을 다함.
192) 松筍酒. 소나무의 새순을 넣어 빚은 술.
193) 사람이 멀리 내다보고 염려하지를 않음.
194) 반드시 가까운 장래에 근심스런 일이 있음.
195) 名稱. 이름붙여 부름.
196) 이어서 농부가를 지음.
197) 사물이 있으면 법칙이 있음.

(시시)로 열남ᄒᆞ며 슈용산츌(水湧山出)[201] 문즁 되야 소년등과[202] 급졔ᄒᆞ야 한림[203] 승지 쒸여올나 교리[204] 슈찬[205] 다 지ᄂᆡ고, 챰의(參議) 챰판(參判)에 쒸여올나 육조판셔(六曹判書)를 다 지ᄂᆡ고 삼졍승(三政丞)에 쒸여올나 긔사당상(耆社堂上)[206] 다 지ᄂᆡ고, 입신양명(立身揚名) 츙군ᄋᆡ국(忠君愛國)ᄒᆞ여 상영부모(上榮父母)[207] 하현긔신(下顯其身)[208]ᄒᆞ여 잇고.

쮕-쮕- 을널널 상사뒤-.

엇든 사람 근면(勤勉)ᄒᆞ여 죠경모운(朝耕暮耘)[209] 농부(農夫) 되야 상평하평(上坪下坪)[210] 다 갈아 노아 츄슈동장(秋收冬藏)[211]ᄒᆞᆫ 연후에 상공(上供)부모[212] 하양(下養)쳐ᄌᆞ[213] ᄒᆞ여 잇고.

쮕-쮕- 을널널 샹사뒤야-.

옛적에 동소남(董邵南)이 쥬경야독(晝耕夜讀) 근면(勤勉)ᄒᆞ여 이후(以後) 셩사(成事)ᄒᆞ신 공덕(功德) 지금ᄭᅡ지 유명(有名)ᄒᆞ다.

을널널 샹ᄉᆞ뒤- 쮕-쮕-

ᄇᆡᆨ이슉졔(伯夷叔齊) 갓흔 ᄉᆞ람 불식쥬쇽(不食周粟)[214] 다라나셔 슈양산(睢陽山)에 숩어 잇셔 국가여하불고(國家如何不顧)[215]ᄒᆞ고 고ᄉᆞ리를 ᄏᆡ여다가

---

198) 史記.
199) 읽고.
200) 八大家. 중국 역사상 당송 시대를 휩쓴 여덟 명의 명문장가.
201) 물과 산이 솟구침.
202) 어린 나이에 과거에 급제함.
203) 翰林.
204) 校理.
205) 修撰.
206) 나이가 많아 은퇴한 고위관료를 위해 만들어 놓은 곳이 기로소인데, 그곳을 거친 당상관을 이른 말.
207) 위로는 부모님을 영광스럽게 함.
208) 아래로는 제몸을 세상에 드러냄.
209) 아침에는 밭을 갈고 저녁때는 김을 맴.
210) 윗 들 아랫 들.
211) 가을에 추수하여 겨울에 갈무리함.
212) 위로는 부모님을 봉양함.
213) 아래로는 처자식을 먹여 살림.
214) 주나라의 곡식을 먹지 않음.
215) 나라가 어떻게 바뀌었는지 돌아보지 않음.

반촌을 삼아 두고, 산젼(山巓)[216]에 한와(閒臥)[217]ᄒᆞ여 노릭를 불으다가 잉쟉곤혼[218](仍作孤魂)[219]ᄒᆞ엿스니, 쥭일 놈은 그ᄲᅮᆫ일세.

ᄭᅢᆼ-ᄏᆡᆼ- 을널널 샹ᄉᆞ뒤요-

ᄒᆞᆫ춤 이리 노닐 ᄯᅴ에 별안간에 안에셔 풍파(風波)가 이러난다. 이놈들이 ᄯᅦ를 지어 셔로 ᄒᆞ는 말이,

"우리 ᄃᆡᆨ 마님게셔 낙틱(落胎)를 ᄒᆞ셧나 보다."

[ᄒᆞᆫ ᄌᆞ] 이놈 물늬여라. 우리 ᄃᆡᆨ 마님게셔 츈츄(春秋)가 얼마시냐?

[그 ᄌᆞ] 금년에 근 육십 아니시냐?

[그 ᄌᆞ] 허- 밋친 놈이러군.

[ᄯᅩ ᄒᆞᆫ ᄌᆞ] 여보아라. 모로난 말이로다. 밋친 놈이라니 무솜 말이냐? 너의 ᄌᆞ친(慈親)이 육십에 나를 나신고로 너의 일흠이 육십동이 아니냐? 그로 보면 오십여 세에 낙틱ᄒᆞ시기 쉬운 일이니라.

[늘근 ᄌᆞ] 여보아라. 너희들이 취즁에 말이로다. 이만 져만 그치고 ᄉᆨᄉᆨ히 들어가 보짓구나.

그놈들이 구름가치 몰려 우루루 드러가니, 마당 가운딕 노혓듯[220] 벼 셤이 업거날 이놈들이 소릭를 질으며,

"벼 셤이 업쇼."

ᄒᆞ며 ᄒᆞᆫ 놈은 방망이 들고, ᄯᅩ ᄒᆞᆫ 놈은 몽치를 들고 ᄯᅩ ᄒᆞᆫ 놈은 돌을 들고 안뒤흐로 도라가니 젼에 업는 거시 노혀거늘, 돌든 놈이 도젹인가 의심ᄒᆞ여 ᄌᆞ최를 슘기고 돌을 던지며,

"도젹이야, 도젹이야, 도젹놈 여긔 잇쇼."

여러 놈들이 우- 달녀들어 몽치로 두다리니, 덜거덕 ᄭᅵ아지며 ᄶᅩ각ᄶᅩ각이

216) 산꼭대기.
217) 한가롭게 누움.
218) '잉쟉고혼'의 잘못.
219) 마침내 외로운 혼이 됨.
220) '노혓든'의 잘못.

사방으로 헛터지거날 ᄌ셔이 보니 젼에 업든 독이라. 금슌이가 ᄒᆞᆫ섬을 휘 쉬이며 나오거날, 여러 놈들이 달녀들어 보니 반싱반사[221] 되얏고나. 잠간 지쳬ᄒᆞ엿더면 나약ᄒᆞᆫ 금슌이가 독즁 고혼 될 쌘ᄒᆞ엿더라.

"금슌아 졍신ᄎᆞ리여라. 무슴 싸닭으로 이 지경이 되얏너냐?"

홍승지와 김씨 부인과 홍윤식이는 겁이 나셔 머리 긋까지 달ᄒᆞ엿더라. 김씨 부인이 보션 발노 쒸여 나와 금슌이를 붓들며 왈,

"ᄋᆡ고 이계 웬일이냐? 이 ᄋᆡ 금슌아 졍신 ᄎᆞ리여라. 이거시 어인 일이냐? 늬 아씨 여긔 잇다."

금슌이가 그즁에 졍신을 ᄎᆞ리여,

"아씨 아씨."

ᄒᆞ며 말 ᄒᆞᆫ 마ᄃᆡ 못ᄒᆞ거날, 김씨 부인이 두 팔을 호위(護衛)ᄒᆞ고 방으로 드러가셔 온돌(溫突)에 누이고 금침을 덥허 쥬니, 불과 한 시간이 되지 못ᄒᆞ여 이러나거늘, 모양을 보니 한츌쳠비(汗出沾背)[222]로다. 부인이 이어 약이를 낫낫치 무러 보리라 ᄒᆞ여 말을 뭇난다.

"이 ᄋᆡ 금슌아 말좀 ᄒᆞ여라. 네가 엇지ᄒᆞ다가 그러ᄒᆞᆫ 큰 난을 당ᄒᆞ엿너냐?"

금슌이가 여셩ᄃᆡ답(厲聲對答)[223] 왈,

"다름이 아니오라 아씨 츄침ᄒᆞ신 겻헤 쇤네가 누어셔 비몽사몽(非夢似夢)간에 밧게셔 현연이[224] '금슌아 금슌아' 두어 마ᄃᆡ 소리가 나기에 쇤네난 혹 계슌이가 와셔 명월청풍지하(明月淸風之下)[225]에 산보(散步)ᄒᆞ쟈고 부르난지 알고 반가와 나가 보니, 키는 팔구 쳑지 장신이요 눈은 죵지만 ᄒᆞᆫ 놈인ᄃᆡ, 문지방 밧글로 쇤녜가 발을 닉노흐다가 감쟉 놀나 도로혀 드러오려 ᄒᆞ얏더니, 그 놈의 발이 쇤녜 요량컨ᄃᆡ 십여 장이나 될 듯ᄒᆞᆫ 발노 뜰에 셥젹 올나시더니, 왼숀으로 쇤녜의 쵸마를 붓들어 쵸마쟈락이 헤여지고 쇤녜

221) 半生半死. 거의 죽게 되어 생사를 알 수 없는 지경에 이름.
222) 땀이 나서 등을 적심.
223) 소리를 높여 대답함.
224) 顯然히. 뚜렷하게. 분명하게.
225) 밝은 달과 맑은 바람 아래.

가 겁결에 쇽이 드러오려 ᄒᆞ려다가 무릅을 문지방에 부딧듸려 멍이 드럿삽고, 밤갓치 부릿삽ᄂᆞ이다. 그리ᄒᆞ여셔 그 ᄌᆞ리에 폭 쥬져 안즈며 ᄉᆞ람 살니라고 몃 번이라도 ᄒᆞ엿계삽지오마는 입을 막고 말 ᄒᆞᆫ 마듸 벙긋 못ᄒᆞ게 ᄒᆞ여, 쇤네를 안고 건너방 부억으로 드러가더니 겁탈을 ᄒᆞ려다가 사불여의(事不如意)[226]ᄒᆞ여 쇤네를 독 쇽에 가두어 두고 궐ᄌᆞ(厥者)ᄂᆞᆫ 담을 넘어셔 부지거쳐올시다. 그리ᄒᆞ여 독 쇽에 갓쳐 잇셔 호흡불통(呼吸不通)[227]ᄒᆞ여 쥭을 번ᄒᆞ든 ᄎᆞ에 다힝으로 머음[228]등을 만나셔 쥭을 명이 사랏ᄉᆞ오니 아씨 명철지하(明哲之下)[229]에 용셔ᄒᆞ시기 ᄇᆞ라ᄂᆞ이다."

금슌이가 이 ᄯᅢ 나히 열칠팔 세는 되엿더라. 인물(人物)이 동탕[230]ᄒᆞ여 별명(別名)을 지엇스되 후세(後世) 양귀비요 今世(금세) 월(越) 서시(西施)라고 유명ᄒᆞᆫ 금슌이라. 김씨 부인이 금슌이 말을 듯고 앙천 대탄 왈,

"세샹에 허다ᄒᆞᆫ 인심이 만토다. 그 놈이 엇더ᄒᆞᆫ 놈인지는 모로겟스나, 요량컨듸 그 놈의 어미가 그 놈을 ᄇᆡ 쇽에 여허 두고, 필연 미역국을 반 그럭을 먹엇고나. 그러치 아니ᄒᆞ면 좌셕(座席)을 부졍(不正)히 ᄡᆞᆯ고 나흔 거시로구나. 남의 집 담을 넘어 남의 집 죵을 겁탈ᄒᆞ려다가 말 아니 듯는다 층탁(稱托)ᄒᆞ고, 셩셩무양[231]ᄒᆞᆫ 아희를 독 쇽에 너허셔 쥭이려 ᄒᆞ여스니 그와 갓치 무지막지ᄒᆞᆫ 놈이 ᄎᆞ세계에, 아지 못거라 두 놈이나 잇스랴? 이 ᄋᆡ 금슌아, 죠곰도 마음을 경동히 ᄒᆞ지 말고 안심ᄒᆞ여 잇기 ᄇᆞ란다. 너갓치 측ᄒᆞ고 인ᄌᆞ(仁慈)ᄒᆞ고 츙셩(忠誠) 잇는 아희를 그러ᄒᆞᆫ 누명을 닙히니 너가 낫츨 들 슈가 업고나. 이 ᄋᆡ 금슌아, 금세듸 금슌이가 젼세 육샹공 일이 되얏고나. 영감 마님이 밧게 인젹(人跡)이 잇다 ᄒᆞ기에, 나는 여ᄌᆞ의 마음이라 나가 보지 못ᄒᆞ고 사랑에 잇는 셔방님을 불너다 가 보라 ᄒᆞ니 셔방님이 문을 열

226) 일이 뜻대로 되지 않음.
227) 호흡이 통하지 않음.
228) '머슴'의 잘못.
229) 명철하신 아래.
230) 動蕩. 얼굴이 토실토실하고 잘 생김.
231) 惺惺無恙. 멀쩡하여 아무 이상이 없음.

고 보다가 감작 놀나여 드러오더니, '어머니- 마당에 잇는 독이 웬 독이야요? 마당에 노힌 벼 셤도 업습니다구려' ᄒᆞ기에, 더구나 마ᄋᆞᆷ이 웃슥 십허 보지 못ᄒᆞ고 너를 보니, 네가 업기에 더구나 머리 ᄭᅳᆺ이 쑙볏쑙볏ᄒᆞ고, 입에 침이 업셔지여 말 ᄒᆞᆫ 마듸 셔로 못ᄒᆞ고 셋 ᄉᆞ람이 마죠 안져셔 ᄯᅥᆯ기만 ᄒᆞ엿다. 네가 그 모냥이 될 쥴이야 뉘가 마ᄋᆞᆷ이나 먹엇스며, 뉘가 ᄭᅮᆷ이나 ᄭᅮ어스랴? 우숩고 도로혀 기가 막힌다."

ᄒᆞ며 기집죵 ᄒᆞ나를 부른다.

"계슌(桂順)아 계슌아."

부르니 계슌이가 ᄃᆡ답ᄒᆞ며 나오니,

"이 ᄋᆡ 계슌아, 금슌이가 경신이 온젼치 아니ᄒᆞᆫ 모냥이니 밥이나 데이고 맛잇난 반반[232]이나 마니 노아 금슌의 압헤 노아 쥬어라."

계슌이가 쳥녕[233]ᄒᆞ고 진션(珍膳)[234]을 승셜(盛設)[235]ᄒᆞ야 금슌의 압헤 노흐며 일너 왈,

"금슌아 입맛은 업스나 이것 먹고 아모죠록 소셩(蘇成)[236]이 되어야만 아씨의 마ᄋᆞᆷ과 너의 마ᄋᆞᆷ에 편ᄒᆞ지 아니ᄒᆞ게너냐? 네가 져럿타시 괴롭게 지ᄂᆡ면 아씨의 마ᄋᆞᆷ이며 너의 마ᄋᆞᆷ에 온젼ᄒᆞᆯ 니가 잇ᄂᆞ냐? 아씨의 마ᄋᆞᆷ과 너의 마ᄋᆞᆷ이 온젼치 못ᄒᆞᆫ 경우에야 네의 마ᄋᆞᆷ인들 죠흘쏘냐?"

ᄒᆞ며 눈물을 씻거날, 금슌이가 쳣 슈갈에 계슌의 말을 듯고 마죠 눈물을 ᄲᅮ려 왈,

"계슌아, ᄉᆞ람의 명은 알 슈가 업ᄂᆞ니 아춤 볏헤 ᄒᆞ로ᄉᆞ리 셕양에 이별ᄒᆞ고, 풀 ᄭᅳᆺ헤 이슬 방울 경각에 ᄯᅥ러지나니, 옛 글에 일너스되 '죠화지쵸ᄂᆞᆫ 셕이영낙(朝花之草ᄂᆞᆫ 夕而零落)이라[237]' ᄒᆞ엿스니, ᄉᆞ람이 명을 알 슈가 잇

---

232) '반찬'의 잘못.
233) 聽令. 명령을 들음.
234) 진귀한 음식.
235) 성대하게 차림.
236) '蘇醒'의 잘못. 큰 병을 치르고 난 뒤 몸이 다시 회복됨.
237) 아침에 피는 꽃은 저녁이면 진다.

슬소냐? 당쟝의 닉의 명도 알 슈가 업나니, 오날 이러타시 괴롭게 지닉다가 닉일 병이 더홀는지 모릭 죽을는지 모로나니, 네가 아모죠록 우리 딕 아씨 닉외분을 밧들아 닉의 ᄒᆞ든 일을 낫낫치 셩공ᄒᆞ라."

ᄒᆞ며 눈물 방울이 두 귀 밋헤 써러지니, 계슌이는 그 겻헤 안졋다가 춤아 그 형용을 보지 못ᄒᆞ여,

"오냐, 그리ᄒᆞ여라."

ᄒᆞ며 밧게 나가니, 금슌이는 밥 슉갈을 쓰며 ᄒᆞᆫ 번식은 흙흙 늣기고 안졋더라. 홍승지의 집은 엇지 그리 츙효딕가인지 무론 샹하노복ᄒᆞ고 일심을 모아 형제 간갓치 지닉여 일호라도 억위는 일이 업고, 우에셔 허물이 잇스면 노복들이 간ᄒᆞ고, 노복들이 죄가 잇스면 우예셔 가라치며, 일가(一家)가 화ᄒᆞ여 옛적에 듀남소남(周南召南)[238] 씨와 방불(彷佛)ᄒᆞ니, 홍승지의 명예(名譽)가 은진(恩津) 일군(一郡)에 낭ᄌᆞ(狼藉)ᄒᆞ더라. 명쳔이 하감ᄒᆞ시고 귀신이 부죠[239]ᄒᆞ여 금슌의 병이 졈졈 감ᄒᆞ는 긔식이 잇거날 김씨 부인이 약병을 숀에 들고, 금슌의 겻헤 안지며 왈,

"슌졍ᄌᆞ(順貞子)야 슌졍ᄌᆞ야, 이 약을 마셔 보라. 삼신샨에 불노쵸를 두이 폭이[240] 쟉말[241]ᄒᆞ여 무궁화로 가미ᄒᆞ고, 鳧(부)죠귀연(藻龜蓮)[242] 쟉말ᄒᆞ여 인삼으로 가미[243]ᄒᆞ고 한무졔(漢武帝) 승노반(承露盤)[244]에 이슬을 바다다가 너흔 약이로다. 이 약을 마셔 보면 쟝닉 복녹을 누리고 자숀 챵셩 될 터이니, 이 약 ᄒᆞᆫ 번 마셔 보라."

금슌이가 부득이ᄒᆞ여 ᄒᆞᆫ 번 마셔 보니, 졍신이 샹쾌ᄒᆞ여 동산 죠일[245]을 딕

238) 주남과 소남은 『시경』의 편명임.
239) 扶助. 도와줌.
240) 포기.
241) 장만.
242) 오리가 노는 마름풀과 거북이가 천년 만에 한 번씩 오른다는 연꽃. 장수를 상징함.
243) 加味.
244) 한 나라 무제가 장수하기 위해, 인공으로 선인(仙人)을 만들어 그 손바닥을 타고 흘러내리는 이슬을 받도록 한 쟁반.
245) 朝日. 아침 해.

ᄒᆞᆫ 듯 셔쳔신월[246]을 ᄃᆡᄒᆞᆫ 듯ᄒᆞ더라. 죤비샹하[247] 업시 경축가로 노닐 젹에 반달 갓흔 금슌이는 잉슌[248]을 열고 향곡[249]을 ᄂᆡ아 노니, 그 노ᄅᆡ에 ᄒᆞ엿스되,

"명쳔[250]이 도으셧나 귀신이 도으셧나 죽을 번 금슌이가 ᄶᆞᆷ든 눈을 ᄯᅥ엿스니 명쳔지공(明天之功)[251] 이 아닌가? 명사십리(明沙十里) 벽계변(碧溪邊)[252]에 ᄇᆡᆨ구(白鷗)[253] 펄펄 날아드니, ᄂᆡ 병 나흘 증죠로다. 쟝졔오류심심리(長堤五柳深深裡)[254]에 황죠영영[255](黃鳥嚶嚶)[256] 날아드니, ᄂᆡ 병 곳칠 의사(醫師)로다. 얼시고나 지화ᄌᆞ."

계슌이가 이러셔셔 ᄒᆞᆫ 곡죠 ᄂᆡ아 노니, 그 노ᄅᆡ에 ᄒᆞ엿스되,

"셔지위경(庶至危境) 금슌이가 명쳔조일(明天朝日)[257] 만낫스니 동오셔쟉(東烏西雀)[258] 펄펄 날아 각귀고향(各歸故鄕)[259] 멀니 ᄯᅳ고, 연비여쳔(鳶飛戾天)[260] 소ᄅᆡ기[261]와 魚(어)약우연(躍于淵)[262] 괴기들은 문병(問病)ᄒᆞ려 나왓다가 ᄃᆡ경질식(大驚疾色)[263] 다라는다. 얼시고나 지화쟈."

김씨 부인 이러셔셔 한 곡죠 ᄂᆡ아 노니 그 노ᄅᆡ에 ᄒᆞ엿스되,

"만고츙비[264] 슌경ᄌᆞ가 황쳔 귀경ᄒᆞ려다가 츈화사풍(春花斜風)[265] 죠흘 ᄯᅢ

246) 西天新月. 서쪽 하늘의 초승달.
247) 尊卑上下. 존귀와 비천과 웃사람과 아랫사람.
248) 櫻脣. 앵두같은 입술.
249) 鄕曲.
250) 明天. 모든 것을 밝히 보시는 하느님.
251) 하느님의 공.
252) 푸른 시냇가.
253) 흰 갈매기.
254) 긴 둑에 우거진 다섯 그루 버드나무의 깊은 속.
255) '황죠앵앵'의 잘못.
256) 꾀꼬리가 앵앵하고 소리를 냄.
257) 밝은 하늘에 떠오른 아침 해.
258) 동쪽의 까마귀와 서쪽의 까치.
259) 제각각 고향으로 돌아감.
260) 솔개가 하늘로 날아오름.
261) 솔개.
262) 물고기가 못에서 뜀.
263) 크게 놀라 싫어하는 낯빛을 함.
264) 萬古忠婢. 만고에 남을 만큼 충성스런 여자 종.

에 신견차세(新見此世)[266]ᄒᆞ엿스니, 구년지슈[267] 지리ᄒᆞᆯ 졔 텨양 볏을 ᄃᆡ하는 듯, 삼일 신월을 ᄃᆡ흔 듯 얼시고나 지화쟈."

이리 ᄒᆞᆫ촘 노닐 젹에 ᄇᆡᆨ일은 셔샨(西山)에 걸너엿도다. 이 ᄣᆡ는 어느 ᄣᆡ냐? 이삼월지회간(二三月之晦間)[268]이라. 무졍ᄒᆞᆫ ᄇᆡᆨ일이 뎜뎜 드러가고 유졍ᄒᆞᆫ 츈풍이 슬슬 불도다.

○슌졍ᄌᆞ는 쟘시 곤궁ᄒᆞ여 남의 집에 드러셔 죵노릇 ᄒᆞ고 잇지마는 만일 견ᄃᆡ는 집 갓흐면 홍승지를 불버ᄒᆞᆯ[269] 것 업시 고ᄃᆡ광실에 덩그러케 놉히 안져 남녀노비 압헤 두고 ᄌᆞ근아씨 소ᄅᆡ를 드를 터이지마는 하회를 보라.

아국(我國) 경죵죠(景宗朝)에 젼쥬 니씨 한포ᄌᆡ(寒圃齋) 이건명(李建命)[270]의 ᄌᆞ숀이니, 슌졍ᄌᆞ의 증죠부는 경샹감사(慶尙監使[271])로 세샹을 이별ᄒᆞ고 죠부는 진ᄉᆞ로 세샹을 ᄯᅥ나고 그 부친은 ᄒᆞᆯ 슈 업셔 걸인(乞人)으로 ᄃᆡᆼ기고 금슌은 엇지ᄒᆞ여 이 지경에 당ᄒᆞ엿나 ᄒᆞ회를 보라.

금슌이가 팔구 세예 그 부친이 금슌의게 일너 왈,

"너의 아비 나는 곤궁(困窮)ᄒᆞ여 연명(延命)ᄒᆞᆯ 계칙(計策)이 업스니 너는 나를 아비로 알지 말고, 나는 너를 ᄯᆞᆯ노 알지 말어셔, 망망ᄋᆡ각(茫茫涯角)[272]에 샨지사방(散之四方)[273]ᄒᆞ여 너는 ᄂᆡ가 쥭은 쥴노 알고 나는 네가 쥭은 쥴노 알어, 셔로 ᄉᆡᆼ각ᄒᆞᆯ 것 업시 쥭은 쥴노 알고 잇스면, 이후에 혹 너를 만ᄂᆞ면 다ᄒᆡᆼ이고 불ᄒᆡᆼ이 너를 만나지 못ᄒᆞ면 ᄂᆡ의 ᄉᆡᆼ젼에 너를 ᄉᆡᆼ이별ᄒᆞ는 거시니, 이리 알고 잇기 바란다."

---

265) 봄꽃에 스쳐부는 바람.
266) 새로 이 세상을 봄.
267) 九年之水. 9년 동안 계속된 비.
268) 2월과 3월의 그믐께.
269) 부러워할.
270) 조선의 문관(1663-1722년). 본관은 전주. 우승지・대사간・이조참의를 거쳐 이조판서・부제학・형조판서・호조판서・우의정・영의정을 역임하였으며, 시문에도 뛰어나고 글씨도 잘 썼음.
271) '慶尙監司'의 잘못.
272) 넓고 넓어 막막하며 먼 땅.
273) 사방으로 흩어짐.

순경ᄌᆞ가 부친의 숀을 잡고 통곡 왈,

"이 말슴이 웬 말슴이야요? 죽어도 갓치 ᄒᆞᆫ 집에셔 죽고 짱 쇽에 드러가더러도 ᄒᆞᆫ 무덤에 드러가고, 살어도 한집안에 살어셔 어마님도 업고 형님 동싱 업ᄂᆞᆫ 혈혈단신을 엇지 혼ᄌᆞ 두고 가신단 말슴이야요? 셜혹 아바님게셔 여긔져긔 다니시다가 타향고혼이 되시여 츈일환풍 죠흔 ᄯᅢ에 녹슈청산에 불여귀[274] 불여귀 ᄒᆞ시면 가시ᄂᆞᆫ 아바님 마옴인들 유익ᄒᆞᆯ 것 무어시며, 그리 되셧더러도 ᄯᅡᆯ이 머리나 풀겟솝나니가? 마옵시샤 마옵시샤 그럴 말슴 마옵시샤. 굿테여 가시려 ᄒᆞ시ᄂᆞᆫ 마옴 쳔만 번 싱각ᄒᆞ여도 모로올 닐이올시다. 아모리 ᄯᅡᆯ이 ᄌᆞ식만 갓지 못ᄒᆞ다 ᄒᆞᄂᆞᆫ 말이 잇솝지오마ᄂᆞᆫ 어ᄃᆡ 이럿ᄐᆞ시 ᄒᆞ시ᄂᆞᆫ 일이 잇솝니가?"

ᄒᆞ며 두 귀 밋헤 흐르난 눈물이 황하슈를 지으려 ᄒᆞ거늘 그 부친이 좀아 보지 못ᄒᆞ여,

"오냐 염려 마라. 어리고 어린 네의 말이 그럿ᄐᆞ시 간졀ᄒᆞ니, 너의 아비가 너를 버리고 갈 니가 잇겟너냐? 네의 말좀 드러 보쟈고 ᄂᆡ가 그 말을 ᄒᆞ엿더니 너의 말이 그러ᄒᆞᆯ 쥴이야 ᄂᆡ가 알앗겟너냐? 염녀 마라."

ᄒᆞ고 금슌이 곤ᄒᆞ게 ᄌᆞᄂᆞᆫ 동안을 타셔 그 명일 평명[275]에 쥭장망혜(竹杖芒鞋)[276] 단포ᄌᆞ[277]로 부지거쳐러라. 순경ᄌᆞ가 이러나 보니 겻헤 누엇든 부친이 인ᄒᆞᆯ불견[278]이며, 젼에 못 보던 보통이가 걸녓거늘 풀어 보니 그 부친의 혈셔가 잇거날, 져셔이 보니 그 글에 ᄒᆞ엿스되,

'간다 간다 나는 간다. 이별이다 이별이다 사라 싱젼 이별이다. 슬푸도다 슬푸도다 너를 두고 나는 가니 슬푼 마옴 다ᄒᆞᆯ소냐? ᄯᅥ나노라 ᄯᅥ나노라 고국을 ᄯᅥ나노라. 어지ᄒᆞ리 어지ᄒᆞ리 너의 신세 어지ᄒᆞ리? ᄂᆡ의 머리[279] ᄂᆡ의

274) 두견새의 울음소리.
275) 平明. 아침에 해가 돋아 밝아올 무렵.
276) 대 지팡이와 짚신.
277) '단표자(單瓢子)'의 잘못. 한 개의 표주박.
278) 因忽不見. 인하여 홀연히 보이지 않음.
279) 머리털.

갓망[280] 여긔 두고 써나노니, 아비 싱각 심ᄒᆞ거든 세 가지에 맘을 두고 편지 부칠 싱각 마라. 너도 아비 이별ᄒᆞ고 홀노 이슬 싱각 말고, 이 집 져 집 다니다가 이 세상을 이별ᄒᆞ면, 황천구원[281] 다른 날에 부녀샹봉ᄒᆞᆯ 거시니, 이리 알고 기ᄃᆡ려라. 총총허고 답답ᄒᆞ여 무명지를 ᄭᆡ물어셔 두어 ᄌᆞᆯ을 쓰노라.'

순졍ᄌᆞ가 보기를 맛치고 그 글을 들고 ᄯᅡ에 푹 업듸려 발악ᄒᆞ며 아바님을 부른다.

"아바님 아바님, 어ᄃᆡ로 가셧쇼 어ᄃᆡ로 가셧쇼? 어린 ᄯᆞᆯ 혼ᄌᆞ 두고 어ᄃᆡ로 가셧쇼? 날기나 돗쳣스면 활활 날나 놉히 소사 아바님을 ᄯᅡ라가련마는, 일신에 날기 업셔 사불여의[282] 엇지ᄒᆞ리? 명쳔도 야쇽ᄒᆞ고 귀신도 무졍ᄒᆞ지. 어린 금순 ᄯᅡ에 ᄯᅥ러질 제, 벼락이나 ᄌᆞ극ᄌᆞ근 경각에 쥭여 쥬셧스면, 아바님 걱졍 아니 시기고 ᄂᆡ의 팔ᄌᆞ 호탕ᄒᆞ여 가는 ᄃᆡ로 갈 터이지마는, 어지ᄒᆞ여 이럿타시 무졍ᄒᆞ고 야쇽ᄒᆞ신가? 양친 부모와 형님 동싱 업시 ᄂᆡ 몸갓치 혈혈단신이 실갓치 가는 목숨을 보젼ᄒᆞᆯ 길 망연ᄒᆞ다."

이럿ᄐᆞ시 우름울 제, 산쳔쵸목이 슬허ᄒᆞ는 듯ᄒᆞ더라. 순졍ᄌᆞ의 요량에는,

'박아지나 들고 나가리라.'

일일은 뉘의 사립문에 셔셔,

"밥 좀 쥬십시요. 어셔어셔 가옵시다. 이러ᄒᆞᆫ ᄃᆡᆨ에 와셔 두 쥬먹으로 갈 슈 잇습니가?"

ᄯᅳᆯ에 누엇든 청삽사리 나를 보고 반기는 듯 컹컹컹컹 ᄒᆞ며 나오거늘,

"이 ᄀᆡ 이 ᄀᆡ 짓지 마라. 아모리 김셩인들 ᄂᆡ의 마옴 모로너냐? 짓지 마라 짓지 마라."

이러타시 다니며 밥을 빌다가 다ᄒᆡᆼ이 ᄒᆞ날갓치 널ᄒᆞ고 하히갓치 깁ᄒᆞ고 터샨 갓치 놉ᄒᆞ고 요슌 갓치 ᄎᆞᆨᄒᆞᆫ 홍승지의 집을 만나엿스니, 쥭을 번ᄒᆞ든 명이

---

280) 갓과 망건.

281) 黃泉九原.

282) 事不如意. 일이 뜻대로 되지 않음.

명의를 만난 것과 갓더라.

第二編[283] 홍승지가 한갑 잔치를 베푼다(洪承旨設回甲宴)

세월이 무졍ᄒᆞ여 덧업시 훌훌히 지나 어언간 칠월 긔망[284]이 되니, 이 날은 젹벽강에 소ᄌᆞ첨[285]이 이긱(二客)으로 ᄶᅡᆨ을 지여 범쥬(泛舟)[286]ᄒᆞ여 노든 날이라. 그날은 홍승지의 회갑일이라. 홍승지가 연분이 잇셔 그러ᄒᆞ던지 김씨 부인과 동년 동월 동일이라. 홍승지의 ᄌᆞ친이 홍승지를 ᄇᆡ 쇽에 여허 두고 칠월 십오일야에 ᄒᆞᆫ ᄭᅮᆷ을 으드니, 숑나라 ᄯᅢ 소ᄌᆞ첨이 이긱으로 쟉반ᄒᆞ여 젹벽강에 노림[287] 놀며 범쥬 쟉가[288] 노닐다가, 놀기를 마친 후에 챵안ᄇᆡᆨ발[289]에 피풍모[290]ᄒᆞ고 쟝슈(長袖)[291]를 ᄯᅳᆯ치며 현연[292]이 홍승지의 부친 홍우경의 압헤 와셔 일너 왈,

"져 편 슈림즁(樹林中)[293]에 고ᄃᆡ광실이 잇스니 그 집은 김진ᄉᆞ의 집이라. 그 김진ᄉᆞ의 부인 박씨가 지금 ᄐᆡ즁[294]이니 결단코 ᄯᆞᆯ이라. 싱년 싱월 싱일이 너의 아달과 갓흘 거시니, 이후에 너의 지금 아희가 쟝셩ᄒᆞ거든 다른 ᄃᆡ로 결혼ᄒᆞᆯ 것 업시 김진ᄉᆞ의 ᄯᆞᆯ과 갓치 혼인을 졍ᄒᆞ여라. 간다 간다 나는 간다."

놀나여 ᄭᆡ다르니 남가일몽이라.

'어화 그 ᄭᅮᆷ 이상ᄒᆞ다.'

283) '第二篇'의 잘못.
284) 旣望. 음력 16일.
285) 蘇子瞻. 송 나라의 문장가인 소동파.
286) 배를 띄움.
287) 놀음.
288) 作歌. 노래를 지음.
289) 蒼眼白髮. 푸른 눈에 흰 머리카락.
290) 被風帽. 모자를 씀.
291) 긴 소매.
292) 顯然. 환히 나타남.
293) 수풀 속.
294) 胎中.

이튼날 긔망에 안으로부터 싱남ᄒᆞ엿다 ᄒᆞ거늘, 홍판셔가 희식이 얼골에 낫탄ᄒᆞ여 구륜이 욕동이라(尻輪이 欲動[295])이라[296]). 엇더ᄒᆞᆫ 총각 아희가 구름 갓치 거문 머리에 노랑 슈건을 질건 메이고 거침업시 뜰에 셥적 올나시더니,

"ᄃᆡ감께 편지 가져 왓슴니다."

[홍판셔] 너 어ᄃᆡ 잇ᄂᆞᆫ 아희냐?

[아희] 김진ᄉᆞ ᄃᆡᆨ에 잇슴니다.

홍판셔가 십여 세에 김진ᄉᆞ와 갓치 글공부ᄒᆞ고 두 ᄉᆞ람이 졍이 무궁무진ᄒᆞ든 터이라. 홍판셔는 소년 등과ᄒᆞ고 김진ᄉᆞ는 십오 세에 진ᄉᆞ로 두문불츌[297]ᄒᆞ여 시세여부운[298]ᄒᆞ든 김진ᄉᆞ이라. 홍판셔가 반가워 편지를 ᄠᅦ여 보니, 그 셔에 ᄒᆞ엿스되,

'근슌(謹詢)[299] ᄎᆞ시(此時)[300]에 ᄐᆡ쳬(台體)[301]가 만왕부아(萬旺否아)[302]? 앙소불임(仰溸不任)[303]이라. 뎨(弟)[304]는 열샹(劣狀)[305]이 의젼(依前)[306]ᄒᆞ니 다힝이라. 뎨(弟)ᄂᆞᆫ 유농와지경(有弄瓦之慶)[307]ᄒᆞ니 슈불여농쟝지경(雖不如弄璋之慶)이나[308], 인유싱녀ᄌᆞ(人有生女子)[309] 연후(然後)에 우필유취부ᄌᆞ(又必有娶婦者)[310]니, 긔가단위아싱자이불념인지취부지(豈可但爲我生子而不念人之娶婦哉)아[311]? 챠세(此世)에 역당유위아취부이싱녀ᄌᆞ즉(亦當有爲

295) 엉덩이가 들썩이려고 함.
296) '이라'가 중복됨.
297) 杜門不出. 문을 닫아걸고 나가지 않음.
298) 時勢如浮雲. 세상 되어가는 것을 마치 뜬구름처럼 여김.
299) 삼가 문안합니다.
300) 이때.
301) 문안할 경우 상대방 몸의 형편을 높여 일컫는 말.
302) 많이 왕성하신지요.
303) 우러르는 궁금증이 안심이 되지 않습니다.
304) 편지 발신인 자신을 낮추어 일컫는 말.
305) 못난 모습.
306) 예전과 같음.
307) 딸을 본 경사가 있음.
308) 비록 아들을 낳은 경사만은 못하지만.
309) 사람에게 딸을 두는 일이 있음.
310) 또 반드시 며느리 맞이하는 일이 있음.

我娶婦而生女者則)[312] 아(我)- 엇지 아달 나흘 날이 업스랴? 이시ᄌ위(以是自慰)[313]이로라.'

ᄒ엿거늘, 홍판셔가 쥬지(周紙)[314]를 ᄂ여 노코 용지연에 먹을 가라 무심지[315] 황모필[316]노 두어 쥴 답셔를 ᄒ엿거늘,

'오러 적조(積阻)ᄒ여 쳠앙(瞻仰)[317]ᄒ든 ᄎ 혜셔(惠書)[318]를 봉독(奉讀)ᄒ니, 불각지모(不覺紙毛)[319]로다. 근심(謹審)[320] 졍쳬동지(靜體動止)[321]가 만왕(萬旺)[322]ᄒ니 앙하만만(仰下萬萬)[323]이라. 졔유농와지경운(弟有弄瓦之慶云)ᄒ니[324] 농와(弄瓦)[325]는 아모리 농장(弄璋)[326]과 갓지 못ᄒ나, 급긔방산지시(及其方産之時)[327]에 용려지졔(用慮之際)[328]는 불논장와(不論璋瓦)[329]ᄒ고, 유이슌만위축의(唯以順娩爲祝矣)[330]라. 앙커나[331] 산후에 무탈(無頉)[332]ᄒ니 시위목하디경(是爲目下大慶)[333]이라. ᄒᆡᆼ물챵연(幸勿悵然)이 여

311) 어찌 다만 내 아들 낳을 생각만 하고 남이 며느리 얻는 일은 생각하지 않을 수 있겠는가.
312) 또한 마땅히 나를 위해 며느리로 맞아들여 딸을 낳을 자가 있을 것인즉.
313) 이로써 스스로 위로함.
314) 두루마리.
315) 심지가 없는?
316) 黃毛筆. 족제비의 꼬리털로 맨 붓.
317) 우러러 봄.
318) 상대방의 편지를 높이는 말.
319) 상대방의 편지를 자꾸만 만져 거스름이 일어나는 줄도 모름.
320) 삼가 편지 사연을 살펴보건대.
321) 상대방의 동정을 포함한 몸의 형편.
322) 몸의 상태가 매우 왕성함.
323) 우러르는 아랫 사람이 아주 흡족합니다.
324) 아우님께 따님을 보신 경사가 있다고 하셨으니.
325) 딸을 낳음.
326) 아들 낳음.
327) 그 바야흐로 해산에 즈음하여는.
328) 염려하며 신경을 쓸 때.
329) 딸아들을 논할 것이 없음.
330) 오직 순산한 것만을 축하할 따름임.
331) 아무렇거나. 여하튼.
332) 아무 탈이 없음.
333) 이야말로 목전의 큰 경사임.

하(如何)오?334) 뎨(弟)ᄂᆞᆫ 일쟝부(一丈夫)를 두어스니 부모의 마ᄋᆞᆷ 위로ᄒᆞᆯ ᄌᆞ는 막과어챠의(莫過於此矣)335)로라.'

ᄒᆞ여더라. 홍판셔의 아오가 잇스되, 홍챰판 우빈이라. 일일은 홍ᄎᆞᆷ판이 김진ᄉᆞ의 집에 가셔 ᄃᆡ문 안에 드러시며,

"김연민이 잇나?"

[김진ᄉᆞ] 게 뉘긴가?

ᄒᆞ며 반가이 와셔 홍ᄎᆞᆷ판의 ᄉᆞᆫ을 잡고,

"여보게 영감, 드러가세. 방은 누취ᄒᆞ나."

ᄒᆞ며 마로에 올나 시니, 강산지쳥풍336)이 흔연이 와셔 옷깃을 블도다. 쥬렴취각337)은 ᄒᆞᆫ날에 다힌 듯 층층셕계338)는 쥬렴을 븟드는 듯ᄒᆞ더라.

[김진ᄉᆞ] 지쳑지지339)에 엇지 안면이 드문가? 나는 요ᄉᆞ이 밧버 츄신340)ᄒᆞᆯ 슈 업셔 사불여의341)ᄒᆞ건마는 ᄌᆞ네로 말ᄒᆞ면 밧분 거시 무어신가? 허-.

[홍챰판] 무ᄉᆞᆷ 말인가? ᄂᆡ 역시 공사342)에 몰몰343)ᄒᆞ여 ᄌᆞ연이 이러ᄐᆞ시 되얏네.

[김진ᄉᆞ] 폐일언344)ᄒᆞ고 ᄌᆞ네가 함씨345)를 보앗다니 감축ᄒᆞᆯ 써 비ᄒᆞᆯ 슈 업네구려.

[홍챰판] 자네는 ᄯᅩ 짜님을 보앗다니 감축ᄒᆞ네그려. 여보게 ᄂᆡ가 진졍 ᄌᆞ네의향을 모로나 ᄌᆞ네와 사ᄇᆡᆨ346)과 가치 공부 가지347) ᄒᆞ고 셔로 졍이 일

---

334) 바라기는 슬프게 여기지 않는 것이 어떻겠습니까?
335) 이보다 더 나을 것이 없음.
336) 江山之淸風.
337) 珠簾翠閣? 주렴이 늘어진 푸른 누각?
338) 層層石階. 여러 층으로 된 돌계단.
339) 咫尺之地. 아주 가까운 거리에 있는 곳.
340) 抽身. 몸을 빼냄.
341) 事不如意. 일이 뜻대로 되지 않음.
342) 公事. 공적인 일.
343) 沒沒. 골몰함.
344) 蔽一言. 한 마디 말로 휩싸서 말함.
345) 咸氏. 남의 조카를 높여 부르는 말.
346) 舍伯. 자기의 큰형을 남 앞에서 겸손하게 일컫는 말.

밀(日密)[348]ᄒᆞ엿다니, ᄌᆞᄂᆡ ᄯᆞᆯ과 사질[349]노 결혼을 하게스니 ᄌᆞᄂᆡ 마옴이 엇더ᄒᆞᆫ가?

김진ᄉᆞ가 구륜을 동ᄒᆞ여 ᄃᆡ희[350] 왈,

"ᄂᆡ가 몬져 말ᄒᆞ려다가 ᄌᆞ네 마옴과 ᄇᆡᆨ씨장(伯氏丈)[351] 의향(意向)을 아지 못ᄒᆞ여 말을 아니ᄒᆞ엿더니, ᄌᆞ네가 그 말을 ᄒᆞ니 샹당에 이르기를, '갈여득슈(渴如得水)'[352]라 ᄒᆞ더니 그 말이 젹당ᄒᆞ에[353]그려. 그리ᄒᆞᆷ세. 그리다ᄲᅮᆫ이겟나? 혼인이야 진졍 말이지 그러ᄒᆞᆫ 혼인이 어ᄃᆡ 잇겟나? 사쥬가 ᄂᆡ외 갓ᄒᆞ면 연분도 잇ᄂᆞ니."

[홍참판] 아무렴 그럿타ᄲᅮᆫ인가?

ᄒᆞ며 집으로 도라왓더라. 홍승지와 김씨 부인이 그ᄯᅴ에 졍ᄒᆞᆫ 혼인이라. 그러ᄒᆞ든 홍승지가 어난듯 회갑일이 당ᄒᆞ스니 진소위(眞所謂)[354] 세월(歲月)이 무졍약유파(無情若流波)[355]로다. ᄌᆞᄌᆞ숀숀이 회갑지연을 셩히 베풀고 승우여운(勝右如雲)[356]ᄒᆞ여 고붕만좌(高朋滿座)[357]ᄒᆞ야 시로 노니며, 홍승지와 김씨 부인은 마죠 안졋고 평두노ᄌᆞ(平頭奴子)[358]는 뒤헤 셔셔 ᄃᆡ선[359]을 흔들며, ᄌᆞ숀들은 압헤 셔셔 츅슈를 ᄒᆞᄂᆞᆫᄃᆡ 굉장ᄒᆞᆫ가 보더라. 큰아달 순식이는 ᄇᆡᆨ샹 후손쌍을 지여[360] 영챵비[361]를 숀에 각각 들고 왕ᄂᆡ진퇴[362]ᄒᆞ여 슐존을 올니며,

---

347) '가치'의 잘못.
348) 나날이 친밀함.
349) 舍姪. 자기 조카를 남에게 일컫는 말.
350) 大喜. 크게 기뻐함.
351) 남의 형을 높여서 일컫는 말.
352) 목마르다가 물을 얻은 것과도 같음.
353) '젹당ᄒᆞ네'의 잘못.
354) 진정 이른바대로.
355) 무정하기가 흐르는 물결과도 같음.
356) 훌륭한 친구가 구름같이 많음.
357) 고명한 친구들이 자리에 가득함.
358) 종들.
359) 大扇. 큰 부채.
360) '백상'이란 호를 쓰는 이의 후손과 결혼하여.
361) 永昌杯.
362) 往來進退.

닉외 병챵[363] 츅슈 왈,

"긔슈영챵[364] ᄒᆞ옵소셔."

둘지아달 군식이는 취병[365] 후숀 쌍을 지여 유쟉비[366]를 각각 들고 왕닉진퇴ᄒᆞ며,

"만슈[367]유쟉[368]ᄒᆞ옵소셔."

셋지아달 윤식이는 뎡지[369] 후숀 썅을 지어 무강비[370]를 숀에 들고 놉히 병챵츅슈 왈,

"만슈무강[371]ᄒᆞ옵소셔."

넷지아달 쥰식이는 양파[372] 후숀 썅을 지여 경복비[373]를 숀에 들고 왕닉진퇴 슐 올니며,

"영슈경복[374]ᄒᆞ옵소셔."

큰숀ᄌᆞ의 거동 보라. 포은[375] 후숀 쌍을 지여 강녕비[376]를 놉히 올니며 여셩병챵[377] 왈,

"영세강녕[378]ᄒᆞ옵소셔."

둘지숀ᄌᆞ 거동 보라. 월사[379] 후숀 쌍을 지여 영슈비[380]를 숀에 들고 여셩

---

363) 並唱. 함께 소리를 냄.
364) 旣壽永昌. 이미 장수하였고 또 영원히 창성함.
365) '翠屛'. 이 호를 쓰는 사람에 여럿이 있다.
366) 미상.
367) 萬壽.
368) 미상.
369) 정재(定齋) 박태보(朴泰輔;1654～1689).
370) 無疆杯.
371) 萬壽無疆.
372) 陽坡.
373) 景福杯.
374) 永壽景福. 장수하고 또 복도 누림.
375) 圃隱. 정몽주(鄭夢周).
376) 康寧杯.
377) 厲聲並唱. 소리를 높여 함께 소리냄.
378) 永世康寧. 영원토록 강녕함.
379) 月沙. 이정구(李廷龜).

병창ᄒᆞᄂᆞᆫ 말이,

"만세영슈[381] ᄒᆞ옵소샤."

셋지ᄌᆞ손 거동 보라. ᄇᆡᆨ강[382] 후손 쌍을 지여 시굉비[383]를 손에 들고,

"슈복강녕[384] ᄒᆞ옵소셔."

넷지ᄌᆞ손 거동 보라. 사계[385] 후손 쌍을 지여 불쇠비[386]를 손에 들고,

"동발안지[387] ᄒᆞ옵소셔."

맛짜님의 거동 보라. 쳥음[388] 후손 쌍을 지여 ᄀᆡ미비[389]를 손에 들고,

"영슈ᄀᆡ미[390] ᄒᆞ옵소셔."

외손ᄌᆞ의 거동 보라. 우암[391] 후손 쌍을 지여 미슈비[392]를 손에 들고,

"만세미슈[393] ᄒᆞ옵소셔."

금슌이와 계슌이는 찬난[394] 의복 ᄯᅳᆯ쳐 입고 경경ᄇᆡᆨ말노 갓가왓다 나갓다 물너낫다 ᄒᆞ며 시굉비를 손에 들고 쌍을 지여 병충ᄒᆞ되,

"만슈무강ᄒᆞ옵시며 영세무궁ᄒᆞ옵소샤."

일가친척 죄다 모아 슐존으로 축슈ᄒᆞ고 다 각각 사랑으로 나오더라.

만당빈ᄀᆡᆨ이 슐이 ᄃᆡ취ᄒᆞ여 ᄒᆞ날 쳔ᄶᆞ 큰 ᄃᆡᄶᆞ로 누엇는ᄃᆡ, 그 겻헤 챵안ᄇᆡᆨ발노 슈염이 잇ᄂᆞᆫ ᄉᆞ람은 홍승지요 녹의홍샹을 ᄯᅥᆯ트리고 분세슈[395] 졍히 ᄒᆞ고

380) 永壽杯.
381) 萬世永壽.
382) 白江. 이경여(李敬輿).
383) 兕觥杯. 물소뿔로 만든 술잔.
384) 壽福康寧. 장수와 복을 누리며 강녕함.
385) 沙溪. 김장생(金長生).
386) 不衰杯.
387) '동발아치'로 읽을 수 있음. 미상.
388) 淸陰. 김상헌(金尙憲).
389) 介眉杯. 장수를 뜻하는 술잔.
390) 永壽介眉. 아주 장수함.
391) 尤庵. 송시열(宋時烈).
392) 眉壽杯.
393) 萬世眉壽. 만세토록 장수함.
394) 燦爛.
395) 粉洗手. 세수하고 분을 바름.

셤셤옥슈로 슐존을 권ᄒᆞ여 소릐소릐 옥을 토ᄒᆞ고 거럼거럼이 향취를 ᄌᆞ아닉는 ᄉᆞ람은 긔싱이라. 그날 노림은 국가의 노림이 되얏고 사셔인[396]의 노림은 아니로다. 어나 ᄣᅵ에 산림 녹음에 ᄉᆡ쇼릐 훤화[397]ᄒᆞ고, 셕양 바람이 머리 우흐로 도올며 ᄇᆡᆨ일이 욕몰[398]이라. ᄌᆞ든 사람들이 이러나며 의복을 입은 뒤에,

"여보 쥬인 영감, 오날 쟐 먹고 가오."

[홍승지] 아니요. 쳔만에 말슴이요. 공연이 쳥ᄒᆞ여 실례만 ᄒᆞ엿소.

[그 ᄉᆞ람] ᄯᅩ 보옵시다 아니요.

ᄢᅦ를 지어 나간 뒤에 홍승지와 긔싱ᄲᅮᆫ이라. ᄒᆞᆫ ᄉᆞ람이 도로혀 드러오더니,

"닉의 물견 ᄒᆞᄂᆞ 둔 거시 잇스니 이리 닉 쥬-."

"무어시오? 긔싱 말이요구려."

[그 ᄉᆞ람] 아니요. 아아아예예예 긔----긔싱이요.

이 ᄉᆞ람은 셔가 쟐너 그런 거시 아니라 슐이 혹취ᄒᆞ엿더라. 홍승지는 본ᄃᆡ 슐을 젹구도 못ᄒᆞ여 슐 먹고 본심 이른 ᄉᆞ람은 두러ᄒᆞᄂᆞᆫ ᄉᆞ람이라.

"예예."

ᄒᆞ며 긔싱의 옥슈를 쟙고 ᄯᅳ러 쥬며 긔싱의게 일너 왈,

"여보아라 향난아, 네가 신관[399]으로 갈녀가나 보다마ᄂᆞᆫ 닉의 마ᄋᆞᆷ은 ᄃᆡ단히 챵창(悵悵)ᄒᆞ고나[400]. 네가 신관으로 갈녀가더릭도 구읍[401]은 잇지 마라."

"애애, 엇지 니즐 니가 잇겟슴니가?"

ᄒᆞ며 보보싱향[402] 나가더라.

---

396) 士庶人. 사대부와 서민.
397) 喧嘩. 지껄여서 떠듦.
398) 欲沒. 지려고 함.
399) 新官.
400) 슬프구나.
401) 舊邑.
402) 步步生香. 걸음걸음마다 향기를 풍김.

뎨숨편(第三編[403]) 김씨 부인은 그 망녕에 좀기고 순졍즈는 그 부친을 만낫다(金氏婦人漬其妄佞 順貞子逢其外親)

화셜 이ᄯᅢ에 ᄃᆡ문 밧게 걸신셩[404])이 들니되,

"지ᄂᆡᄀᆞ난 미쳔ᄒᆞᆫ 몸이 하히갓흔 덕턱에 밥 좀 어더 먹읍시다."

ᄒᆞ거늘 순졍즈는 혹 그 부친인가 의심ᄒᆞ여 고량진미를 샹에 밧치고 ᄂᆡ아가니, 엇더ᄒᆞᆫ ᄆᆡᆼ인이라. 순졍즈가 샹을 도로혀 데려다 두고 악쵸구를 ᄂᆡ아 쥬며,

"이것 ᄌᆞ시고 얼는 쇽히 가오."

"예, 고맙쇼."

ᄒᆞ고 ᄒᆞᆫ 번 먹더니 샹을 찡그리며 왈,

"어- 인심도 거악ᄒᆞ다."

금슌이는 겻헤 셔셔 빙긋빙긋 웃거늘, ᄆᆡᆼ인이 긔가 ᄆᆡᆨ히여 왈,

"걸인 ᄃᆡ졉을 이럿ᄐᆞ시 ᄒᆞ고 당신은 빙긋빙긋 웃고 잇스니, 소위 걸인이라고 그럿ᄐᆞ시 괄시ᄒᆞ오? 네가 아마도 아희의 목셩[405])이러구나."

ᄒᆞ며 ᄒᆞᆫ 숀으로 숀을 좁고 ᄒᆞᆫ 숀으로 허리를 씨려 ᄒᆞ거늘 순졍즈가 소리를 나직이 ᄒᆞ여 일너 왈,

"여보 ᄂᆡ 말 듯쇼. ᄒᆡᆼ실이 그러ᄒᆞ니 싱젼 걸인 ᄒᆡᆼ세밧게는 못ᄒᆞ겟쇼. ᄃᆡ중부가 세샹에 나셔 일치일난[406])과 홍진비ᄂᆡ[407])는 고금에 잇ᄂᆞ니 아모리 좀시 곤궁ᄒᆞ여 걸인으로 단이더라도, 쇽에는 칼을 품어야 무슴 사업이던지 흥셩ᄒᆞᆯ 거시어날, 우리 갓흔 아녀ᄌᆞ를 잇지 못ᄒᆞ여 위역[408])으로 음측ᄒᆞᆫ ᄒᆡᆼ위를 품고 칼날 갓흔 마옴은 일호도 업스니, 세샹에 사라셔 무어시 유익ᄒᆞ리요? 지금 나를 다리고 이러ᄒᆞᆫ ᄒᆡᆼ실을 할진ᄃᆡ 남의 집 죵년등을 버려 노흔

---

403) '第三篇'의 잘못. 이하 마찬가지임
404) 乞神聲. 거지가 구걸하는 소리.
405) 목소리.
406) 一治一亂. 한 번 다스려지고 한 번 어지러움.
407) 興盡悲來. 즐거운 일이 다하면 슬픈 일이 옴.
408) 威力. 사람을 위압하는 힘.

거시 비일비진 되겟군."

그 걸인이 숀을 멈츄고 묵묵부답이어날, 슌졍ᄌᆞ가 ᄯᅩ 일너 왈,

"여보, 승명이나 아옵시다."

ᄆᆡᆼ인이 고셩ᄃᆡ질[409] 왈,

"예라, 이년 요망ᄒᆞᆫ 년. ᄂᆡ 아모리 곤궁ᄒᆞ여 이 모양으로 단니나, 너의 갓흔 아녀ᄌᆞ의게 승명 ᄉᆞᆷ쯔 가라쳐 쥴 놈은 싱겨 나지도 아니ᄒᆞ엿다. 날노 말ᄒᆞ되 소위 반명[410]이나 ᄒᆞᄂᆞᆫ ᄉᆞ람이라. 요망ᄒᆞᆫ 년이러군."

슌졍ᄌᆞ가 여셩 ᄃᆡ답 왈,

"이 ᄂᆡ 말이 용열ᄒᆞ오나 관ᄃᆡ히 드러 보시오. 걸인 영감이 우리 갓흔 아녀ᄌᆞ(兒女子)를 겁탈ᄒᆞ려 ᄒᆞᄂᆞᆫ 죄와 ᄂᆡ의 무지각ᄒᆞᆫ 아희가 승명 ᄉᆞᆷ쯔 무른 죄와 비ᄒᆞ면 무ᄉᆞᆷ 죄가 심흡니가? 져러ᄒᆞᆫ 걸인 영감 보고 과연 죄를 지엇ᄉᆞ오니 용셔ᄒᆞ시기 ᄇᆞ라ᄂᆞ이다."

걸인이 요량ᄒᆞ되, 만일 죄를 비ᄒᆞ면 ᄌᆞ긔의 죄가 심ᄒᆞᆫ 듯ᄒᆞ고, 금슌의 자복ᄒᆞᄂᆞᆫ 말 ᄭᅳᆺ헤 두 눈을 �작ᄭᅡᆷ작ᄒᆞ며 우슘을 ᄒᆞᆫ 번 웃더라.

"허허허- ᄂᆡ의 셩명은 니강호로라."

슌졍ᄌᆞ가 묵연양구[411]에 달녀들더니, 걸인의 몸을 후리쳐 안고 ᄃᆡ셩통곡 왈,

"이거시 어인 일이요? 아버지- 아버지, 이거시 어인 일이요? 져 모냥이 될 쥴이야 어느 뉘가 ᄭᅮᆷ이나 ᄭᅮ엇ᄉᆞ오리가? 숀이나 보옵시다."

걸인이 긔각[412] 막히여,

"네가 뉘기냐? 아버지는 웬 아버냐[413]?"

"금슌이야요- 금슌이야요. ᄂᆡ가 금슌이야요. 십여 년을 젹죠ᄒᆞ시더니 ᄯᆞᆯ의 목셩도 이즈셧쇼구려."

손고락을 보니 무명지 ᄒᆞᆫ 마ᄃᆡ가 업거날,

409) 高聲大叱. 높은 소리로 크게 꾸짖음.
410) 班名. 양반이라 일컬어짐.
411) 默然良久. 잠자코 한참 있다가.
412) '긔가'의 잘못.
413) '아버지냐'의 잘못.

"이고 아버지, 이고 아버지, 이 숀가락은 마듸가 엇지 업시며, 어버지[414] 눈과 갓치 춍명호시는 눈이 밍목[415]이 웬일이요? 등에 지신 집망텨는 쵸동의게 던지시고 입으신 져 의복은 걸네나 하옵시다. 드러가십시다. 사랑으로 드러가십시다."

그 부친은 쥭엇스리라 호든 금순이를 만닉 보닉, 부녀간 마음이 엇더홀소냐? 금슌의 숀을 잡고 낙누[416] 왈,

"닉 쌀이냐 닉 쌀이냐? 이고졔셔 만날 쥴이야 꿈이나 꾸여스랴? 나는 너를 써난 후에 빅운심쳐 다니다가 심화가 울울호여 닉 눈을 닉가 이 모양을 호고 다니며, 이 집 사립 져 집 딕문 밧게 쏫겨는 놈 모냥으로 슈족을 동여민듯 운동홀 슈도 업고 '밥 좀 주시요, 밥 좀 주시오' 닉의 싱각에도 명쳔이 호탕호여 인싱을 나실 젹에 별노 후박[417] 업건마는 세샹이 어지러워 호날님도 변호셧나? 엇던 스람 팔즈 죠아 고딕광실에 놉다히 걸어 안져 남녀노복 호령호며 호긔잇게 지닉고 신션갓치 지닉는딕, 엇던 스람 팔즈 업셔 남의게 욕도 보고 무론 오쳑지동[418]호고 '져놈 밥 쥬지 마라' 호는 소릭 듯기 슬흐며, 그 즁에 착훈 집에 드러가면 '불숭호다 불숭호다. 져 걸인 불샹호다' 호여 밥술이나 낫계 쥬며, 악훈 집에 드러가면 밥 훈 그럭 아니 쥬고 '예라 이놈 나가거라. 밥 훈 슐 밥 훈 덩이라도 너 쥴 거 잇스면 우리 집 기 쥬겟다' 그럿트시 다니든 히가 틱샨이 오히려 나진 듯호여, 어는 죠분 길에 가다가 구거[419]에 싸지면 그즁에 착훈 즈는 신식이 죠치 하니호여 왈, '여보게 져 봉스 불샹호다. 어셔 쇽히 건져 쥬세' 호며 셔로 두 팔을 붓들고 닉아 쥬며, 그즁에 악훈 놈은 셔로 호는 말이, '싸졋고나 싸졋고나. 져 봉스놈 싸졋고나. 아모도 닉아 쥬지 말쇼.' 호며, 엇던 놈은 노릭를 부르고

414) '아버지'의 잘못.
415) 盲目. 먼 눈.
416) 落涙. 눈물을 흘림.
417) 厚薄. 두텁게 대하고 박하게 대함.
418) 毋論 五尺之童. 5척밖에 안되는 아이들도 물론.
419) 溝渠. 개골창. 도랑.

엇던 놈은 춤을 츄며, 심지어 돌을 던지며 머리에 피를 흘리고, 슈족에 멍이 드러 무한 고싱ᄒᆞ니, 다니다가 이고졔 당힛더니, ᄂᆡ ᄯᆞᆯ 금슌 보기 쳔만 의외로다. 사랑이 어ᄃᆡ미뇨? 올나가ᄌᆞ"

금슌이가 엇지 우럿던지 두 눈이 밤갓치 부르트고 눈알이 고쵸빗갓흐여 즉지[420]를 셔을고[421] 사랑에 올녀 안쳐 왈,

"아버지, ᄂᆡ 말솜 드르시오. ᄂᆡ의 고싱도 아버지 고싱과 갓치 격것숩ᄂᆡ다. 안심ᄒᆞ여 안즈십시오. 오죽 시쟝ᄒᆞ실가?"

ᄒᆞ며 안으로 드러가더니 만반진슈를 셩셜ᄒᆞ여 그 부친 압헤 노흐며,

"아버지, 진지 마니 잡스십시오. 도로 고싱 오죽ᄒᆞ셧슬가? 츈풍이 소소ᄒᆞᆫ ᄯᅢ ᄯᆞᆯ 싱각 오죽ᄒᆞ셧슬가? 낙엽이 표표[422]ᄒᆞᆯ ᄯᅢ ᄯᆞᆯ 싱각 오죽ᄒᆞ셧슬가? 츄졀[423]이 양명휘[424]ᄒᆞ니 ᄯᆞᆯ 싱각 오죽ᄒᆞ셧슬가? 츈일사풍에 두견이 우니, ᄯᆞᆯ 싱각 오죽ᄒᆞ셧슬가? 하운[425]이 다긔봉[426]ᄒᆞ니 ᄯᆞᆯ ᄎᆞᄌᆞ 오실쇼니. 츈슈만사턱[427]ᄒᆞ니 도즁 즉고[428] 오죽ᄒᆞ셧슬가? 년년 구월에 졔비는 무졍ᄒᆞ여 고국을 향ᄒᆞ고 유졍ᄒᆞᆫ 기력이는 구만 쟝쳔에 놉히 ᄯᅥ셔 기루룩 기루룩 ᄒᆞ니 ᄯᆞᆯ 싱각 오죽ᄒᆞ셧스며, 아버님 싱각 오죽ᄒᆞ엿슬리가?"

ᄒᆞ며 반찬을 가라치며,

"이거슨 다름이 아니오라 강틱공의 죠작 방아로 덜그렁 덜그렁 ᄶᅵ어 ᄂᆡ여 빅옥으로 가미ᄒᆞ여 이뤄 노흔 옥식이요, 이거슨 다름이 아니오라 칠리동강[429] 엄ᄌᆞ릉이 간의ᄃᆡ부 사양ᄒᆞ고 쳔척 삼눈을 직ᄒᆞ슈[430]ᄒᆞ여 ᄌᆞ어 낙

420) 지팡이.
421) 미상. 첫 글자가 분명하지 않음.
422) 飄飄. 가볍게 나부낌.
423) 秋節. 가을철.
424) 揚明輝. 밝은 빛을 드날림.
425) 夏雲. 여름철에 피어오르는 구름.
426) 多奇峰. 기이한 모습의 봉우리가 많기도 함.
427) 春水滿四澤. 봄날의 물이 네 못에 가득함.
428) 作苦. 고생함.
429) 엄자릉이 은거한 칠리탄(七里灘).
430) 直下水. 물로 곧바로 내려감.

근431) 싱션이요, 이거슨 다름이 아니오라 동녕에 슈고숑432)ᄒᆞ니 숑순을 킈여다가 이뤄 노흔 숑순쥬니, 무궁무진 쟙으시오. 이거슨 다름이 아니오라 거구세린433)에 숑강지노어434)올시다."

"세린소두(細鱗小頭)435) 방어(魴魚)가 잇너냐?"

"애, 여긔 잇습니다."

"ᄒᆡ즁ᄃᆡ어(海中大魚)436) 경어(鯨魚)437)가 잇너냐?"

"예, 여긔 이슴니다. 마니 즙스십시오."

그 부친은 머리를 ᄭᅳ덕ᄭᅳ덕 ᄒᆞ며 걸인으로 다니던 몸이 일시에 귀히 되니 고진감ᄂᆡ는 범샹ᄒᆞᆫ 말이 아니로다.

"오냐, 마니 먹겟다. 네가 너희 ᄃᆡᆨ 음식을 임의로 ᄒᆞ면 너의 샹젼이 아모 말도 아니ᄒᆞᆯ 니가 잇너냐?"

ᄒᆞ며 밥 ᄒᆞᆫ 그럭을 다 먹도록 순경ᄌᆞ는 그 겻헤 ᄯᅮ러 안져 반찬을 그 부친 입에 너허 쥬니, 부친은 밥을 다 먹은 후에 낙누 왈,

"여보아라 금순아. 밥은 마니 먹엇스나 너를 ᄯᅥ치고 ᄯᅩ 쟉별이 되겟스니 ᄂᆡ의 압길이 망연ᄒᆞ다."

순경ᄌᆞ가 ᄃᆡ경ᄒᆞ여,

"웬 말숨이야요? 아버지의 소녀는 당쵸야438)에 셔로이 져ᄇᆞ리고 잇스면 모로오나, ᄒᆡ우샹봉439)ᄒᆞᆫ 후에야 엇지 아버지를 ᄯᅩ 져바리오리가? 죽어도 갓치 죽고 살어도 가치 살어 그 ᄉᆞ이 십여 년 �코 지ᄂᆡ시든 경회440)나 위로ᄒᆞ지 아니시고 이러ᄐᆞ시 ᄯᆞᆯ을 이져 바리고 가시려 ᄒᆞ오니, ᄯᆞᆯ된 마음에 엇

431) 낡은.
432) 冬嶺에 秀孤松. 겨울 고갯마루에 빼어난 모습으로 외로이 서 있는 소나무.
433) 巨軀細鱗. 몸뚱이는 큰데 비늘은 작음.
434) 송강의 농어.
435) 가는 비늘에 작은 머리.
436) 바다 속의 큰 물고기.
437) 고래.
438) 當初也. 애초에.
439) 邂逅相逢.
440) 情懷.

지 죠흘 니가 잇겟습니가?"

이러ㅌ시 말홀 쎄에 홍승지가 안으로부터 나와 슌졍ㅈ의 부친과 인ㅅ흔 후 이젼 이애기와 지금 이애기를 셔로 문답ㅎ는ㄷ, 응구쳡ㄷ441)ㅎ여 식언(食言)이 업거날, 홍승지가 졍이 부터 형졔간 갓더라.

한 ㅎ 지ㄴ고 두 ㅎ 지ㄴ여 홍승지와 니강호 졍이 졈졈 소원(疎遠)ㅎ고, 김씨 부인은 망년에 침혹442)ㅎ여 슌졍ㅈ를 보면 쥭일 년이니 살닐 년이니 ㅎ거늘, 슌졍ㅈ가 김씨 부인 쇽을 보리라 ㅎ고,

"마님게옵셔는 요ㅅ이 병환이 게신지 ㄷ단히 괴로오신가 보오이다."

김씨 부인이 소ㄹ를 발악 질으며,

"이년, 무어시 엇지고 엇지야? 이년, 날더러 병환이 게신가 ㅎ니, 어셔 쇽히 쥭으라 ㅎ는 말이 아니냐? 이년, 상젼도 몰나 보는 년 집안에 두어 이 ㄷ이 망ㅎ게군. 이년, 나가거라. 어셔 밧비 나가거라. 하로 잠시라도 보기 실타."

슌졍ㅈ는 박언왕소(薄言往愬)443)타가 봉피지로(逢彼之怒)444)ㅎ여 사랑으로 나와 홍승지의게 고왈,

"영감 마님, 쇤네가 오날은 이 ㄷ을 쪄나겟습니다."

홍승지가 ㄷ경질식ㅎ여,

"무어시야? 무숨 말이냐? 네가 이 집을 쪄나면 나는 오른 편 숀을 쓰는 모냥이니 엇지ㅎ고 쪄난단 말이냐? 못 가ㄴ니라."

슌졍ㅈ 두 눈에 눈물방울이 가랑가랑ㅎ며,

"가라ㅎ시니 엇지ㅎ오리가? 쇤네는 사라 싱젼에 이 ㄷ에 잇셔 영감 마님 ㄴ외분을 아모쬬록 셤기려고 ㅎ엿더니, ㅂ사가 쯧과 갓치 아니ㅎ오니 가는 일이 샹칙일 듯ㅎ오이다."

홍승지가 분을 이긔지 못ㅎ여 안으로 드러가더니, 그 부인의게 호령 왈,

---

441) 應口輒對. 묻는 말에 거침없이 대답함.
442) 沈惑. 어떤 일에 쏙 빠짐.
443) 박정한 말로 가서 하소연함.
444) 상대방의 노여움을 삼.

"나히 과만ᄒᆞ여 망녕이 잇스니, 홀노 한 모통이에 좀겨 잇지 안코 무ᄶᅬ무고 ᄒᆞ며 일월 갓ᄒᆞᆫ 순졍ᄌᆞ를 보기 죠흐니 보기 실으니 ᄒᆞ며 나가거라 드러오너라 ᄒᆞ니, 망녕부리는 ᄉᆞ람은 무론남녀ᄒᆞ고 지하에 도라갓시면 신세ᄂᆞᆫ 죠흐련마ᄂᆞᆫ, 그러치도 못ᄒᆞ거든 말 ᄒᆞᆫ 마ᄃᆡ 말고 벙어리나 되지."

김씨 부인이 좌우를 물니치고 홍승지를 마ᄌᆞ듸려 금순의 얘기를 ᄒᆞ되,

"여보 영감, ᄂᆡ가 망녕이란 말이요, 영감이 망녕이란 말이요? 피ᄎᆞ에 뉘가 망녕이요? 금순이로 일을진ᄃᆡ 나히 이십이 넘도록 남편 맛을 보지 못ᄒᆞ여스니, 아모리 여ᄌᆞ이라도 동심이 아니된단 말이요? 무론 남녀ᄒᆞ고 이십이 너무면 음탕ᄒᆞᆯ 음ᄶᆞᄂᆞᆫ 싱기는 법이왼다[445]. 금순이가 여즁오입[446]으로 유명ᄒᆞᆫ 아희요."

홍승지가 그 부인 말 ᄭᅳᆺ헤 혹ᄒᆞ여 그 말을 진졍(眞正) 드럿더라. 사람이 ᄌᆞ긔 힝실을 가지고 남의게 올케 뵈기가 어려운 일이라. 순졍ᄌᆞ로 이를진ᄃᆡ ᄌᆞ쵸 이리로 허물이 일호도 업고, 츄월빅일과 갓ᄒᆞᆫ 순졍ᄌᆞᄂᆞᆫ 아모죠록 상젼을 셤기며 져의 힝실을 이뢰ᄌᆞ[447] ᄒᆞ든 ᄌᆞᆨ졍이러니, 홍승지 ᄂᆡ외는 그러ᄒᆞᆫ지 모로ᄂᆞᆫ 것도 아니요, 다만 김씨 부인이 ᄶᅡᆼ쇽에 들고 십허 망녕지일언[448]에 홍승지가 쉽게 드러셔, ᄯᅩᄒᆞᆫ 순졍ᄌᆞ의 힝실이 그러ᄒᆞᆫ지만 알고, ᄂᆡ강호와 졍이 셕글고 순졍ᄌᆞ를 ᄉᆞ람으로 알지 아니ᄒᆞ니, 빅옥이 쳥산에 뭇친 듯, 명월이 흑운에 뭇친 듯, 난쵸방쵸[449]가 쟙쵸 즁에 셕긴 듯ᄒᆞ더라.

순졍ᄌᆞ의 요량에는,

'ᄂᆡ가 확실이 영감 마님 ᄂᆡ외분게셔 망녕이신지 알지마ᄂᆞᆫ, 가지 안코 다만 홍승지ᄃᆡᆨ만 바라고 질겨 잇스면 이후에 무슴 풍파가 날지 모롤 ᄲᅮᆫ더러, 굿테여 쥬인이 실여ᄒᆞᄂᆞᆫ 동시에 아니 나가면 ᄂᆡ의 명예가 ᄃᆡ단히 손감이 될 터이고, ᄯᅩ 옛글에 일너스되 불가즉지[450]라 ᄒᆞ여스니, 나를 두고 말ᄒᆞ면 그

---

445) '법이외다'의 잘못.
446) 女中誤入. 여자 가운데에서 오입질을 함. 여성간의 동성연애.
447) 이루자.
448) 妄佞之一言. 망녕스런 한 마디 말.
449) 蘭草芳草.

동안에 뫼시고 여러 히 잇셧스니, 국가에 인금과 신하가 사가에 샹젼과 죵과 엇지 다를소냐? 신ᄒᆞ라도 인금이 허물이 잇스면 간ᄒᆞ고, 또 간ᄒᆞ되 죵시 듯지 아니ᄒᆞᆫ즉 벼살을 사양ᄒᆞ고 고향에 도라오ᄂᆞᆫ 법이라. 너 역시 간ᄒᆞ고 또 간ᄒᆞ되 죵시 듯지 아니ᄒᆞ시니, 너의 일신이 무슴 까닭으로 질겨 잇스리요? 나는 우리 아버님이나 뫼시고 다니며 비러 먹으리라.'

ᄒᆞ며 힝장을 치쇽ᄒᆞᆫ 후,

"여보시요 아버님, 가옵시다."

"ᄋᆡ고 애야, 가다니 어ᄃᆡ로 간단 말이냐?"

"아니요. 나오시오. 식(息)이 이 ᄃᆡᆨ을 떠나가옵니다."

그 부친은 무슴 일인지 모로고 긔가 막히여 어졍어졍 나오거늘, 이 ᄯᅢ에 계순이는 무슴 병에 걸니여 금침즁[451]에 잇다가 순졍ᄌᆞ의 떠난단 말을 듯고 겨우 이러나셔 샹을 찡그리며 나오더니, 순졍ᄌᆞ의 숀을 줍고,

"이 ᄋᆡ 너 말 잠간 드러보고 가던지 말던지 ᄒᆞ여라. 네가 져럿ᄐᆞ시 고집을 쓰고 가면 무어시 유익ᄒᆞ겐나냐?"

순졍ᄌᆞ가 두 눈에 눈물이 핑 도올며,

"ᄋᆡ고 애야, 그 말 마라. 다만 ᄒᆞ로 ᄒᆞᆫ ᄯᅢ라도 아바님 봉양이나 ᄒᆞ야 드리겟다. 오십이 넘으신 아바님이 더구나 밍인이 되시여 홀노 다니시기도 괴롭고, 나로 말ᄒᆞ면 이 ᄃᆡᆨ에 약간 오ᄅᆡ 잇셧너냐? 가네 가네 나는 가네. ᄌᆞ네는 이 ᄃᆡᆨ에 잇셔 아모쬬록 샹젼 잘 셤기고 잇기 바라노라. ᄉᆞ람의 일은 알 슈가 업ᄂᆞ니, 어느 ᄯᅢ 또 만나기ᄂᆞᆫ 긔필[452]을 못ᄒᆞ겟스니 부ᄃᆡ 부ᄃᆡ 뫼시고 잘 잇고 편지나 셔로 왕너를 ᄒᆞ면 가ᄂᆞᆫ 사람이나 잇ᄂᆞᆫ ᄉᆞ람이나 죠흐련마ᄂᆞᆫ, 나는 아바님 뫼시고 다니다가 도즁고혼[453]이 될넌지 샨즁고혼[454]이 될는지, 명이 길어 오ᄅᆡ 살던지 명이 잘너 일즉 쥭던지 그거슨 이후사[455]어니

450) 不可則止. 불가하다 싶으면 곧 그만둠.
451) 衾枕中. 이불 속.
452) 期必. 꼭 되기를 기약함.
453) 途中孤魂. 길 위의 외로운 넋.
454) 山中孤魂. 산 속의 외로운 넋.

와, 동ᄀᆡᆨ셔ᄀᆡᆨ456) 사방ᄀᆡᆨ457)이라 편지 붓칠 ᄉᆡᆼ각 말고, 아모쬬록 망녕 게신 두 ᄂᆡ외분 식셩 맛게 ᄒᆞ여 듸리고, ᄌᆞ네도 부ᄃᆡ 신셥ᄒᆞ여 잇기 ᄇᆞ라노라. 압길이 멀고 멀어 ᄒᆞᆯ 말은 무궁ᄒᆞ나 긋치고 가노라.”

계슌이가 긔가 막히여 두 쥴기 눈물이 비오듯 ᄒᆞ며,

“ᄌᆞ네와 나와 한동ᄂᆡ ᄒᆞᆫ이웃에 잇셧고 나히도 동갑이라 이 ᄃᆡᆨ에 갓치 잇다가 이럿ᄐᆞ시 허여지니, 셥셥ᄒᆞᆫ 말이야 엇지 다ᄒᆞᆯ소냐? ᄌᆞ네가 만일 이러ᄒᆞᆫ ᄃᆡᆨ을 만나여 ᄌᆞ네 마ᄋᆞᆷ에 합당ᄒᆞ거든 그 ᄃᆡᆨ에 드러가 잇셔 ᄂᆡ게 편지만 ᄒᆞ면 ᄂᆡ 역시 이 ᄃᆡᆨ을 져ᄇᆞ리고 ᄌᆞ네계로 싸라갈 터이며, 만일 ᄌᆞ네가 운슈가 불ᄒᆡᆼᄒᆞ여 이러ᄒᆞᆫ ᄃᆡᆨ을 만ᄂᆡ지 못ᄒᆞ고 이곳져곳 다니거든 ᄂᆡ게 편지ᄒᆞᆯ ᄉᆡᆼ각도 말고 나도 ᄌᆞ네의게 편지 아니ᄒᆞᆯ 터이니 그리 알게. 부ᄃᆡ 부ᄃᆡ 몸죠심ᄒᆞ여 츈부쟝 뫼시고 신셥458)ᄒᆞ여 다니기 ᄇᆞ라노라.”

ᄃᆡ문 밧게 나가셔 셔로 울며 ᄌᆞᆨ별 왈,

“셥셥ᄒᆞ기 쪽이 업네.”

ᄒᆞ며 셔로 숀목을 ᄌᆞᆸ고 두 쥴기 눈물이 구년지슈를 지으려 ᄒᆞ더라.

“ᄌᆞᆯ 가게.”

“ᄌᆞᆯ 잇게.”

계슌이는 금슌의 가ᄂᆞᆫ 양을 보고 한심을 나리 쉬며 올녀 쉬며 ᄒᆞ더라.

슌경ᄌᆞ는 압헤 셔셔 쟉지459)를 들고 길을 인도ᄒᆞ며 얼마짐 갓든지 샨슈가 셜고 셜어 ᄉᆡᆼ쇼ᄒᆞᆫ 곳졔, 홀연 엇더ᄒᆞᆫ 남ᄌᆞ가 키는 구쳑 ᄌᆞᆼ신이요 구룸 갓치 거문 머리를 휘- 틀어셔 슈건으로 잘건 됭이고 발은 십여 쳑이나 된 듯ᄒᆞᆫ 남ᄌᆞ가 길을 막거늘, 이 남ᄌᆞ는 홍승지 집에셔 금슌이를 겁탈ᄒᆞ려다 독 쇽에 너허 두고 다라나든 남ᄌᆞ이라. 슌경ᄌᆞ는 아모리 남복을 ᄒᆞ여시나 ᄒᆡᆼ동거지를 보면 무론 ᄂᆔ기든지 남ᄌᆞ라고ᄂᆞᆫ 아니ᄒᆞᆯ 터이라. 그 남ᄌᆞ가 슌경ᄌᆞ의 숀을 ᄌᆞᆸ고,

455) 以後事. 이후의 일.
456) 東客西客. 동서로 돌아다니는 객.
457) 四方客. 사방 돌아다니는 객.
458) 愼攝. 몸을 삼가 조심함.
459) 지팡이.

"어ᄃᆡ로 가오?"

ᄒᆞ거늘, 슌졍ᄌᆞ는 청이불문(聽而不聞)460) ᄒᆞ고 불고좌우(不顧左右)461) ᄒᆞ고 가거늘, 그 남ᄌᆞ가 뒤를 쉼기고 ᄯᅡ라가니, 슌졍ᄌᆞ가 그 부친의게 고왈,

"아모 모통이에셔 소녀의 숀을 줍고 어ᄃᆡ로 가오 ᄒᆞ든 ᄉᆞ람은 소녀가 홍승지 ᄃᆡᆨ에 잇슬 ᄯᅢ에 소녀를 큰 욕을 뵈이고 다라난 놈이올시다."

그 남ᄌᆞ가 드러 보니 억기춤이 짓셕ᄒᆞ며,

"여보 길 죰 피ᄒᆞ여 쥬오."

슌졍ᄌᆞ가 그 부친을 뒤로 인도ᄒᆞ니, 그 남ᄌᆞ는 압헤 셔셔 가다가 어느 협측ᄒᆞᆫ 곳에 숨어셔 슌졍ᄌᆞ 오기를 기다리나 슌졍ᄌᆞ갓치 춍명ᄒᆞᆫ 아ᄒᆡ가 그러ᄒᆞᆫ 눈치를 모를 니가 잇겟너냐. 도로혀 뒤로 셔셔 압흘 향ᄒᆞ여 가다가 어느 협측한 곳을 다다르니, ᄯᅩ ᄒᆞᆫ 남ᄌᆞ가 이러셔셔 슌졍ᄌᆞ를 ᄭᅵ고 부지거쳐 다라나더니 슌졍ᄌᆞ를 욕을 뵈이려 ᄒᆞ거늘, 슌졍ᄌᆞ가 소ᄅᆡ를 질으며,

"여보 동ᄂᆡ ᄉᆞ람들, 사람 살니요 사람 살니요."

슌졍ᄌᆞ는 아모리 소ᄅᆡ를 놉히나 그고슨 무인지경(無人之境)이라. 그 남ᄌᆞ는 두려ᄒᆞ는 긔식이 업시 슌졍ᄌᆞ를 도라다 보며,

"여보아라, ᄂᆡ가 지금 나히는 근 슴십이 되엿스나 쟝가를 들지 못ᄒᆞ여 발광증이 나셔 다니는 ᄉᆞ람이라. ᄂᆡ의 일홈은 ᄎᆈ승쳘이로라. 너도 ᄃᆡᆼ기를 ᄯᅡ헛스니 나와 셔로 ᄂᆡ외 되는 거시 엇더ᄒᆞ냐?"

슌졍ᄌᆞ가 여셩462) ᄃᆡ답 왈,

"여보아라, ᄂᆡ 말 들어 보아라. 네가 욕심이 그럿ᄐᆞ시 만흐니 어려울 것 무엇 잇ᄂᆞ냐? 우리 아바님 젼에 고ᄒᆞ여 보고 ᄂᆡ외가 되든지 부부가 되든지 ᄒᆞ자."

그 남ᄌᆞ가 블승희식463) 왈,

---

460) 들어도 못 들은 체함.
461) 좌우를 돌아보지 않음.
462) 厲聲. 성난 목소리로 꾸짖음.
463) 不勝喜色. 기쁨을 이기지 못함.

"옛적에 딕슌[464] 갓흐신 셩인도 불고부모(不告父母)[465]ᄒᆞ시고 쟝가를 드르렷스니 셩인이나 사셔인이나 불고부모는 일반 아니냐?"

[순경ᄌᆞ] 여보아라, 네가 글ᄌᆞ는 일근 모양이로다마는 의미도 모로고 일것고나. 딕슌과 우리가 갓단 말이냐? 딕슌으로 이를진딕 부완모은(父頑母嚚)[466]ᄒᆞᆫ 시하에 고ᄒᆞ여도 부모가 허락ᄒᆞ시지 아니ᄒᆞᄂᆞᆫ고로 션죠 봉졔사[467]ᄒᆞ시려고 불고부모ᄒᆞ셧거니와, 지금 나로 말ᄒᆞ면 아바님의 측ᄒᆞ시기가 고슈(瞽瞍)[468] 십 빅나 되실 듯ᄒᆞ니 엇지 허락ᄒᆞ시지 아니ᄒᆞ실 니가 잇너냐? 딕슌의 그러ᄒᆞ신 일이 오날날 당ᄒᆞ여 네계 표쥰이 되나 보구나.

그 남ᄌᆞᄂᆞᆫ 본딕 오입에 유명ᄒᆞᆫ 남ᄌᆞ이라. 그러ᄒᆞᆫ 눈치를 모를 니가 잇너냐.

[남ᄌᆞ] 그러ᄒᆞᆫ 졍신 업시 흐린 소릭는 말녀다.

옛글에 일넛스되 약고불가이젹강(弱固不可以敵强)[469]이라 ᄒᆞ엿고, 샹당에 일넛스되 약육강식(弱肉强食)이라 ᄒᆞ엿스니 순경ᄌᆞ 갓치 약ᄒᆞᆫ ᄉᆞ람이 강ᄒᆞᆫ 남ᄌᆞ의게 엇지ᄒᆞ리요? 부득이ᄒᆞ여 운우지락을 ᄌᆞ미잇게 지엇더라.

[남ᄌᆞ] 너의 일홈은 최승철이니 셜혹 어딕든지 가더라도 오늘날 이 졍은 잇지 마라.

순경ᄌᆞᄂᆞᆫ 딕답도 업시 눈물을 나류며 나려와셔 보니, 그 부친이 간딕업거ᄂᆞᆯ 혼흡ᄒᆞ며 마춤 ᄒᆞᆫ 기집을 만너여 왈,

[순경ᄌᆞ] 여보시오 져 아씨. 엇더ᄒᆞᆫ 봉사님이 이 길노 가난 양을 보지 못ᄒᆞ셧쇼?

[기집] 봉ᄉᆞ님이 뉘긴지 너가 아나냐? 봉ᄉᆞ인지 잡놈인지 보지 못ᄒᆞ엿노라.

순경ᄌᆞ가 분홈을 춤고 또 얼마짐 가다가 엇더ᄒᆞᆫ 쇼동들이 쎄를 모아 지기

---

464) 大舜. 순 임금.
465) 부모에게 알리지 않음.
466) 아버지는 완고하고 어머니는 우둔함.
467) 奉祭祀. 제사를 모심.
468) 순 임금의 아버지.
469) 약한 것은 진실로 강한 것을 대적할 수 없음.

를 지고 노릭ᄒᆞ며 나려오거날, 그 노릭에 ᄒᆞ여스되,

'어하하- 어하하- 우리 ᄉᆞ람 ᄒᆞᆫ 직분은 농ᄉᆞ의 일이로다. 챵낭슈[470]가 말거든 갓근[471]을 씨슬 거시오. 챵낭슈가 흐리거든 발을 씨스리로ᄃᆞ. 홍승지덕은 가세도 유여ᄒᆞ고 인품도 흡족ᄒᆞ지마는, 인쟈ᄒᆞ고 츙효 잇ᄂᆞᆫ 슌졍ᄌᆞ를 무슴 연유로 쏘ᄎᆞ닉여, 오날날 그 지경 웬일인가? 어하하- 어하하-'

슌졍ᄌᆞ가 그 쇼릭를 드러 보고, 쵸동의게 무러 왈,

[슌졍ᄌᆞ] 여보아라 얘들아, 말 ᄒᆞᆫ 마듸 무러 보짓구나. 홍승지덕에셔 무슴 변고가 계시더냐? 너희들 노릭가 무슴 노릭냐?

[쵸동] 그 ᄌᆞ식이 홍승지 집에셔 무슴 변고가 낫거나 아니 낫거나 우의 뭇늬? 참 우슈운 ᄌᆞ식이로다. 홍승지덕에셔 그 착ᄒᆞᆫ 츙비 슌졍ᄌᆞ 씨를 쏘ᄎᆞ닉고 지금은 큰 앙화를 밧ᄂᆞᆫ 모냥이더라.

[슌졍ᄌᆞ] 앙화가 무슴 앙화냐? 이 ᄋᆡ들아 말좀 ᄒᆞ여라.

[쵸동] 이 ᄌᆞ식아, 우리 집이 멀고 멀어 지금 가기도 져물 듯ᄒᆞᆫ듸 답답ᄒᆞ게 우의 그러ᄐᆞ시 문너냐?

[ᄒᆞᆫ ᄌᆞ] 여보아라, 네가 그럴 거시 아니로다. 져 아희가 결단코 금슌이와 쳑분이 되거나 그러치 아니면 져 아희가 슌졍ᄌᆞ로다. 한 번 징흠을 ᄒᆞ여 보ᄌᆞ.

[슌졍ᄌᆞ] 징흠은 무슴 징흠이냐? 너희들 어듸 사늬?

[쵸동] 홍승지덕에 잇다. 네가 뉘기냐? 슌졍ᄌᆞ이냐?

[슌졍ᄌᆞ] 그러면 한집안에셔 몃 ᄒᆡᄶᅡ지 가치 잇다가 닉의 목셩과 닉의 형용을 보아도 모로너냐?

여러 놈들이 슌졍ᄌᆞ이라 ᄒᆞᄂᆞᆫ 말을 듯고 구름 가치 달녀들어 슌졍ᄌᆞ의 숀을 쓸고 나려가더니, 어ᄂᆞᆫ 쵸각에 노흐니,

[슌졍ᄌᆞ] 이 덕이 홍승지 덕이냐? 너희 덕이 아니면 무슴 연유로 나를 이고졔 두너냐?

---

470) 滄浪水. 창랑의 물.
471) 갓끈.

[그 ᄌ] 무슴 말이냐? 도즁에셔 약간 시장ᄒ여게너냐? 밥이나 먹고 가려무나.

ᄒ며 슌경ᄌ가,

"시즁한 후에 마니 먹고 잘 먹고 가오."

ᄒ며 이러셔셔 나오며,

"이 길노 봉ᄉ님이 가시는 양을 혹 보앗너냐?"

[그 ᄌ] 못 보아노라.

ᄒ거늘 ᄯ 얼마짐 가다가 엇더ᄒᆞᆫ 십여 세짐 된 남ᄌ를 만나며 문왈,

[슌경ᄌ] 져긔 가는 져 셔방님, 엇더ᄒᆞᆫ 봉ᄉ님이 이 길노 가지 아니ᄒᆞ엿쇼?

그 남ᄌ가 ᄌ세 보더니 탄왈,

[남ᄌ] 세상은 망ᄒ여 올토다. 기집 아히가 셔병을 ᄡ고 다니며 엇지ᄒ다가 이러ᄇ리고 져 모냥으로 ᄎ지려 다니는고? 요상ᄒᆞᆫ 기집 아힐다. 못 보아노라.

슌경ᄌ가 억지로 분을 춤고,

'당쵸야에 져러ᄒᆞᆫ 놈을 보고 무러 보든 ᄂᆡ의 불찰이지.'

ᄒ며 아즁아즁 가다가 보니, 엇더ᄒᆞᆫ 협도랑이 은빗을 ᄯ여 졸졸 흐르는ᄃᆡ 표모(漂母)472)가 잇셔 빨ᄂᆡ를 빨거늘,

"여보시오, 빨ᄂᆡᄒ시는 아씨, 말 좀간 무러 보옵시다. 엇더ᄒᆞᆫ 봉ᄉ님이 혹 이 길노 가지 ᄋ니ᄒ엿습ᄂᆡ가?"

기집이 ᄋᆡ셕히 여기여 왈,

[기집] ᄒᆞᆫ 봉ᄉ가 얼골에 쳐량ᄒᆞᆫ 빗을 ᄯ우고 이 길노 향ᄒ여 져 우로 올나가더라.

슌경ᄌ가 그 은혜를 견ᄃᆡ지 못ᄒ여 왈,

"아씨의 덕은 죽어도 황쳔 도라가더ᄅᆡ도 은혜 ᄇᆡᆨ골난망이오이다."

ᄒ고 지ᄇᆡᄒ고 물너나와 ᄎ첨ᄎ첨 가 보니, 엇더ᄒᆞᆫ 싀암에 드러셔 나오지도 못ᄒ고 쥴넝쥴넝ᄒ거늘, 슌경ᄌ가 ᄃᆡ셩통곡 왈,

472) 빨래하는 아낙네.

"이거시 웬일이요? 져긔 가는 져 양반 소원 훈 가지 풀어 쥬오."

그 ᄉᆞ람이 ᄋᆡ석히 여긔여 동아발을 들고 오더니,

"여보 봉ᄉᆞ님, 나옵시오. 이 동아발 타고 나옵시오. 나는 사호식이라 ᄒᆞ는 ᄉᆞ람이요."

봉ᄉᆞ가 더듬더듬 동아발을 타고 나오거늘, 슌졍ᄌᆞ가 겻혜 잇다가 팔을 잡아 올녀 싀암 가에 노흐니, 슌졍ᄌᆞ를 더듬더듬 만져 보며,

"슌졍ᄌᆞ냐 슌졍ᄌᆞ냐? 어ᄃᆡ를 갓다가 지금 왓늬? 소ᄌᆞ쳠(蘇子瞻)이가 부루더냐? 소부(巢父)[473] 허유(許由)[474]가 부루더냐? 상산사호(商山四皓)[475]가 부루더냐? ᄐᆡ임(太妊)[476] ᄐᆡ사(太姒)[477]가 부루더냐?"

슌졍ᄌᆞ가 ᄃᆡ답 왈,

"소ᄌᆞ쳠이도 못 보옵고 소부 허유도 못 보왓쇼. 상산사호도 못 보옵고 ᄐᆡ임 ᄐᆡ사도 못 보왓쇼. 아버지게셔 엇지 혼ᄌᆞ 나스셧쇼? 두 눈이 ᄎᆞᆷ명ᄒᆞ니 압길을 보올손가, 글역[478]이 쇼흐시니 쇽ᄒᆞ게 걸을숀가? 엇지 혼ᄌᆞ 나스셧쇼?"

그 부친이 허허 우셔 왈,

"ᄂᆡ 말도 드러 보라. 소ᄌᆞ쳠이 부루기에 죠화라고 갓셧더니, ᄂᆡ의 일신 아느다가 젹벽강에 던져 노코 소ᄌᆞ쳠과 이ᄀᆡᆨ들은 부지거쳐 모롤너라. 소부 허유 부르기에 죠화라고 갓셧더니, 나를 보고 ᄒᆞ는 말이, '드러운 인ᄉᆡᆼ이라 살면 무엇 유공ᄒᆞ랴?' ᄒᆞ며 이 ᄂᆡ 허리 볼근 안고 영슈 물에 던져 두고, '나는 간다 잘 잇거라' 홀연이 엇더훈 미인이 단쟝을 셩식ᄒᆞ고 이 ᄂᆡ 압헤 와 안즈

473) 중국 전설상의 이름높은 선비. 산에 살며 세상의 탁한 물결에 따르지 않고 나무 위에 살며 잠을 잤기 때문에 이런 이름이 생겼다. 요 임금이 나라 전체를 소부에게 맡기려 하였으나 이를 받지 않았다고 한다.

474) 중국 고대 전설상의 이름높은 선비. 요 임금이 왕위를 물려주려 하였으나 거절하고, 오히려 더러운 말을 들었다며 냇물에 가서 귀를 씻은 후 산에 들어가 숨어 살았다고 한다.

475) 중국 진시황 때 국난을 피해 섬서성에 있는 상산에 들어가 은거한 네 사람의 선비. 모두 눈썹이나 수염이 흰 노인이었으므로 이렇게 일컬었음.

476) 주 나라 문왕의 어머니.

477) 주 나라 문왕의 아내.

478) 근력(筋力).

며, '여보시오 져 양반 소원 ᄒᆞ나 풀어 쥬오. 나는 다른 ᄉᆞ람이 아니오라 이 ᄂᆡ 몸은 ᄐᆡ임이요 겻헤 잇는 이 ᄉᆞ람은 ᄂᆡ의 ᄌᆞ부 ᄐᆡ사로다.' 그 ᄉᆞ람이 급히 와셔 동아발노 건져 쥬며, '이 ᄂᆡ 몸은 상산에 바독 두든 노인이라' ᄒᆞ며 간 ᄃᆡ업더라."

순경ᄌᆞ가 빙긋 우슈며,

"아바님은 옛적 현인 보셔스니 심지(心志)가 엇더ᄒᆞ오니가?"

그 부친이 허허 우슈며,

"ᄂᆡ가 ᄭᅮᆷ을 ᄭᅮ엇나? 어허 그 ᄭᅮᆷ 이샹ᄒᆞ다. ᄂᆡ 눈 나흘 ᄭᅮᆷ이로다. 져 건네 오다가 졸연이 길을 일어 비회ᄒᆞ다가 쵸동의게 무른즉 그 길노 올나가라 ᄒᆞ기에 올나가다가, 엇더ᄒᆞᆫ 웬슈 갓흔 놈을 만나여, ᄂᆡ의 허리를 안고, '젹벽강 맛을 보려나냐?' ᄒᆞ며 물 가운ᄃᆡ 던지기에 그 놈을 소ᄌᆞ첨으로 알앗스며, 겨우 나와셔 당양[479]ᄒᆞ든 ᄎᆞ에 어ᄃᆡ셔 부르는 소ᄅᆡ가 나기에 갓더니, 그 놈이 ᄒᆞ는 말이 '드러운 인ᄉᆡᆼ이라 살면 무엇ᄒᆞ랴' ᄒᆞ며 영슈 물에 던지기에 그 놈을 소부허유로 알엇고나. 홀연이 어더ᄒᆞᆫ 삼십이 도지 못ᄒᆞᆫ 부인이 픠란셩[480]이 ᄌᆞᆼ그랑 ᄌᆞᆼ그랑 셜부화용[481]에 단ᄌᆞᆼ을 ᄭᅮ미고 셤셤옥슈로 눈물을 씨스며 아ᄌᆞᆼ아ᄌᆞᆼ 오더니 싀암 가에 안즈며 ᄃᆡ셩통곡 왈, '이거시 웬 일이요?' ᄒᆞ기에 나는 ᄐᆡ임으로 알엇고나. 엇더ᄒᆞᆫ 남ᄌᆞ가 동아발노 건져 쥬며 '나는 아산 사는 사호식이라' ᄒᆞ기에 그 ᄉᆞ람을 상산사호로 알엇구나. 허허허허."

순경ᄌᆞ가 그 부친을 ᄎᆞ져 광평ᄃᆡ로 너른 길로 ᄎᆞ점ᄎᆞ졈 나려가셔 낙화암 도라드니, 국화가 만발ᄒᆞ여 죠으는 듯 담 아릐에 빗겨 셔셔 우숨을 먹음는 듯 원촌근촌(遠村近村)[482]에 유향(幽香)[483]을 보ᄂᆡ고 실 갓흔 버들은 바람을 못 이기여 흐늘흐늘 츔츄는 듯, 사산은 암암ᄒᆞᆫᄃᆡ 단풍은 불긋불긋 기럭이는 놉히

---

479) 當陽. 볕이 잘 듦.
480) 미상.
481) 雪膚花容. 백설처럼 하얀 피부에 꽃같이 예쁜 얼굴.
482) 먼 동네와 가까운 동네.
483) 그윽한 향기.

날어 옛 쥬인을 챳는 듯 낙엽은 소소ᄒᆞ여 심회를 도옵는도다. 담 머리에 소슨 누각 벽공에 다힌 듯 경치가 휘황ᄒᆞ다.

순경ᄌᆞ가 드러시며,

"지ᄂᆡ가는 걸인 손님 이러ᄒᆞᆫ ᄃᆡᆨ 만낫스니 그져 갈 뜻 젼혀 업고, 밥 ᄒᆞᆫ 상 낫게 ᄎᆞ리여 덕턱을 보ᄉᆞ이다."

문간에 하인놈들이 구름갓치 몰녀 나와,

"나가렷다 나가렷다. 이 ᄌᆞ식들 어셔 밧비 나가렷다."

그즁에 이십여 세짐 된 남ᄌᆞ가 여러 놈들을 헷치고,

"져긔 두 분 걸인 숀님, 화족(華族)[484] ᄐᆡ도 분명ᄒᆞ니 ᄃᆡ상에 올녀 안쳐 큰 상 ᄎᆞ려 올니여라."

하인놈들이 응답ᄒᆞ고 순경ᄌᆞ의 부녀를 압헤 세우고 드러가니, 쥬인 ᄃᆡ감이 ᄃᆡ경질식하여 츄상갓치 호령ᄒᆞ며,

"쇽히 ᄂᆡ보ᄂᆡ렷다."

ᄒᆞ니 그 남ᄌᆞ가 뜰 아릐 쑤러 안져 공숀이 고왈,

"명경지하에 ᄒᆞᆫ 말솜 아뢰리다. 져 숀님 두 분은 곤궁ᄒᆞ여 다니오나, 괄시 못ᄒᆞᆯ 손님이라. 화족 ᄐᆡ도 분명ᄒᆞ니, 샹좌에 안쳐지이다."

ᄃᆡ감이 ᄃᆡ로 왈,

"화족이 무솜 화족이냐? 져런 놈 몬져 벌을 쥬리라."

그 남ᄌᆞ가 안식을 ᄇᆡ류고 왈,

"아니올시다. 낫낫치 알외리다. 져긔 잇는 져 아희는 져 봉ᄉᆞ의 ᄯᆞᆯ이ᄋᆞᆸ고, 일홈은 순경ᄌᆞᄋᆞᆸ고 나히는 지금 이십솜 세오며, 남ᄌᆞ가 아니오라 본ᄃᆡ 기집 이오니, 한포지 ᄌᆞ숀이온ᄃᆡ, 집이 줌시 곤궁ᄒᆞ여 순경ᄌᆞ가 아홉 살에 홍승 지 ᄃᆡᆨ에 잇다가, 무단이 ᄶᅩᆺ겨나와 져의 부친 봉ᄉᆞ를 다리고 고ᄉᆡᆼ을 낙으로 알며 져 모냥으로 다니오니, 부ᄃᆡ 괄시 마시ᄋᆞᆸ소셔."

그 남ᄌᆞ는 말솜을 ᄒᆞᆫ 뒤에, 순경ᄌᆞ의 부녀를 다리고 상좌에 올녀 안치며 ᄃᆡ

484) 귀족.

상을 추려 압혜 노아 쥬니, 시장ᄒᆞ든 추에 빅부루게 먹고 이러시며 더감게 가셔 엿좌 왈,

"미쳔ᄒᆞᆫ 몸이 마니 먹고 가오니 황송무지ᄒᆞ오이다."

김판셔가 슌경ᄌᆞ를 다리고 무슴 이애기를 ᄒᆞ것다.

[김판셔] 너의 셩은 무어시야?

[슌경ᄌᆞ] 니가올시다.

[김판셔] 일홈은 무어시야?

[슌경ᄌᆞ] 슌할 슌ᄍᆞ 고들 경ᄍᆞ 슌경ᄌᆞ올시다.

[김판셔] 나히ᄂᆞᆫ 금년 몃 살이야?

[슌경ᄌᆞ] 금년에 이십삼 세올시다.

[김판셔] 너의 부모ᄂᆞᆫ 다 잇ᄂᆞ냐?

[슌경ᄌᆞ] 져의 모친은 일즉이 쟉고ᄒᆞ시고, 져의 부친은 져편에 게신 뮝인이 져의 부친이올시다.

[김판셔] 아국(我國) 명현(名賢)에 뉘기의 ᄌᆞ숀이야?

[슌경ᄌᆞ] 미쳔ᄒᆞᆫ 몸이 엇지 명현 션죠가 잇ᄉᆞ오리가? 한포지의 ᄌᆞ숀이올시다.

[김판셔] 너의 죠부ᄂᆞᆫ 직함이 무어시야?

[슌경ᄌᆞ] 늣계사 진ᄉᆞ로 쟉고ᄒᆞ셧습나이다.

[김판셔] 쏘- 너의 증죠ᄂᆞᆫ?

[슌경ᄌᆞ] 경상감ᄉᆞ로 쟉고ᄒᆞ셧습늬다.

[김판셔] 너의 부친은 명홤485)이 무슨 ᄌᆞ 무슨 ᄌᆞ나?

[슌경ᄌᆞ] 편안 강ᄍᆞ 호경 호ᄍᆞ올시다.

[김판셔] 쏘- 너의 죠부ᄂᆞᆫ?

[슌경ᄌᆞ] 무거울 즁ᄍᆞ 아람다울 빈ᄍᆞ올시다.

[김판셔] 너의 부친은 항녈이 무슨 ᄌᆞ나?

[슌경ᄌᆞ] 호경 호ᄍᆞ가 황녈486)ᄍᆞ올시다.

485) '명함'의 잘못.
486) '항녈'의 잘못.

[김판셔] 또의 죠부는?

[슌경ᄌ] 무거울 즁ᄌ가 항열ᄶ올시다.

[김판셔] 네가 아오는 몃치냐?

[슌경ᄌ] 무남독녀 져ᄲ이올시다.

[김판셔] 네가 오날부터 너의 ᄌ부 되는 거시 네의 마옴에 엇더ᄒ냐?

[슌경ᄌ] 져갓치 비루ᄒᆫ 몸을 미쳔타 아니ᄒ시고 이더지 말숨ᄒ오시니 하졍에 황숑감격ᄒ오이다.

[김판셔] 사양 말고 넹큼 시힝ᄒ여라.

슌경ᄌ는 아모 말 업시 머리를 슉이고 눈물을 먹음거늘, 김판셔가 슌경ᄌ의 숀을 ᄭ을고 안으로 드러가거늘,

[명씨 부인] 이고 여보, 망칙ᄒ여라. 이십여 세나 된 남ᄌ를 다리고 안으로 드러오시니, 더감이 망녕이신가 보오구려.

[김판셔] 허허허허허허허허허. 이 이 슌경ᄌ야, 져 부인 뵈옵고 절ᄒ여라. 너의 싀어머니 될 ᄉ람이라. 오날부터 너와 져 부인은 너를 며나리로 알 거시니, 너는 우리 너외를 싀부모로 아러라.

슌경ᄌ가 ᄉ랑으로 나와 그 부친게 고왈,

"아바님이 허락ᄒ시옵쇼셔. 소녀를 김판셔 더감이 ᄌ부를 숨으려 ᄒ오시니, 셩불셩간(成不成間)에 허락ᄒ시옵소셔."

그 부친이 더쇼 왈,

"허락 여부가 잇너냐? 그 말이 죠흔 말이로다."

슌경ᄌ의 부녀가 슈작ᄒ든 ᄉ이에 김판셔가 그 아달 용학을 관례[487]를 식이엿더라. 관례라도 어려운 일이지마는, 이ᄯ에 용학이는 경셩청년회관에 졸업을 ᄒ여 즁의관례[488]가 된 ᄶ닭이라. 김판셔가 그 부인 명씨를 도라 보며 왈,

[김판셔] 여보 마누라, 혼인으로 ᄒᄌ니 경우가 아니요, 신부례로 ᄒᄌ니 혼인도 아니 지너고 신부례를 ᄒᄌ니 당치 안쇼구려. 엇지ᄒ면 죠켓쇼?

487) 冠禮. 남자가 갓을 씀으로써 어른이 되는 예식.
488) 미상.

[부인] 그런 걱정은 아니ᄒᆞ셔도 관계치 안쇼. 요ᄉᆞ이 ᄀᆡ명시ᄃᆡ(開明時代)에는 혼인 여부 업시 신부례도 한다우구려.

[김판셔] 허허허. 그 일 난쳐ᄒᆞ오구려.

ᄒᆞ며 부인의 말과 가치 우례[489]로 ᄒᆞᆯ 쟉졍이라. 순졍ᄌᆞ를 셩젹[490]을 시기고 의복을 닙히여 노흐니, 동원에 쏫봉오리 봉졉(蜂蝶)을 반기ᄂᆞᆫ 듯, 구구목목[491] 희롱ᄒᆞᄂᆞᆫ 집비들기 형상이라. 김판셔의 ᄂᆡ외는 희식을 못 이기여 순졍ᄌᆞ를 압헤 안쳐 노코 그 숀목도 쥐여 보다가, 김판셔ᄂᆞᆫ 사랑에 나와 ᄌᆞ긔 사돈 ᄂᆡ강호로 이애기를 ᄒᆞᄂᆞᆫᄃᆡ, 일낙셔산ᄒᆞᄂᆞᆫ 쥴을 모로더라.

그날 밤에 명낭ᄒᆞᆫ 닭빗츤 챵에 비취여 옛 쥬인을 ᄎᆞᄂᆞᆫ 듯 옥우[492]징영[493](玉牢崢嶸)에 기럭이는 숌숌오오 쌍을 지여 기루룩 기루룩 ᄒᆞ며 금풍(金風)[494]이 소슬(蕭瑟)ᄒᆞ니 나무입이 쑥쑥 ᄯᅥ러져 벽공에 펄펄, ᄯᅳᆯ에 잇ᄂᆞᆫ 쳥삽사리 츄풍에 좀을 ᄭᆡ여 예셔 컹컹 졔셔 컹컹. 이ᄯᆡ에 거의 삼사경은 된 듯ᄒᆞ더라. ᄒᆡ우[495]샹봉(邂逅相逢) 순졍ᄌᆞ를 등하에 좀간 보니, 안녹산과 운우 양ᄃᆡ에 어진 긔약을 짓튼 양귀비와 다를소냐? ᄒᆡ하셩(垓下城) 월하(月下)에 쵸픠왕[496]을 이별ᄒᆞ든 우미인[497]과 다를소냐? 오왕부ᄎᆞ(吳王夫差)[498]가 월셔시(越西施)[499]를 뫼신 듯 만고슈부셕숭(萬古壽富石崇)[500]이가 녹쥬를 뫼신 듯.

김판셔의 ᄌᆞ졔 용학 씨는 만고졀식 순졍ᄌᆞ를 오날 밤에 뫼셧고나. 밋칠 광ᄶᆞ 나븨 졉ᄶᆞ 광졉[501]이란 나븨들은 쏫을 보고 ᄃᆡ희ᄒᆞ야 이리 물고 져리 물고

489) 미상.
490) 成籍. 호적에 올림.
491) 비둘기 소리의 의성어.
492) '옥뢰'의 잘못. 미상. 직역하면 '옥으로 만든 우리'이니 임 없이 홀로 있는 집을 표현한 것일 수도 있다.
493) 세월이 쌓이는 모양.
494) 가을 바람.
495) '히후'의 잘못.
496) 楚覇王. 항우(項羽).
497) 虞美人. 항우가 사랑한 여인.
498) 오 나라의 왕 부차.
499) 월 나라의 미인 서시.
500) 만고의 거부 석숭.

용학이는 순졍ᄌᆞ를 ᄃᆡᄒᆞ여 보니, 물고도 십고 ᄎᆞ고도 십허,

"진쥬명쥬야, 네 아모리 좃타ᄒᆞᆫ들 순졍ᄌᆞ를 당ᄒᆞᆯ소냐? 명사십니 ᄒᆡ당화야, 네 아모리 죠흘진ᄃᆡ 우리 부인을 당ᄒᆞᆯ소냐?"

비취금을 펄펄 드리고 원앙침 놉흔 벼ᄀᆡ머리 우에 노허 두고, 두리 다 활신 벗고 츄월 슴경 깁흔 밤에 ᄌᆞ미잇게 잘 ᄌᆞᆺ더라. 그 잇흔날 평명에 순졍ᄌᆞ가 이러나셔 ᄌᆡ계ᄒᆞ고 목욕ᄒᆞ고 찬찬 의복을 ᄯᅥᆯ터리고 안방에 건너가셔 김판셔 ᄂᆡ외 젼에 ᄌᆡ비하고 이러시니, 뎡씨 부인이 순졍ᄌᆞ의 숀을 줍고 눈물을 흘니며 왈,

"네가 ᄂᆡ의 며ᄂᆞ리 될 쥴이야 뉘가 ᄯᅳᆺ이나 두엇겟느냐? 우리 집에 큰 경ᄉᆞ는 너의 몸으로 날 터이니 부ᄃᆡ 부ᄃᆡ 죠심ᄒᆞ여라. 젼젼긍긍[502] 죠심ᄒᆞ라. 동동촉촉[503] 죠심ᄒᆞ라. 여림심연(如臨深淵)[504] 죠심ᄒᆞ라. 여리박빙(如履薄氷)[505] 죠심ᄒᆞ라. ᄂᆡ의 ᄯᆞᆯ이 지금 잇스면 시물ᄒᆞᆫ 살이라. 원부모형제(遠父母兄弟)[506] 삼년 만에 통부[507]가 왓스니, 오날날 이 경ᄉᆞ를 당ᄒᆞ니 ᄯᆞᆯ의 ᄉᆡᆼ각이 더욱 동ᄒᆞ여 눈물이 ᄉᆞᄉᆞ로 나ᄂᆞᆫ고나."

순졍ᄌᆞ가 마죠 울며 왈,

"져ᄂᆞᆫ 칠 세에 ᄌᆞ친 일코 도즁에 커어나셔 고ᄉᆡᆼ을 무한이 ᄒᆞ엿숩더니, 마님 게압셔 눈물을 흘니시니 져ᄂᆞᆫ ᄌᆞ친 ᄉᆡᆼ각이 간졀ᄒᆞᄋᆞᆸᄂᆞ이다."

"오냐 오냐, 염녀 말고 안심ᄒᆞ여라."

세월이 여류ᄒᆞ여 ᄀᆡ연 사오 년이 되니, 북그럼도 그쳐지고 부모 봉양에 일심을 두어 혹 눈의 밧게 날가, 혹 부모의 ᄯᅳᆺ을 거슬니가 쥬사야탁[508]ᄒᆞ여 오날은 ᄂᆡ가 무슴죄를 지엇나 어졔ᄂᆞᆫ ᄂᆡ의 허믈이나 업던가 밤낫업시 부모 봉양

---

501) 狂蝶. 미친 나비.
502) 戰戰兢兢.
503) 洞洞燭燭. 공경하고 삼가서 매우 조심스러움.
504) 깊은 못에 임하는 것 같이 함.
505) 살얼음을 밟듯이 조심함.
506) 부모형제를 멀리함. 결혼함.
507) 通訃. 죽었다는 통지.
508) 晝思夜度. 밤낮으로 생각하고 헤아림.

늑즈에 맘을 두어 측훈 힝실노 부모를 셤기더라.

순졍즈의 부친은 집 훈 치 졍히 지여 호의호식(好衣好食)으로 지너니, 악의악식(惡衣惡食)으로 지너든 스람이 시각에 이럿트시 귀히 되니 진소위 인사는 부지로다. 아지 못거라. 김용학이가 어지 된고 하회를 볼지어다.

데사편(第四編) 김용학별순졍즈(金容學別順貞子) 김용학이 순졍즈를 이별흐다

이찌에 김판셔가 그 아달 용학을 불너 왈,

"지금 세계를 보니 스람이 세상에 힝세를 흐여야 져의 명예가 흔층 더 오르나니, 너도 공연이 놀지 말고 우리 나라 짜에 어더든지 가던지, 그러치 안커든 동경이라도 가셔 공부흐여라. 집 싱각흐지 말고 부지러니 공부흐여 금의환향흐기 ㅂ라노라."

용학이가 눈에 눈물이 가랑가랑흐여 왈,

"지금은 하필 일본을 가지 아니흐면 힝세를 못흐리가? 추라리 상히나 미국을 갈지언졍 일본은 가기 실습늬다."

"여보아라, 아니로다. 일본을 드러가 몃 히든지 공부만 힘써 흐고 현힝 법률을 통달흐면 곤난치 아니흐니라. 네가 결단코 네의 덕을 잇지 못흐여 드러가기 실여흐나 보다마는, 공부하는 아희가 그런 싱각흐면 미사불셩[509]이니라."

용학이가 부득이흐여 디답흐여 왈,

"몃 히든지 공부흐고 나오겟슴니다."

흐며 나와 안으로 드러가셔 건너방에 몬져 드러가셔 순졍즈의 겻헤 안지며 한심을 휘- 쉬이거날, 순졍즈가 츄파를 흘녀 보니 두 눈에 눈물이 가랑가랑흐거날, 순졍즈가 츄연[510] 문왈,

509) 每事不成. 모든 일이 이루어지지 않음.

"무슴 원억ᄒᆞ시ᄂᆞᆫ 일이 잇셔 한심을 쉬이시오? 모로올 일이요구려."

용학이 왈,

"아버지계셔 동경을 드러가라 ᄒᆞ시니, 그ᄃᆡ를 ᄒᆡ우샹봉ᄒᆞ여다가 ᄎᆞᆷ아 이별ᄒᆞᆯ 슈 업쇼구려."

슌졍ᄌᆞ가 아미를 ᄶᅵᆼ그리고,

"여보, 무슴 말이요? 동경을 드러가라 ᄒᆞ시거든 드러가야 올코, ᄯᅩ 그ᄃᆡ ᄒᆞᆯ노 드러가ᄂᆞᆫ 것도 아니요, ᄯᅩ ᄃᆡᄌᆞᆼ부가 세샹에 나셔 아녀ᄌᆞ의게 구구ᄒᆞᆫ ᄉᆡᆼ각을 두고 부모의 명을 억위면511) 무슴 공명을 이루겟쇼? ᄒᆞ로 밧비 ᄯᅥᄂᆞ시여 부모 쳐ᄌᆞ 형제 다 업ᄂᆞᆫ ᄉᆞ람으로 인증ᄒᆞ고 드러가셔, 몃 ᄒᆡ든지 열심으로 공부ᄒᆞ여 이후에 큰 ᄀᆡ용512)이 되시면, 마음에 엇더ᄒᆞ시겟쇼?"

용학이가 허허 우스며 왈,

"그럴 듯도 ᄒᆞ오. 마누라ᄂᆞᆫ 나와 비ᄒᆞ면 ᄀᆡ명여ᄌᆞ513)오구려. ᄂᆡ으 션ᄉᆡᆼ이라 ᄒᆞ여도 관계 업겟쇼."

ᄒᆞ며 나와 ᄌᆞ긔 훤당514) 압헤 안지니, 그 어머니ᄂᆞᆫ 아직 모로ᄂᆞᆫ 모냥이라.

"어머니, ᄂᆡ일 아ᄎᆞᆷ 일즉이 ᄒᆞ여 쥬시오. 부명을 밧들고 이삼십 니 되ᄂᆞᆫ 길에 가겟ᄉᆞ오니 명심ᄒᆞ시고 일즉이 ᄒᆞ여 쥬시오.

ᄒᆞ며 ᄉᆞ랑으로 나와셔 ᄒᆡᆼᄌᆞᆼ을 치ᄉᆞᆨ515)ᄒᆞᆫ 후, 안으로 향ᄒᆞ여 건너방에 드러가니, 그 부인 슌졍ᄌᆞᄂᆞᆫ 쵹불 압헤 올연516)이 안져 동방을 ᄇᆞ라보다가 김용학이 드러오ᄂᆞᆫ 양을 보더니 왈,

"그ᄃᆡ의 얼골을 보니 부모 형졔 고ᄉᆞᄒᆞ고 ᄂᆡ의 일신을 잇지 못ᄒᆞᆯ 모냥이니, 남ᄌᆞ의 몸이 되야 그런 마음은 일호도 두지 마오. 말죠심이 졔일이며, 몸죠

---

510) 초연(愀然). 슬프게.

511) 어기면.

512) 器容. 그릇.

513) 開明女子.

514) 萱堂. 어머니.

515) 治束.

516) 兀然. 오뚝하게.

심이 버금이요, 공부가 셋지이라. 이리 아시고 오륙 년을 공부ᄒᆞ여 최우등을 졔슈[517]커든 금의를 떨트리고 고국에 도라와셔 부모쳐ᄌᆞ 만나 보면 피ᄎᆞ에 엇더ᄒᆞ겟쇼?"

ᄒᆞ며 쥬지[518]를 ᄂᆡ아 쥬거ᄂᆞᆯ, 펴여보니,

뎨일회(第一會)에 왈, 고문구혹(古文口或)[519] ᄉᆡᆼ각 말고, 여덜 팔ᄶᅡ 측홀예ᄶᅡ 팔예모[520]를 떠나가셔 도야지의 갓 쓴 것[521]은 이져 ᄇᆞ리고, 나무가지에 깃드렷더니 홀연이 바람 불어 나무가 썹펏스니, ᄉᆡ ᄒᆞᆫ 마리 날너 와셔 그 모냥을 바라보고, 허히 탄식ᄒᆞ여 도로 훌쳐 날너 가며 모냥은 젼과 여일ᄒᆞ도다.[522]

뎨이회에 왈, 쵸우젼토(草禺田土)[523]에 인야구혹(人也口或)[524]이라. 방인의사관(方人衣舍館)[525]에 두 몸을 인구목(人口木)[526]ᄒᆞ고 ᄯᅩ 언쵸최예(言草隹乂)[527]ᄒᆞ야 고문구혹(古文口或)에 ᄒᆞᆫ 나무 잇스니 좌우에 두 ᄉᆞ람이 나무를 버히도다.[528]

뎨삼회에 왈, 경가ᄒᆞᆫ ᄉᆞ람과 큰 ᄉᆞ람 ᄒᆞᆫ ᄉᆞ람이 물에 소샤셔 삼산(三山)으로 올나가되[529] 금빅(金帛)[530]을 입고 고문구혹(古文口或)[531]에 도라오면 피ᄎᆞ의 마ᄋᆞᆷ은 긔집의 입은 ᄉᆞ람이야 가(可)ᄒᆞ리요?[532]

뎨사회에 왈, 나가시다가 다ᄉᆞ 오ᄶᅡ 오구의 나무[533]를 세우고 보ᄂᆞᆫᄃᆡ 그

517) 除授.
518) 周紙. 두루마리.
519) '故國'의 파자.
520) 八乂母. 즉 '父母'의 파자.
521) '家'의 파자.
522) 무슨 글자를 의미하는지 알 수 없음.
523) '萬里'의 파자임.
524) '他國'의 파자임.
525) '旅館'의 파자임.
526) '保'의 파자임.
527) '護'의 파자임.
528) 무슨 글자를 뜻하는지 알 수 없음.
529) 미상.
530) '錦'의 파자임.
531) '故國'의 파자.
532) 미상.

곗헤 가셔 입으로 문안ᄒᆞ면 결단코 놈 ᄌᆞᄊᆞ에 ᄒᆡ는 ᄯᅥ러지고 아달이 ᄉᆡᆼ기거든 글을 가라쳐 쥴 터이니[534] 이리 아시오.[535]

ᄒᆞ엿거늘, 김용학이가 그 글을 보더니 빙긋 우스며 쳑쳑 졉어 ᄌᆞᆷ기 쇽에 너흐며 동산이 발거오니 ᄯᅥ날 ᄯᅢ가 되얏도다.

"시하에 몸죠심ᄒᆞ고 부ᄃᆡ 부ᄃᆡ 셔로 숀톱만치라도 ᄉᆡᆼ각ᄒᆞ지 말고 편지도 쟈죠 부칠 ᄉᆡᆼ각 말고 두 달에 ᄒᆞᆫ 번식이나 ᄉᆞᆨ 달에 ᄒᆞᆫ 번식이나 ᄃᆡ강 셔로 안부나 듯기 ᄇᆞ라오."

슌졍ᄌᆞ는 문지방에 의지ᄒᆞ여 숀으로 이마를 괴이고,

"그ᄂᆞᆫ 걱졍 마오. 일긔(日氣)가 ᄂᆡᆼ한(冷寒)ᄒᆞ여 풍긔(風氣)가 삽삽(颯颯)[536] ᄒᆞ고 ᄇᆡᆨ셜(白雪)이 분분ᄒᆞ니 만리여챵(萬里旅窓)[537]에 타향고긱(他鄕孤客)[538]이 불턱음식(不擇飮食)[539]ᄒᆞ고, 부ᄃᆡ 죠심ᄒᆞ시기 ᄇᆞ라오."

ᄒᆞ거늘, 김용학이는 슌졍ᄌᆞ의 숀을 잡고,

"오날날 이 이별은 두 번 ᄒᆞ기도 어려운 이별이라(사요나라[540])."

ᄒᆞ며, 안방에 건나가니, ᄌᆞ긔 ᄌᆞ친은 뉘가 묵거 가도 모로올 지경이라. 용학이가 긔침 ᄒᆞᆫ 번 ᄒᆞ며,

"어머니 어머니, 소ᄌᆞ ᄯᅥᄂᆞ가옵니다."

그 모친은 별안간에 ᄯᅥ난단 말을 듯고 졍신이 아득ᄒᆞ야 왈,

"ᄯᅥᄂᆞᆫ다니 어ᄃᆡ를 ᄯᅥ난단 말이냐?"

"부모 슬ᄒᆞ에 좀시 ᄯᅥ나가옵니다."

ᄒᆞ며 졀ᄒᆞ고 ᄉᆞ랑에 나와 그 부친게 졀을 ᄒᆞ니, 부친이 계지[541] 왈,

---

533) '吾木'을 가리키는 듯함.
534) '敎'의 파자인 듯함.
535) 미상.
536) 바람이 쌀쌀하게 부는 소리.
537) 만리 밖 여관의 창.
538) 타향의 외로운 객.
539) 음식을 가리지 않음.
540) 작별 인사 '잘 가요'에 해당하는 일본어.

"부디 집 떠ᄂᆞ가거든 집 싱각 도모치 말고 혹 방심을 두지 마라."

용학이가 응답ᄒᆞ고 문 밧게 나아가셔, 등ᄌᆞ의 셥젹 올나 말 우에 거러 안지니, 여러 ᄒᆞ인들이 압흘 다투며 절을 ᄒᆞ거늘,

"오냐, 다들 무ᄉᆞ이 잇거라."

ᄒᆞ며 벽공에 바람 가치 쳥쳔에 구룸 가치 좌우 쳥산 번뜻번뜻 병에 물 쏫듯 다라나더라.

떠난 지 이삼 월이 되니, 김용학의 셔간이 왓도다. 그 부친이 뻬여 보니, 쇽 피봉이 잇거날, 보니 '닉간입납[542]'이라 ᄒᆞ엿거늘, 김판셔가 뻬여 보니, '어머님 젼샹셔'라 ᄒᆞ고 피봉 ᄒᆞᆫ 쟝이 ᄯᅩ 잇거날, '월방입납[543]'이이 ᄒᆞ엿더라. ᄌᆞ긔 둘지아달을 불너,

"이 편지ᄂᆞᆫ 네 형 편지라. 아나 엿다. 가져다가 너의 어머니 드리여라."

그 아희가 셔간을 가지고 안으로 드러가더니,

"어머니 어머니, 형님 편지 왓습니다."

그 모친이 반가워,

"무어시야?"

ᄒᆞ며 편지를 보니, 그 셔에 ᄒᆞ엿스되,

'떠ᄂᆞ오온 후 거연 이ᄉᆞᆷ 월이 되야도 샹셔[544] 못 아뢰와 하졍[545]에 복숑만만[546]이오며, 요ᄉᆞ이 일긔 극한[547]ᄒᆞ오니 긔후[548] 안녕ᄒᆞ오시며, 아바님 졔졀[549] 만강[550]ᄒᆞ시오며, 건너방에셔도 평안ᄒᆞ오며, 아희들 츙실ᄒᆞ오니이가? 원외[551] 두루 복모[552] 간졀이옵ᄂᆞ이다. ᄌᆞᄂᆞᆫ 세샹을 만나지 못ᄒᆞ여 부모님

541) 戒之. 훈계함.
542) 內間入納. 아낙네가 거처하는 데 들일 것.
543) 越房入納. 건넛방에 들일 것.
544) 上書. 편지를 올림.
545) 下情. '자기의 심정'을 낮추어 부르는 말.
546) 伏悚萬萬. 엎드려 참으로 죄송스러움.
547) 極寒. 몹시 추움.
548) 氣候. 몸의 형편.
549) 諸節. 남의 집안 사람 모두의 형편.
550) 萬康. 아주 평안함.

의 슬하를 ᄯᅥ나 만리타국에 병 업시 도달ᄒᆞ왓ᄉᆞ오니, 다ᄒᆡᆼ이ᄋᆞᆸᄂᆞ이다. 총총허와 이만 알외ᄋᆞᆸᄂᆞ이다.'

ᄒᆞ고, 월방님납이라 ᄒᆞ여 ᄯᅩ ᄒᆞᆫ 필봉이 잇거날,

"여보아라, 이 편지 건너방 아씨게 가ᄂᆞᆫ 편지라. 어셔 갓다 드리여라."

순경ᄌᆞ가 편지를 바다 ᄉᆞᆫ에 들고 두 방울 눈물이 홀연이 ᄯᅥ러지며 셔봉을 ᄯᅦ여 보니, 그 셔에 ᄒᆞ여스되,

'쳔ᄋᆡ지각(天涯地角)[553]에 쳑소(尺素)[554]가 돈졀(頓絶)[555]ᄒᆞ니 만리타국(萬里他國)에 여ᄎᆞᆼ고ᄀᆡᆨ(旅窓孤客)[556]이 ᄇᆡᆨ셜명월(白雪明月) 진 밤에 욕ᄆᆡ불ᄆᆡ(欲寐不寐)[557]ᄒᆞ여 일졈고등(一占孤燈)[558]을 벗을 ᄉᆞᆷ고 이리 궁굴 져리 궁굴 오ᄆᆡ불망 그ᄃᆡ 일신 유ᄌᆡ유ᄌᆡ(悠哉悠哉)[559]라. 젼젼반측(輾轉反側)[560] 못 잇겟습. 셜젹고봉(雪積高峰)[561]ᄒᆞ니 임의 ᄉᆡᆼ각, 월츌동녕[562]하니 임의 ᄉᆡᆼ각, 목엽(木葉)[563]이 소소(蕭蕭)[564]ᄒᆞ니 임의 ᄉᆡᆼ각, 한풍(寒風)이 소슬(蕭瑟)ᄒᆞ니 임의 ᄉᆡᆼ각, ᄒᆡ외풍진(海外風塵)[565]에 일신(一身)이 서설(棲屑)[566]ᄒᆞ여 산슈(山水)가 무비ᄉᆡᆼ쇼(無比生疎)[567]ᄒᆞ니 침식(寢食)이 난감(難堪)이라. 방이 ᄎᆞ셔 칩다 ᄒᆞ나 누기 ᄂᆡ의 사졍을 알어 쥬며, 일미츌평명(日未出平

---

551) 遠外. 멀리 떨어져 있는 바깥.
552) 伏慕. 엎드려 사모함.
553) 아득하게 멀리 떨어져 있음을 나타내는 말.
554) 편지.
555) 아주 끊어짐.
556) 여관의 창가에 있는 외로운 나그네.
557) 잠자려 하나 잠들지 못함.
558) 한 개 외로운 등불.
559) 지루하고 지루함.
560) 이리 뒤척 저리 뒤척함.
561) 눈이 높은 봉우리에 쌓임.
562) 月出東嶺. 달이 동쪽 고갯마루에 떠오름.
563) 나뭇잎.
564) 쓸쓸함.
565) 바다 밖에서 불어오는 바람과 먼지.
566) 불안정함.
567) 생소하지 않은 게 없음.

明)[568]에 안ᄀᆡ를 무릅시고 학교에 왕ᄂᆡᄒᆞ니, 슈각(手脚)[569]이 질권(疾捲)[570]ᄒᆞ고 사관에 도라온즉, 침식이 ᄂᆡᆼ박(冷薄)ᄒᆞ여 옹노가동(擁爐呵凍)[571]ᄒᆞ니 경고막심(經苦莫甚)[572]이라. 고진감ᄂᆡ(苦盡甘來)와 흥진비ᄂᆡ(興盡悲來)는 왕고ᄂᆡ금(往古來今)에 항상(恒常) 잇ᄂᆞᆫ고로, 나는 후일만 기다리노라. 요ᄉᆞ이 셜한(雪寒)에 시하(侍下)[573] ᄀᆡ운이 청즁(淸重)ᄒᆞ오며, 빙장(聘丈) ᄀᆡ력만강(氣力萬康)ᄒᆞ오신지 각ᄌᆡᄋᆡ각(各在涯角)[574]ᄒᆞ며 동동(憧憧)[575]ᄒᆞᆫ 회포ᄂᆞᆫ 이필난ᄀᆡ(以筆難記)[576]로다. 할 말은 ᄐᆡ샨 갓치 ᄊᆡ이고 하ᄒᆡ 갓치 넓어 취지무금(取之無禁)[577]이며 용지불갈(用之不竭)[578]이나, 우편[579]이 춍춍ᄒᆞ여 두어 ᄌᆞ 올니니, ᄂᆡᄂᆡ ᄀᆡ운 신셥ᄒᆞ여 ᄯᅩ 보오기 ᄇᆞ라ᄋᆞᆸ. 여즁샹장[580]이라.'

하엿거늘, 슌졍ᄌᆞ가 보기를 다ᄒᆞ고, 연상[581]을 다거[582] 노코 용지연에 먹을 가라 ᄇᆡᆨ모 무심필(白毛無心筆)노 두어 쥴 답셔를 ᄒᆞ여거늘, 그 셔에 ᄒᆞ여스되,

'불우시(不遇時)[583]ᄒᆞ여 한 번 니별 후로 불가절쇄[584](不加櫛[illegible][585])'ᄒᆞ며 슈여비봉(首如飛蓬)[586]호라. 강니(江裏)[587]에 발근 달이 사챵(紗窓)[588]에 빗쳐

568) 해가 뜨지 않은 새벽녘.
569) 손과 다리.
570) 아파서 말림.
571) 화로를 끼고서 입김을 불어 언 것을 녹임.
572) 고생을 지나기가 더없이 심함.
573) 부모님을 모심.
574) 각기 땅 한 구석에 있듯이 멀리 떨어져 있음.
575) 근심함.
576) 붓으로 기술하기 어려움.
577) 취하여도 금함이 없음.
578) 써도 써도 다하지 않음.
579) 郵便.
580) 旅中上狀. 여행 중에 편지를 올림.
581) 硯床. 벼루 따위의 문방구를 놓아 두는 작은 책상.
582) 가깝게.
583) 때를 못 만남.
584) 빗질을 하지 않음.
585) 원문에 '나무 木'변에 '徙'의 오른쪽 부분의 합성으로 된 글자인데, 옥편에 나오지 않는다. 문맥으로 미루어 '櫛梳'의 잘못이 아닌가 함.
586) 머리가 마치 다북쑥처럼 됨.

오니 원앙고침(鴛鴦高枕)[589]과 비취장금(翡翠長衾)[590]에 전젼반측 혼ᄌᆞ 누어 유루쳠침(流淚沾枕)[591]은 고ᄉᆞ(姑舍)ᄒᆞ고 만리 쟉별에 듀듀야야(晝晝夜夜) ᄉᆡᆼ각이라. 문젼(門前)에 셜심삼촌(雪深三寸)[592]ᄒᆞ니 ᄀᆡᆨ즁 고ᄉᆡᆼ 오죽하실가? 우심도도(憂心忉忉)[593]ᄒᆞ여 일시일각(一時一刻)에 불능안식(不能安食)[594]타가 홀연이 졍찰(情札)[595]이 만리 밧게 ᄯᅥ러지니 명슈만리(名雖萬里)[596]나 무이지쳑(無異咫尺)[597]이로다. 잉심(仍審)[598] 요ᄉᆞ이 여즁체도(旅中體度)[599]가 안녕ᄒᆞ신가 보오니 원외[600] 듯ᄉᆞᆸ기 불각무도(不覺舞蹈)[601]오며, 예ᄂᆞᆫ 양당(兩堂)에 부모 뫼시고 무ᄉᆞ(無事)이 잇ᄉᆞ오니 다ᄒᆡᆼ이며, 일젼(日前)에 일쟝부(一丈夫)를 슌산(順産)ᄒᆞ여 산후(産後)에 별무타탈(別無他頉)[602]이오니, ᄒᆡᆼ막심언(幸莫甚焉)[603]이며, 그ᄃᆡ는 다른 ᄉᆡᆼ각 고만 두고, 공부에 방심을 두지 말고 아모죠록 문치[604]를 이루여 금의환향ᄒᆞ기 바라옵ᄂᆞ이다. 본뎨[605] 답샹쟝[606]이라.'

ᄒᆞ여더라.

---

587) 강 속.
588) 비단 커어튼을 친 창.
589) 원앙새를 수놓은 높은 베개.
590) 푸른색 이불.
591) 눈물 흘려 베개를 적심.
592) 눈의 깊이가 세 치나 됨.
593) 걱정스러움.
594) 편히 밥을 먹지 못함.
595) 정겨운 편지.
596) 이름은 비록 만리라고 하지만.
597) 지척과 다르지 않음.
598) 소식을 들음.
599) 객지에서의 형편.
600) 遠外. 멀리 떨어져 있는 바깥.
601) 무의식적으로 뛰고 춤춤.
602) 별로 다른 탈이 없음.
603) 요행하기가 더할 수 없음.
604) 文彩.
605) 本第. 본가.
606) 答上狀. 답장을 올림.

뎨오회(第五會) 홍승지(洪承旨)가 영거세(永去世)[607]로다

화셜(話說) 이ᄯᅵ에 홍승지의 나히 칠십유여(七十有餘)라. 방직의약중(方在醫藥中)[608] ᄇᆡᆨ약이 무효로라. 그 쟝ᄌᆞ 순식을 불너 압헤 안치고 유언 왈,

"네 아비 나는 살지 못ᄒᆞᆯ 사람이라. ᄂᆡ가 다힝이 살면 모로나, 불힝이 쥭거든 ᄂᆡ 집 지산은 네계 소당지물(所當之物)[609]이라. 나 업다 ᄒᆞ지 말고 부ᄃᆡ 부ᄃᆡ 조심하고 ᄌᆞ숀이 싱기거든 한문 공부를 힘을 쓰게 ᄒᆞ여, 져의 압히나 유여히 닥글 만ᄒᆞ거든 학교를 너허라. ᄯᅩ 한 가지 부탁ᄒᆞᆯ 말이 잇스니, 부ᄃᆡ 형졔간에 닷투지 말고 ᄂᆡ외간에 금슬 죠흐며 쳡 으들 싱각은 쳔니 밧게 이별ᄒᆞ라."

거무하(居無何)[610]에 세상을 이별ᄒᆞ거늘, 아달 여러 형졔와 손ᄌᆞ 여러 형졔와 ᄌᆞ부며 숀부며 증숀이며 ᄂᆡ외 상하에 곡셩이 낭ᄌᆞᄒᆞ더라.

"아이고 아이고 아이고."

"어이 어이 어이."

"아이 아이 아이."

ᄒᆞ니 그럿타시 큰 집이 곡셩에 인ᄒᆞ여 요동ᄒᆞᄂᆞᆫ 듯ᄒᆞ더라. 몃칠 후 발인ᄒᆞᄂᆞᆫᄃᆡ 굉쟝ᄒᆞᆫ가 보더라. 한 놈은 상여 우에 올나 셔셔 소릐를 메기고, 이십 명은 상여를 메인다.

"요령이 ᄶᆞᆯ낭ᄶᆞᆯ낭 요령이 ᄶᆞᆯ낭ᄶᆞᆯ낭- 상여는 너펄너펄 상여는 너펄너펄-"

"여보아라 ᄂᆡ 말 드러. 여보아라 ᄂᆡ 말 드러."

이십 명 상여군 놈들이 일졔히 발을 맛츄며 일졔히 병충ᄒᆞ되,

"어화이 어화-, 요령이 ᄶᆞᆯ낭 요령이 ᄶᆞᆯ낭 요령이 ᄶᆞᆯ낭."

"어화 넘ᄌᆞ. 산도 넘고 물도 넘어 ᄇᆡᆨ운심쳐(白雲深處)[611] 지쵸 밧헤 건좌곤

---

607) 영원히 세상을 뜸.
608) 바야흐로 의약을 쓰는 가운데 있음.
609) 담당해야 할 바의 물건임.
610) 얼마 있지 않아서.

항(乾坐坤向)[612] 뫼셔 놋세."

"어화이 어화- 요령이 짤낭."

"싱젼에 축훈 ᄌᆞ는 연화ᄃᆡ(蓮花臺)[613]로 갈 거시며, 싱젼에 악훈 ᄌᆞ는 지옥(地獄)으로 갈 거시라."

"어화이 어화-, 요령이 짤낭 요령이 짤낭-"

"명예 낭ᄌᆞ훈 홍승지 뎍 승지 영감 싱존ᄒᆞ여"

"어화이 어화-, 요령이 짤낭 요령이 짤낭."

"옷업는 ᄉᆞ람 옷 쥬시고 밥 업는[614] 밥 쥬시며 환과고독(鰥寡孤獨)[615] 이셕히 여기샤"

"어화이 어화-, 요령이 짤낭."

"ᄭᅮ여 쥬시고 ᄃᆡ여 쥬시며 득인심[616]을 ᄒᆞ셧다."

"어화이 어화이 요령이 짤낭."

"연화ᄃᆡ로 뫼시고 가ᄌᆞ"

"어화이 어화-, 요령이 짤낭."

"지금 가면 언졔 오나? 명년 츈풍에 펄펄."

"어화이 어화-, 요령이 짤낭"

샹여 뒤에 싸르은 사람 십여 리를 뻣친 듯, 거리거리 귀경군은 벽공에 은하슈가 동방으로 시작ᄒᆞ여 셔방ᄭᆞ지 뻣친 듯하고, 무변광야[617] 너른 들에 일ᄃᆡ장강[618] 모냥이라. 장예[619]를 이뤈 후에 그 아달 여러 형제는 ᄌᆞ긔 부친의 유언을 명심불망[620]ᄒᆞ더라.

---

611) 백운이 깊은 곳.
612) 뒤로 보면 서북방향인 건좌, 앞으로 보면 동남방향인 곤좌.
613) 불교에서, 극락세계에 있다는 대.
614) '업는' 다음에 'ᄉᆞ람'이 들어가야 하는데 빠져 있음.
615) 홀아비 홀어미와 고아.
616) 得人心. 인심을 얻음.
617) 無邊曠野. 끝없이 넓은 들.
618) 一帶長江. 띠를 두르듯 흐르는 긴 강.
619) 葬禮.
620) 銘心不忘. 명심하고 잊지 않음.

뎨육회(第六會) 슌졍ᄌ가 계슌의게 글을 부치다(順貞子付書桂順)

이ᄯᅢ에 슌졍ᄌ는 ᄌ긔 남편의계 편지를 부친 후, 오날이나 보아슬가 ᄂᆡ일이나 바다슬가 좀시 불망이라. 슌졍ᄌ의 ᄉᆡᆼ각에 홍승지 집 계슌이는 홍ᄉᆞ지 ᄂᆡ외 망녕지하에 엇지타 경과ᄒᆞᄂᆞᆫ 편지나 ᄒᆞᆫ 쟝 ᄒᆞ리라 ᄒᆞ여, 셤셤옥슈로 쥬지[621]를 펴여 들고 두어 쥴 쓰되, 그 셔에 왈,

'각재ᄋᆡ각(各在涯角)ᄒᆞ여 무인왕ᄂᆡ(無人往來)[622]ᄒᆞ여 소식이 돈졀ᄒᆞ니, 원노쥭창(遠路竹窓)[623]에 그ᄃᆡ의 형용이 몽혼(夢魂)[624] 즁(中)에 왕ᄂᆡᄒᆞ여 동동지회(憧憧之懷)[625]는 지ᄌᆞ난금(只自難禁)[626]이라. ᄀᆡᆨ년구월(客年九月)[627]에 독좌사챵(獨坐紗窓)[628]이러니 강남에 나오는 기력이 구만쟝쳔(九萬長天) 놉히 ᄯᅥ셔 나나려 ᄒᆞᄂᆞᆫ 말이, 홍승지 집 계슌이는 망녕지하(妄佞之下)[629]에 고ᄉᆡᆼ이 막심이라 ᄒᆞ기에, 즉시 두어 ᄌᆞ라도 ᄒᆞ려다가 공연이 춍춍ᄒᆞ야 사불여의(事不如意) 되얏스니 죄숑만만이로다. 요ᄉᆞ이 빅셜이 분분ᄒᆞ고 ᄒᆞᆫ풍이 소소ᄒᆞᆫᄃᆡ, 뫼시고 긔운 쳥목한가 궁금ᄒᆞ기 ᄶᅡᆨ이 업네. 고ᄉᆡᆼ이 오죽ᄒᆞᆯ가? 인ᄉᆡᆼ칠십고ᄅᆡ희(人生七十古來稀)는 옛글에도 잇ᄂᆞ니, 홍승지 영감의 ᄂᆡ외분은 나히 칠십이 넘으셧도다. 그ᄃᆡ의 고ᄉᆡᆼ은 일익심(日益甚)[630] 월익심(月益甚)[631]하고, 일월갓치 명낭ᄒᆞ고 하회가치 광심하신 덕을 만나여 우연이 일층에 올나스니, 잠시는 다ᄒᆡᆼᄒᆞ나 도로혀 걱졍이로다. 윤가의 입쇽에 합당치

---

621) 周紙. 두루마리.
622) 왕래하는 사람이 없음.
623) 멀리 떨어진 대나무 창가.
624) 꿈속의 혼.
625) 걱정스런 회포.
626) 다만 스스로 금할 수가 없음.
627) 객으로 지낸 9년 세월.
628) 홀로 비단 커어튼을 친 창에 앉아 있음.
629) 망녕을 부리는 상전의 아래.
630) 나날이 더함.
631) 다달이 더함.

안커든 젹숑즈(赤松子)[632]를 ᄎᆞ쟈 도라오세. 총총ᄒᆞ여 ᄃᆡ강 그리는 졍회를 일졈등하(一點燈下)에 쓰노라. 연월일 하에 슉경ᄌᆞ는 ᄇᆡ(拜)ᄒᆞ노라.'

ᄒᆞ여거늘, 슉경ᄌᆞ 바다 보고, 눈물이 �러지며 죠이를 젹시도다. 등쵹을 도도키고 답셔를 쓰되 그 셔에 왈,

'산지동셔(散之東西)[633]ᄒᆞ여 쥬류사방(周流四方)[634]ᄒᆞ는 그ᄃᆡ의 몸을 ᄭᅮᆷ에나 보리라 ᄒᆞ고 심쇄고문(深鎖高門)[635]ᄒᆞ여 금침을 펴여 노코 젼젼반측에 셜부화용(雪膚花容) 그ᄃᆡ 일신 오ᄆᆡ불망이라. 홀연이 챵밧게 긔력이 소ᄅᆡ 들니거늘, 그ᄃᆡ의게 편지ᄒᆞ려고 써셔 던져 쥬니 기력이 응답 안코 벽공에 놉히 ᄯᅥ셔 기루룩 기루룩 날느거늘 챵문을 반짐 열고 그 소ᄅᆡ를 ᄎᆞ지려 ᄒᆞ니, 충망한 구름 쇽에 발근 달ᄲᅮᆫ니로다. 허히 탄시 드러와셔 곤혼 좀 미각[636] 젼에, ᄒᆞᆫ 노인이 션풍도골(仙風道骨)[637]노 현연이 드러와셔 ᄂᆡ의 압헤 안지며, ᄂᆡ일은 네가 깃분 소식 드르리라 ᄒᆞ는 소ᄅᆡ에 홀연이 ᄭᆡ다르니 그 노인 간ᄃᆡ업고 안상(案上)[638]에 일봉셔(一封書)[639]가 노혓거늘, ᄯᅦ여 보니 그ᄃᆡ의 필젹(筆蹟)이라. 아일심(我一心)[640]에 불합당(不合當)커든 군일신(君一身)[641]을 ᄎᆞ쟈감세. 홍승지 영감은 무단이 병에 걸려 염라궁에 문안ᄒᆞ려 갓스니 명지명간에 젹숑즈(赤松子) ᄇᆡᆨ운 쇽에 ᄎᆞ질 터이니 이리 알게. 총총ᄒᆞ여 ᄃᆡ강 흠경(欠敬)[642]하다. 슉경ᄌᆞ(淑貞子).'

---

632) 고대의 신선 이름.
633) 동서로 흩어짐.
634) 사방으로 떠돌아 다님.
635) 높은 문을 단단히 잠금.
636) 未覺. 깨어나지 않음.
637) 신선의 풍채와 도인의 골격.
638) 책상 위.
639) 한 통의 편지.
640) 내 한 마음,
641) 그대 일신.
642) 흠모하며 공경함.

뎨칠회(第七會) 김용학근면등급졔(金容學勤勉登及뎨[643]))라 김용학이 부지런하고 힘을 써서 급제에 오른다

세월이 여류ᄒᆞ여 김용학의 졸업 ᄯᅢ가 되얏도다. 용학이는 불철쥬야[644]ᄒᆞ고 공부에 힘을 써셔 졸업 시험을 보이거늘, 용학은 흑판 하에 걸터 안져 다른 ᄉᆞ람들은 ᄉᆡᆼ각을 못ᄒᆞ여 붓ᄃᆡ를 드러다 노핫다 ᄒᆞᄂᆞᆫᄃᆡ, 용학이는 일쳔[645])으로 올닌 후에 오ᄆᆡ불망ᄒᆞ여, 우등이 되엿나 급졔가 되얏나 낙방이 되얏나 이렇타시 ᄉᆡᆼ각ᄒᆞᆯ 졔 상등을 졔슈ᄒᆞ여 ᄂᆡ트리니, 비루한 김용학이 급졔를 ᄒᆞ엿고나. 최우등에 올낫고나. 오년 공부에 고ᄉᆡᆼ을 ᄯᅥᆯ쳣도다. 동반 ᄉᆡᆼ도ᄂᆞᆫ 풍외에 ᄶᅥ러지고 노ᄉᆞ슉유(老士宿儒)[646])ᄂᆞᆫ 슐존을 메여치고 우부소아(愚婦小兒)[647])ᄂᆞᆫ 간담(肝膽)이 ᄶᅥ러지ᄂᆞᆫ 듯ᄒᆞ도다. 유곡황죠(幽谷黃鳥)[648])가 교목에 옴기ᄂᆞᆫ 듯 북ᄒᆡᄃᆡ붕(北海大鵬)[649])이 바다를 두루ᄂᆞᆫ 듯 만국(萬國)이 움지긴 듯 쳔가영화(千家榮華)로다. 금의[650])를 ᄯᅥᆯ트리고 고국에 도라와셔 여러 ᄒᆡ 그리든 부모 쳐ᄌᆞ 만나 보니, 얼시고나 죠흘시고. 각각 마음에 엇더ᄒᆞ리요.

---

643) '第'라고 한자로 써야 하는데 한글로 잘못 적었음.
644) 不撤晝夜. 밤낮을 가리지 않음.
645) 一天. 과거 볼 때 맨 먼저 지어 올리던 답안지.
646) 나이 든 선비들.
647) 어리석은 아낙네와 어린이들.
648) 깊은 골짜기의 꾀꼬리.
649) 북해의 봉새.
650) 錦衣. 비단옷.

Ⅲ. <**월하탄금성**>의 원본 영인

세월을 여류ᄒᆞ여 깁흔 학의 조흔 ᄯᅢ 가고 ᄯᅡ로다 오ᄂᆞᆯ 학이ᄂᆞᆫ 불[illegible]ᄒᆞ야 ᄒᆞ면 공부
ᄒᆞᆫ셔 ᄒᆞᆯ셔 현ᄒᆞᆫ 부어셔ᄂᆞᆫ 용학은 흑막하에 걸터안져 다ᄒᆞᆫ ᄉᆞ랑 듯ᄒᆞᆫ 일
각ᄒᆞᆫ 뜻ᄒᆞ며 붓ᄃᆡ 들드러 다ᄒᆞ고 다ᄒᆞᆫ다 용학이ᄂᆞᆫ 일쳔 ᄋᆞᆫᄂᆞᆫ 올 너ᄂᆞᆫ 후에 [illegible]
오ᄅᆡ 보ᄂᆞᆫ ᄒᆞ여 우둥이 되엿나 곱졔가 되엿나 박ᄒᆞᆫ이 되엿나 이러ᄒᆞᆫ ᄉᆡᆼ각 ᄒᆞᆫ ᄯᅢ
ᄉᆞᆼ둥은 졔ᄒᆞ여 너트리니 비두ᄒᆞᆫ 기ᄉᆞᆼᄒᆞ기 이 곱졔ᄃᆞᆫ 도 엇고나 최우등 ᄒᆞ엿도다
공부 오ᄅᆞᆫ 공부에 곱졔ᄒᆞᆫ 셔ᄂᆞᆫ 쳣 도다 동방셔도ᄂᆞᆫ 공의 예셔 허치고 노ᄉᆞ슉유(老士宿
儒)ᄂᆞᆫ 승ᄉᆞᄂᆞᆫ 메여 치ᄆᆡ 우부소아(愚婦小兒)ᄂᆞᆫ 간담(肝胆)이 셔러지ᄂᆞᆫ 듯ᄒᆞ도다
유곡황조(幽谷黃鳥)가 ᄭᅩᆺ모에 올가ᄂᆞᆫ 듯 북히대붕(北海大鵬)이 바다ᄂᆞᆫ 두ᄂᆞᆫ두
ᄂᆞᆫ 듯 만국(萬國)이 ᄋᆞᆫ지기ᄂᆞᆫ 듯 쳔가영화(千家榮華)로다 고의 ᄃᆞᆫ 셜 드러ᄆᆡ 고국
에 도라와셔 어더 허그 티ᄃᆞᆫ 부모 쳐ᄌᆞ 만나 보셔 어ᄂᆞᆯ셔 모두 조흔 시고 각ᄉᆞ 모ᄂᆞᆫ 에 어[illegible]
오

자도 탕ᄒᆞ게 ᄒᆞᆷᄒᆞ여 더강 그리는 정회ᄂᆞᆫ 일졈등하(一点燈下)에 쏘노라 연원ᄒᆞᆫ 하에 ᄒᆞᆫ경ᄒᆞᆫ

비(拜)ᄒᆞ노라 ᄒᆞ여거ᄂᆞᆫ 쇽졍은 바다보고 눈물흘여 셔러치여 죽이ᄂᆞᆫ 젹시노다 둥쥭ᄋᆞᆫ도

ᄂᆞ키고 ᄃᆞᆯ 셔든 사리 ᄆᆞ셔쎄 발 周流四方 滚鎖高

산지동셔(散之東西)ᄒᆞ여 두루 사방ᄒᆞᄂᆞᆫ 그ᄃᆡ의 몸은 셤에ᄂᆞ 보리탄ᄒᆞ고 심ᄒᆡ고

문(門)ᄒᆞ여 그ᄃᆡ물은 ᄯᅥ여ᄂᆞ고 젼ᄂᆞ 반ᄎᆞᆷ에 셜부화용(雪膚花容) 그ᄃᆡ의 홍안 오히물

당ᄒᆞ다 ᄒᆞ올연이 상앗게 더혀의 소ᄅᆡ 듣니자는 그ᄃᆡ의 세 뎐지ᄒᆞᆫ 졈ᄆᆞᆫ 벼셔던 져쥭

니 기력이 ᄋᆞᆼ댱 알고 벽공에 ᄇᆞᆷ히 셔셔 기두룩 ᄒᆞ 반ᄂᆞᆫ 거ᄂᆞᆫ 창 ᄋᆞᆫ은 반갑

므 그 소ᄅᆡ는 차저려 ᄒᆞᄂᆞ ᄎᆞᆷ상ᄒᆞᆫ 누ᄆᆞᆷ 속에 발근 ᄃᆞᆯ ᄯᅳ어도다 허ᄒᆞ여 ᄯᆞᆨ ᄒᆞ리라

셔ᄂᆞᆫᄒᆞᆫᄃᆞᆯ 미각 젼에 ᄒᆞᆫ 눈ᄋᆞᆫ이 션풍도골(仙風道骨)노 현연이 ᄂᆞ려와셔 ᄂᆡ의ᄋᆞᆫ 보ᄒᆡ

압치여 ᄂᆡ 이름은 ᄂᆡ가 긔분 ᄉᆞᄒᆞᆨ 드르티라 ᄒᆞᄂᆞᆫ 소ᄅᆡ에 ᄒᆞ올연이 ᄭᆡ다르니 그 눈인 간ᄃᆡ업고

안상(案上)에 일봉셔(一封書)가 노혓거ᄂᆞᆯ ᄭᅦ여보니 그ᄃᆡ의 필젹(筆蹟)이라 아

일심(我一心)에 불합당(不合當)커든 군일신(君一身)은 ᄂᆞ지 말게 ᄒᆞ옵시엉 ᄉᆞᆷ

은무ᄃᆞᆼ이 ᄇᆡ에 결ᄒᆞ여 녀와궁에 무한ᄒᆞᆫ 려가슈 녕쳐 영갈에 젹송ᄌᆞ(赤松子) 비ᄒᆞᆫ

속에 ᄌᆞ 질 더ᄋᆡ니 이 리 알게 ᄒᆞᆷᄒᆞᆷ ᄒᆞ여 더갈 흠경(欠敬)ᄒᆞ라 슉경ᄌᆞ(淑貞子)

는 비복(拜復)이라 ᄒᆞ엿더라 김용학 근면 등 급졔라 금풍ᄒᆞᆫ 관부지 ᄐᆡᄂᆞ고 희당은

第七回 뎨칠회 金容學 勤勉登及第라 ᄉᆡ셔 급졔에 오르도다

이셔에 요졍은 즈거 남연이셔 편지를 부친후 오날이나 볼가 올가 너일이나 바랏슨가
즁봄은 방히라 요졍은의 상각에 홀홀ᄒᆞ기 졈 계시든 이는 홀홀ᄒᆞ지 서의 방영치 하에 어지타
경관ᄒᆞᆫ 편지ᄒᆞ나 ᄒᆞᆫ즁ᄒᆞ되 한ᄒᆞ여 셤셤 옥수로 즉지를 펴여 들고 두어줄 쓰되 그ᄒᆡ에
왈 各在涯角 無人往來 消息頓絶 遠路皆塞 夢魂中
각지에 각ᄒᆞ여 懂懂 구인ᄒᆞᆷ서ᄒᆞ여 소식이 돈졀ᄒᆞ니 원노즁창에 그ᄃᆡ의 형용이 황홀ᄒᆞ즁
에 왕ᄂᆡᄒᆞ여 동동지회는 지ᄀᆡ 날은(只自難抑)이라 거년구월(客年九月)에 독
좌사창(獨坐紗窓)이라 강남에 날오는 기러기 구만장쳔(九萬長天) 놉히
셔셔 날아오ᄂᆞᆫ 마음이 홀홀ᄒᆞ지 졈 계시 이는 방영지하(安傍之下)에 곰곰이
마음이 ᄒᆞ기에 즉시 두어 가지는 ᄒᆞ려 ᄒᆞ나 광연이 홀홀ᄒᆞᆫ이 사불여의
(事不如意) 되얏스나 죄송ᄉᆞ이로다 요ᄉᆞ이 빅셜이 분분ᄒᆞ고 ᄒᆞᆫ풍
이 소소ᄒᆞᆫᄃᆡ 되시고 긔경ᄒᆞᆫ 몸 무ᄉᆞ 귀즁ᄒᆞᆫ 기ᄎᆡ 이셤네 날이 오족ᄒᆞᆫ가 잇ᄉᆞ
칠십 되고 회회(人生七十古來稀)는 예로브터 이르ᄂᆞ니 홀홀ᄒᆞ지 ᄒᆞ연ᄉᆞᆫ의 빅회 분
은 방히 칠ᄉᆞ시 넘도 보도다 그ᄃᆡ의 고ᄒᆞᆫ은 일ᄉᆞ이 심ᄒᆞ기 일ᄉᆞᆷ(日益甚月益甚)ᄒᆞ
되도다 날은 쳔우신조(天佑神助)ᄒᆞ여 다ᄒᆡᆼ이 요졍과 인ᄌᆞ ᄒᆞ고 ᄃᆡ졉가 차고 죤ᄒᆞ
고 일월은 갓치 영광ᄒᆞ고 화회가지 광심ᄒᆞ신 ᄃᆡᆼ은 만ᄉᆞ여 ᄒᆞ우연이 붓즁에 쓸 수 업지
니는 다 황ᄒᆞ나 도로혀 거졍이로다 ᄒᆞᆫ 가의 ᄒᆞᆷ 속에 회답 ᄒᆞ지 안커든 ᄌᆡ용ᄒᆞ든 ᄃᆡ

赤松子

요령이 ᄯᆞᆯ랑〻

오이 업ᄂᆞᆫ 탈곳 ᄎᆞ자 실 밥 업ᄂᆞᆫ 합 ᄎᆞ시여 환과고독 鰥寡孤獨 이셔 ᄒᆡ여 기사

어화 이어화ㅣ

요령이 ᄯᆞᆯ랑

산여 좃사ᄆᆞ 디여 좃사여 득이난 ᄉᆞ당도 ᄒᆞ셧다

어화이 어화이

요령이 ᄯᆞᆯ랑

연화대로 뫼신 가세

어화이 어화ㅣ

지금 가시면 언제 오나 명년 추ㅅ동에 절〻

어화이 어화ㅣ

요령이 ᄯᆞᆯ랑

상여 뒤에 ᄯᆞ르는 ᄉᆞ람 실여 ᄯᆞ르는 쳐 친척 거ᄃᆡㅣ 저 영혼은 여 공에 은ᄒᆞ여 가 등양으

노서 직ᄒᆞ여 셔방 세지 셔 권ᄒᆞ고 무연 광야 미든 들에 일ᄯᆡ 장강 모향이라

장예 드른 이 된 후에 ᄀᆞᆫ날 녀러 형제는 ᄌᆞ긔 부친의 유언으로 영실로 망ᄒᆞ더라

第六會 뎨육회

순졍이가 계순의게 글을 부치다 順貞子付書桂順

아이 아이 아이

ᄒᆞᆫ나 그런 ᄯᅢ시ᄅᆞᆫ 청뫼 곡성에 인ᄒᆡ 요동ᄒᆞᄂᆞᆫ 듯ᄒᆞ더라 여ᄎᆞᆯ 후 ᄲᅡᆯ(빌)인ᄒᆞᄂᆞᆫ 듸 광ᄉᆞᆯ큰

갈보더라 ᄒᆞᆫ 놈은 상여 우에 올나서 ᄌᆞ〻 소ᄅᆡᄅᆞᆯ 메기고 이십여 명은 상여 드ᄅᆞ에 인다

요령이 ᄯᆞᆯ낭〻〻

상여는 어헐〻〻

어보아라 너 ᄯᆞᆯ드려 어보아라 너 ᄯᆞᆯ드려

이십여 상여ᄭᅮᆫ들이 일제히 발을 맛츄어 일제히 명창ᄒᆞ되

어화 이 어화 ㅣ

요령이 ᄯᆞᆯ낭〻〻 白雲深處 乾坐坤向

어화 넘ᄎᆞ 산을 넘고 물을 건너 이 백운심쳐 지ᄎᆞᆽ 혀 건좌곤향 되어 잇세

어화 이 어화 ㅣ

요령이 ᄯᆞᆯ낭 蓮花臺

신선에 ᄎᆞ구ᄒᆞᆫ ᄌᆞᄂᆞᆫ 연화대는 갈 거시어 성현에 약ᄒᆞᆫ ᄌᆞᄂᆞᆫ 지옥으로 갈 거시라 地獄

어화 이 어화 ㅣ 요령이 ᄯᆞᆯ낭 ㅣ

명예 싼ᄌᆞ ᄒᆞᆫ 놈 ᄒᆞᆫ ᄉᆡᆼ 지ᄃᆡ 승치 명 강생 ᄌᆞᆫᄒᆞ여

어화 이 어화 ㅣ

미애ᄂᆞᆫ 양당(兩堂)ᄭᅴ 부모ᄭᅴ셔ᄂᆞᆫ 무ᄉᆞ(無事)이 잇ᄉᆞᆸᄂᆞ니 ᄃᆡᄒᆡᆼ이여 일젼(日前)에 일쟝부(一丈夫)ᄅᆞᆯ 슌산(順産)ᄒᆞ여 산후(産後)에 별(別)
무타(無他)ᄒᆞᆫ 일이오나 ᄒᆡᆼ막심언(幸莫甚焉)이여 그ᄃᆡ는 다른 ᄉᆡᆼ각 고만두고 공부에 방심
은 두지 말고 아모조록 문쳐ᄅᆞᆯ 이루어 금의환향ᄒᆞ기ᄅᆞᆯ ᄇᆞ라옵ᄂᆞ이다 본뎨 항상 ᄉᆡᆼ각ᄒᆞ여라
ᄒᆞ여더라

第五會 뎨오회

洪承旨 永去世 홍승지가 영거세도다

홍승지가 영영 상ᄒᆞᆫ 버리다

話說 화셜 이ᄯᆡ에 홍승지의 나히 칠십유여(七十有餘)라 방ᄌᆡ의약즁(方在醫藥中)
ᄇᆡᆨ약이 무효라 그 쟝손 슌ᄉᆞᄅᆞᆯ 불너 압ᄒᆡ 안치고 우연 왈
네 아비 나는 살지 못ᄒᆞ겟다 ᄉᆞ람이 ᄒᆞᆫ 번 가면 회ᄉᆡᆼ이 살 연모 업나니 보ᄂᆞᆫ 회ᄉᆡᆼ이 ᄒᆞ거든 너
집의 소당 지물(所當之物)이라 나의 말을 ᄒᆞ지 말고 부ᄃᆡ 조심ᄒᆞ고 ᄂᆞᆫ
손이 셩ᄒᆞ거든 학문 공부ᄅᆞᆯ 힘ᄡᅳ고 ᄉᆞ셰ᄒᆞ여 쳐의 압히 ᄯᅢ 우여희 다 그 출산ᄒᆞ거든
학교ᄅᆞᆯ 머리라도 ᄒᆞᆫ가지 부ᄃᆡ 보ᄂᆞᆯ 날이 잇슬 부ᄃᆡ 형졔간에 ᄃᆞᆺ두지 말고 너의
간에 쥰은 죤ᄒᆞ여 쳡ᄋᆞ든 셩ᄉᆡᆼ은 친히 ᄒᆞ게 이별을 ᄒᆞ라 거무하(居無何)에 ᄉᆞᆯ은
이별을 ᄒᆞ거든 아ᄒᆞᆯ이 뎡쳬라 손ᄌᆞ여 뎌 형 ᄒᆞ라 ᄌᆞ부 며ᄂᆞ리 손부 며 ᄌᆞᆫ ᄒᆞ여 너 외상 하애 곡
셩이 동ᄌᆞᆫᄒᆞ더라
아이고 아이고 ᄒᆞ이고
어이 어이 어이

苦盡甘來 興盡悲來
고진감니와 흥진비니는 往古來今 왕고니금에 恒常 항상 잇ᄂᆞᆫ고로 나ᄂᆞᆫ 후일만 기다리노라 요ᄉᆞ이 雪寒 설한에

시하(侍下) 경운이 淸重 청중ᄒᆞ오며 聘丈氣力萬康 빙장 긔력 만강ᄒᆞ오신지 各在涯角 각지애각ᄒᆞ여 憧憧 동동ᄒᆞᆫ

無數 무슈ᄒᆞᆫ 회포ᄂᆞᆫ 이필난긔(以筆難記)로다 한심은 뇌산 갓치 싸이고 회포ᄂᆞᆫ 강슈 갓치 너러 取之 취지

무슈이여 용지불갈(用之不竭)이라 우리 이쳐ᄉᆞ이 픙픙ᄒᆞ여 두어ᄌᆞ을 브니 무ᄉᆞ 긔운 심시

ᄒᆞ여도 불긔ᄒᆞ니 ᄒᆞᆫ 여충 상하(?)이라 ᄒᆞ여서ᄂᆞᆫ 슈쳥 즈 가브ᄅᆞᆫ 만ᄒᆞ고 연산은 과거

노코 운쳐 연에 여오ᄂᆞᆫ가라 백발무심필(白毛無心筆)노 우리 출당 ᄒᆞᄂᆞᆫ ᄒᆞ여지ᄂᆞᆫ 그

셔에 ᄒᆞ여스리

불우시(不遇時)ᄒᆞ여 ᄒᆞᆫ번 니별ᄒᆞ도 불가(不加)ᄒᆞ녕(懶?) 연쇄ᄒᆞ여 슈여비봉(首如飛蓬)ᄒᆞ다 강리(江裏)에

말근 달이 사창(紗窓)에 비취오니 원앙고침(鴛鴦高枕)과 비취장금(翡翠

長衾)에 젼ᄂᆞᆫ 반ᄌᆞ 혼ᄌᆞ 누어 오무쳡침 류루(流淚沾枕)은 고ᄉᆞ(姑舍)ᄒᆞ고 만리쟈

별(萬里遠別) 무ᄂᆞᆫ ᄒᆞ니 주ᄂᆞᆫ야(晝夜) 싱각이라 문젼에 셜심삼촌(門前雪深三寸)ᄒᆞ니

기(?) 고ᄋᆞᆫ 오ᄌᆞ ᄒᆞᆫ 우음 쇼도 ᄀᆞᆫ ᄎᆡ심ᄋᆞᆯ(寢心?)ᄒᆞ여 일ᄉᆞ일각(一時一刻)에 불

능안식(不能安食)이다가 홀연이 정찰(情札)이 만리밧계 뎐지니 명쟈

의 명리만리(名雖万里)나 무이지쳑(無異咫尺)이로다 이잉(仍留)요 슈이 여충쳐

도 려중체도(旅中體度)가 안녕ᄒᆞ신 가보오니 원외듯 슴이 불각무도(不覺舞蹈)요

강ᄒᆞ시오며 져 방에셔도 평안ᄒᆞ오며 양위분 ᄎᆞᆫ실ᄒᆞ오시니가 원의 두고 부모 각별
이ᄒᆞᆫ 놈이라 가는 세상을 안나지 못ᄒᆞ여 부모님의 슈하ᄃᆞᆫ 何수 만리 타국에 왕ᄋᆞᆸ셔서
도 달은 ᄒᆞᆫ 쳐 소ᄉᆞᆫ 다 왕 이 음 놈이라 ᄎᆞᆷ ᄒᆞ여와 이 산 얏 쇠 음 놈이라 ᄒᆞ고 원은 방에 ᄋᆞᆸ
이라 ᄒᆞ여 신ᄒᆞᆫ 의 부모의 싯거ᄉᆞᆯ 여보ᄋᆞ 이 편지 져 방 아ᄶᅵ게 가는ᄃᆡ 타 어져 쏫다 드리
여라 ᄉᆞᆫ쳥ᄒᆞ는가 편지 드ᄂᆞ 바다 손에 들고 두 방울 눈물이 ᄒᆞ르면 이 셔 쳐 시여 셔 분 ᄒᆞ세
여보 ᄒᆞ셔에 ᄒᆞ여 ᄉᆞ리

天涯地角 尺素 頓絶 萬里他国 旅窓孤客 白雪明月

쳔이지각에 쳑소가 돈절ᄒᆞ니 만리타국에 여창고객이 ᄇᆡᆨ셜명월 진ᄾ 밤
에 욕매불매(欲寐不寐)ᄒᆞ여 일졈고등(一點孤燈)은 벗을 삼고 이리 궁굴
져리 궁굴 오며 불상ᄒᆞ더 울ᄉᆞᆫ 유지유지(悠哉悠哉)ᄒᆞ다 젼젼반측(輾轉反側) 못 이계 셜젹
공봉(雪積高峯)ᄒᆞ니 일야의 창 앞의 ᄂᆞᆫ 문 ᄒᆞ올 뇽 ᄒᆞ여 밤의 ᄉᆞᆼ과 무엽의 소
ᄉᆞ(木葉이 蕭蕭)ᄒᆞ니 이나의 ᄉᆞᆼ가 ᄒᆞᆫ풍이 소슬(寒風이 蕭瑟)ᄒᆞ니 일ᄉᆞᆼ
각 ᄒᆞ의 풍진(海外風塵)에 일신이 셔겔(一身이 棲屑)ᄒᆞ여 산수가 무비ᄉᆡᆼ
소(山水가 無非生疎)ᄒᆞ니 침식이 난감(寢食이 難堪)이라 방이 차셔 ᄌᆞᆷ다
ᄒᆞ나 뉘가 석이 사졍을 알어 ᄒᆞ여 일미츌평명(日未出平明)에 쌀기는 무릅
시 ᄒᆞ락 몹 왕너 ᄒᆞ니 슈각이 질권(手脚이 疾捲)ᄒᆞ고 사만에 도라온즉 침식이
냉박(冷薄)ᄒᆞ여 옹노가동(擁爐呵凍)ᄒᆞ니 경고막심(經苦莫甚)이라

日氣 冷寒 風氣 颯颯 白雪 萬里旅窓 他鄕孤客

만오일긔가 닝ᄒᆞᆫᄒᆞ여 풍긔가 삽삽ᄒᆞ고 ᄇᆡᆨ셜이 분분ᄒᆞᆫᄃᆡ 만리여창에 타향고ᄀᆡᆨ이 되야
불택음식(不擇飮食)ᄒᆞ고 부듸 조심ᄒᆞ시기 ᄇᆞ라오며 ᄒᆞ거는 김승학이ᄂᆞᆫ 슐젼ᄌᆞ
의 픔品 ᄌᆞᄂᆞ고 술을 ᄒᆞᆫ두 번 ᄒᆞ기도 어려운 일이 ᄲᅮᆫ이오니(ᄉᆞ쇼나다)ᄒᆞ여 안방에 건
너가니 조터조ᄎᆞᆫ은 뉘가 무거가ᄂᆞᆫ 모로올 지경이라 용학이가 거칩ᄒᆞᆫ 번 ᄒᆞ여 어어어
어어어 소즈셔ᄂᆞ 가옵니다 ᄒᆞ고 친은 별안간에 셔난단 말을 드르며 정신이 아득ᄒᆞ야 왈 셔ᄂᆞᆫ
다어어 어디 드른 셔난단 말이야 부모즐은 ᄒᆞᆫ에 ᄉᆞᆸ셔셔ᄂᆞ 가옵니다 ᄒᆞ여 절을 ᄒᆞ고 ᄉᆞ랑에 아ᄒᆞ라 그
부친게 절을 ᄒᆞ니 부친이 제지왈 부디 잘 ᄃᆞᆼ겨ᄂᆞ 가거든 집 생각을 ᄒᆞ지 말고 ᄒᆞᆨ 방지당ᄒᆞᆫ
두지사ᄒᆞ라 용학이가 응답ᄒᆞ고 문 밧게 나아가셔 ᄎᆞᆼ즈의 셩젹을 ᄒᆞ니 말 우에 거 더안지어 녀더
ᄒᆞ신 드ᄒᆞ 아ᄇᆞ을 다두여 절들을 ᄒᆞ거늘 오나 다들 무ᄉᆞ이 잇거라 ᄒᆞ여 벽공에 바람 갈지
청천에 구름가치 정우 청산 번ᄉᆞᆺᄉᆞᆺ 녀영에 물 ᄉᆡᆺ듯 다타 나어 다 셔ᄂᆞᆨ치 이상ᄒᆞ 되어 감
용학의 셔관에 와ᄂᆞᆫ다 ᄒᆞ니 부친이 셔여 보니 속 피봉에 거슬 보니 셔간 입납이 편지요 거ᄂᆞᆫ 감판
셔가셰 여보니 어어엄 졀ᄉᆞᆼ셔ᄒᆞ고 피봉ᄒᆞᆫ 장이 ᄉᆞ엿거ᄂᆞᆯ 월 방엽엽이라 ᄒᆞ엿더라 즉의 둘ᄅᆞ져
아달ᄋᆞᆫ 불ᄒᆞ 이 편지ᄂᆞᆫ 내 편지라 아니엿다 가져다가 너의 어어 재ᄃᆡ ᄒᆞ여라 ᄒᆞ시 가셔간
은 가진 아ᄂᆞᆫ 드리 가져 이 어어어 어어어 형니 편지 와ᄉᆞ오다 ᄒᆞ고 부친이 ᄇᆞᆨ 상위 무어시야
ᄒᆞ여 편지를 부터 ᄀᆞ셔에 ᄒᆞ여 ᄉᆞ되 셔ᄉᆞ 오오 ᄒᆞ 후 거엉 이ᄅᆞᆷ월이 되야도 상셔 못 아희 와하
정에 복ᄉᆞᆼ 만ᄒᆞ이 부려 ᄋᆞ스이 일러 국한ᄒᆞ 국 거후 안녕ᄒᆞᆫ 우지에 아방욤 제졀ᄒᆞᆫ

각ᄡᆞᆯ고 여덜 팔ᄌᆞ ᄒᆞᆯ 예ᄉᆞ 팔예 모든 ᄉᆡ 나가셔 동ᄌᆞ의 갓ᄉᆞᆫ 거슨 이져ᄇᆡ 되고
나무가지에 기드려 더이 ᄒᆞ온 연이 ᄯᅢ람 불어 나무가 ᄉᆡᆼ혀ᄉᆞ 서ᄂᆞᆫ ᄉᆞ괴 놀너라셔 금풍은
바람보고 허허 탄식ᄒᆞ여 도드ᄂᆞᆫ ᄒᆞᆯ ᄎᆞ잘너가 여 무궁ᄒᆞᆫ 견괴 어올ᄂᆞ도다

뎨이회에 왈 공부 젼ᄃᆞ에 이ᄋᆞ 구혹(草禺田土에人也口或)이타 방인의 사관
(方人衣舍館)에 두몸은 인구목(人口木)ᄒᆞ고 도 연쇼죄에(言草佳又)ᄒᆞ야고 문平
혹(古文口或)에 ᄒᆞᆫ 나무이 ᄉᆞᆷ 좌우에 두 ᄉᆞ람이 나무 ᄐᆞ른어 히도다

뎨삼회에 왈 졍가ᄒᆞᆫ ᄉᆞ람 ᄆᆡᄌᆞᆫ ᄉᆞ람 ᄒᆞᆫ ᄉᆞ람이 물에 소ᄉᆞ셔 삼산(三山)으ᄂᆞᆫ
올나가되 금백(金帛)은 입고 고문구혹(古文口或)에도 ᄯᅡ오면 피ᄎᆞ의 ᄆᆞᆯ로ᄂᆞᆫ 긔졉
의 이믄 ᄉᆞ람이 야가(可)ᄒᆞ되요

뎨사회에 왈 나가시다가 다ᄉᆞ 오ᄉᆞ 엽구샤 오주의 나무ᄐᆞ른 ᄭᅳᆫ우고 보는ᄃᆡ 그쳐
혜 가셔 이보ᄂᆞ 문안ᄒᆞ면 결단코 놈ᄌᆞᆺ에 희는 셔 뎌시고 아달이 ᄉᆡᆼ기거든 ᄃᆞᆯ을 가
ᄃᆞ쳐줄 ᄯᅥ이다 이 뎌 되아시요
ᄒᆞ여 거눈 김몽학이가 그ᄃᆡ 보더니 방ᄎᆞ우ᄉᆞ며 ᄎᆡᆨ 져어 죠ᄀᆞ 가죡에 여 ᄒᆞ여 동산
이 ᄇᆞᆯ 거울이 ᄯᅥ올 셔 가되엿드다 시회에 몽죠심ᄒᆞ고 부되ᄂᆞᆫ 셔로 ᄒᆞᆫ 몸만 치라도 몽
각ᄒᆞ지 ᄡᆞᆯ고 편지도 자죠 부칠 ᄉᆡᆼ각 ᄆᆞᆯ고 두 달 만에 ᄒᆞᆫ 번식이나 ᄒᆞᆫ 달에 ᄒᆞᆫ 번식이나 ᄒᆞ
강셔고 약부 ᄃᆞᆼ기 ᄯᅡ 오ᄉᆞ셔 졍 ᄌᆞᄂᆞᆫ 문지방에 의지ᄒᆞ여 손으로 이ᄆᆞ를 괴이고 ᄀᆞᆫᄂᆞᆫ 거젹

이시오므로 올이 좋의요구려 용학이 왈 아버지 계셔 등경을 드러가와 ᄒᆞ시니 그디 믈 회우
상봉ᄒᆞ여 ᄒᆞ가 즐ᄒᆞ 이별ᄒᆞᆫ 도록수 업요구려 슌경 즐가 아비 드른 짱 그리고 엳보 무슴 말이오 등
경을 드러가 ᄐᆞᆫ ᄒᆞ시거든 드러가아 올고 ᄯᅩ 그디 ᄒᆞᆯ 노드러 가ᄂᆞᆫ 것도 아니오 ᄯᅩ 되 중부가 세상
에 아셔 아비즈의게 구ᄒᆞᆫ 셩각을 두고 부모의 영을 어긔면 무슴 면목으로 이ᄅᆞ게소ᄋᆞᆯ
드ᄅᆞᆺ비셔 ᄂᆞ시며 부모 쳐즈 형제 다 어ᄃᆡ 난ᄉᆞ ᄐᆡᆼᄋᆞ든 인ᄌᆞᆼᄒᆞ고 드러가셔 엳ᄌᆞ든지 엳ᄌᆞᆸ
으로 공부ᄒᆞ여 이후에 큰 긔용이 되시면 말ᄉᆞᆷ에 어ᄯᅥᆫ ᄒᆞ셔게소 용학이가 허ᄒᆞ 우스며 왈 그
런 ᄃᆞᆺ도 ᄒᆞ오 ᄯᅡ두 ᄐᆡᆫ 나와 비ᄒᆞ면 기 명며즈오구려 너 ᄋᆡ 셩이라 ᄒᆞ여도 관계 업게소
ᄒᆞ여 나와 ᄀᆞ티 흰 당 알혜 안지이 ᄀᆞ어 어ᄂᆞ 아셔 보ᄃᆞ ᄂᆞᆫ 용왕이라(어어이 ᄒᆞ) 이ᄅᆞᆯ 안ᄀᆞ
일은 ᄌᆞ이 ᄒᆞ여 ᄌᆞᄌᆞ시요 부명은 밧들고 이 ᄉᆞᆸ니다 나 일ᄅᆞᆯ에 가게ᄉᆞᆸ니 여ᄉᆞᆷ ᄒᆞ시고 일은
ᄌᆞ이 ᄒᆞ여 ᄌᆞ시고 ᄒᆞ며 ᄃᆡ랑으로 나와셔 흰 ᄎᆞᆼ은 치ᄉᆞᆨᄒᆞᆫ 후 안으로 향ᄒᆞ여 전 ᄇᆡ랑에 드
러가니 급부인 슌경 ᄌᆞᄂᆞᆫ 추후 불 알혜 울면이 ᄋᆞᆫ겨 동방을 ᄇᆞ라보다가 기동ᄒᆞ니 드러
오ᄂᆞᆫ 양은 보려니 와ᄅᆞᆯ 그디의 얼골로 봉ᄒᆞ여 부모 형제 ᄇᆞᆯ ᄒᆞ고 너의 어ᄌᆞᆫ신을 잇지 못ᄒᆞᆯ
문앙이 너 남ᄌᆞ의 몸이 되야 그런 사ᄅᆞᆷ은 일로 도두지 마오 말ᄉᆞᆷ이 제일 몸이며 몽ᄉᆞ 심이 버
금이오 공부가 셰지이라 이 되야셔 ᄆᆞ오ᄃᆞ 가 년은 공부ᄒᆞ여 ᄒᆞᆫ 등을 졔ᄌᆞ 허든 금의 믈
셜 트되고 고국에 도라와셔 부모 쳐ᄌᆞ 만나 보면 피ᄎᆞ에 어ᄯᅥᆫᄒᆞ겟소 ᄒᆞ여 ᄌᆞ지든 너의 ᄌᆞ
거ᄂᆞᆯ 펴여 보니

第一會 闕이ᄂᆞᆫ 회에 ᄯᅳᆯ 곱은 字 ᄒᆞᆫ(古文口或) 잇

순졍ᄌᆞ의 부친은 집이 ᄯᅩᄒᆞᆫ 빈ᄒᆞ지여 호의호식(好衣好食)은 못ᄒᆞ고 악의악식(惡衣惡食)으로 지니는 ᄉᆞ람이 ᄉᆡᆼ각에 이럿ᄐᆞ시 귀히되니 진실노 인ᄉᆡᆼ은 부지로다 아지못거라 김용학이가 어지 현은 하회를 볼지어다

第四編 [illegible]

김용학별순졍ᄌᆞ
金容學別順貞子

김용학이 순졍ᄌᆞ를 이별ᄒᆞᆫ다

이ᄯᆡ에 김판셔가 그 아ᄃᆞᆯ 용학을 불너 말ᄒᆞᆯ 지금 세계는 부ᄉᆞ탐이 세상에 횡세를 ᄒᆞ여야 져의 영예가 ᄒᆞᆫ층 더ᄒᆞ도다ᄒᆞ니 너도 공연이 놀지 말고 우리나라 ᄉᆡ에 어디든지 가던지 그러ᄒᆞᆫ(韓) 귀도 동경이라는 가셔 공부ᄒᆞ여라 집 ᄉᆡᆼ각은 지ᄭᅡᆯ고 부지런이 공부ᄒᆞ여 ᄒᆞᆼ의 환향ᄒᆞ기 ᄇᆞ라노라 용학이가 눈에 눈물이 가랑가랑ᄒᆞ여 말ᄒᆞ 지금은 하필 일본을 가지 아니ᄒᆞ면 힝세를 못ᄒᆞ리가 ᄂᆞ타리 ᄉᆡᆼ각ᄒᆞ니 미국은 갈지언졍 일본은 가기 실슴니다 (여보아라 아비의 ᄯᅳᆺ은 드러다가 여ᄒᆡ든지 공부ᄒᆞᆷ해 ᄒᆞ고 [illegible] 등 갈ᄒᆞ면 곤난치 아니ᄒᆞ니라 네가 졀단코 네의 ᄯᅳᆺ을 이길 못ᄒᆞ여 도리가 기실여ᄒᆞ나 보라 ᄒᆞ는 공부ᄒᆞ도록 ᄒᆞ리가 그런 ᄉᆡᆼ각ᄒᆞ면 미ᄉᆞ불셩이니라 용학이가 부득이ᄒᆞ여 ᄃᆡ답ᄒᆞ여 말ᄒᆞ되 ᄒᆞ든지 공부ᄒᆞ고 나오겟슴니다ᄒᆞ고 ᄒᆞ여 나와 알ᄯᅳᆯ 드러가셔 전ᄂᆡ방에 도쳐 드러가셔 순졍ᄌᆞ의 쳥ᄒᆞᆫ 것에 ᄒᆞᆫ숨을 휘ㅣ 쉬어 가로ᄃᆡ 순졍ᄌᆞ가 나를 ᄒᆞᆫ번 보며 두눈에 눈물이 가랑가랑ᄒᆞ여 날ᄂᆞᆫ 졍ᄌᆞ가 ᄒᆞᆫ번 울면 무심히 [illegible]ᄒᆞ시는 일이 잇셔 ᄒᆞᆫ숨을 쉬

슉졍 고ᄯᅳᆫ디 ᄒᆞ여 보니 뭇고 ᄃᆞᆸ고 ᄎᆞ고도 십허 진ᄌᆞᆨ 여ᄎᆞ 아녀ᄯᅡ도 되ᄌᆞᆺ탄ᄒᆞᄃᆞ들 슉졍
ᄌᆞ를 당ᄒᆞ야 ᄌᆞ야 명사십니 희망ᄒᆞ야 녀ᄌᆞ로 ᄒᆞᆫ들 진ᄒᆡ우 되어 부인을 당ᄒᆞᆫ 수나 비ᄒᆞᆯ 곰
은 뎐을 드리고 원앙침 ᄂᆞᆫ ᄒᆞᆫ 버기 머리우에 ᄂᆞ허 두고 두리다 ᄒᆞᆫ 화ᄒᆞᆫ 산엇고 ᄌᆞᆨ평을 ᄉᆞᆷ겨
깁흔 방에 ᄌᆞ여이 계실 ᄯᅢ 드니라 ᄒᆞᆫ ᄒᆞᆫ 평생에 슉졍ᄌᆞ가 이리 ᄒᆞ여 지셰ᄒᆞ고 부모
ᄒᆞ고 ᄌᆞᆯ의 복을 ᄯᅥᆯ 더리고 안방에 건너가셔 김 ᄃᆞᆯ벼 시외 텬에 져비ᄒᆞ고 이리 셔어 ᄯᅥᆫ셔
부인이 슉졍ᄌᆞ의 ᄌᆞᆫ은 ᄌᆞᆸ고 눈물은 흘니 여왈 네 가티여 ᄂᆞ히 ᄯᅥᆯ ᄌᆞ이야 뉘 가 ᄯᅳᆺ이
나ᄂᆞᆫ 두엇겟ᄂᆞ냐 우리 집에 큰 ᄌᆞᆼᄂᆞᆫ 너의 븟으ᄂᆞᆫ 바 더이니 부디〻 조심ᄒᆞ여라 젼〻 긍〻
ᄒᆞᆫ산 ᄒᆞ라 동〻 ᄒᆞᆨ〻 ᄒᆞᆫ심 ᄒᆞ라 여림 심연(如臨深淵) ᄒᆞᆫ심 ᄒᆞ라 여리 박빙(如履薄
氷) ᄒᆞᆫ심 ᄒᆞ라 너의 ᄉᆡᆼ 이 가ᄒᆞ엿ᄉᆞᆸ 지문 ᄒᆞᆫ 줄이라 원부모 형제(遠父母兄弟) 상별
에 ᄃᆞᆼ부가 왓ᄉᆞ니 ᄆᆞᆯ〻 이 졍ᄉᆞ를 당ᄒᆞ니 ᄉᆡᆼ의 ᄉᆡᆼ각이 더욱 ᄃᆞᆼᄒᆞ여 눈물 ᄒᆞᆫ 슈도
나ᄂᆞᆫ ᄒᆞ 슉졍ᄌᆞ가 ᄆᆞᆯ ᄒᆞᆫ ᄃᆡ 왈 져ᄂᆞᆫ 칠셰에 ᄌᆞᆨ 진 일로 ᄂᆞᆫ 중에 거ᄂᆡ 셔셔 공경은 무한
이 ᄒᆞ엿ᄉᆞᆸ더니 마ᄂᆞᆷ게 압셔 눈물을 흘니시니 져ᄂᆞᆫ 조 진 ᄉᆡᆼ각이 간졀ᄒᆞᆸ 노이
다 오ᄂᆞᆯ〻〻 여ᄃᆞᆯ ᄇᆞᆯ고 안ᄉᆞᆷ ᄒᆞ여 ᄒᆞᆯ 셰월이 여류 ᄒᆞ여 가면 ᄉᆞᆯ 오련이 되니 부ᄭᅳ럽ᄉᆞ오
ᄒᆞᆫ 쳐지오 부모 ᄇᆞᆼ양 ᄒᆞ여 ᄃᆞᆫ ᄉᆞᆼ은 두어 ᄒᆞᆨ 눈의 ᄇᆞᆺ 계 ᄇᆞᆯ가 ᄒᆞᄋᆞᆫ 식부 ᄃᆞᆼ의 ᄯᅳᆺ을 거ᄉᆞᆯ니가
ᄌᆞᆨ사야 ᄃᆞᆨ ᄒᆞ여 올 ᄌᆞᆼ은 시가 무ᄉᆞᆷ ᄌᆈ ᄃᆞᆯ 지어ᄉᆞ나 이제ᄂᆞᆫ 시의 ᄒᆡ물이ᄋᆞ 업ᄉᆞᆫ가 방ᄉᆞᆺ 업
시부모 ᄇᆞᆼ양 ᄂᆞᆫ 구ᄌᆞᆫ에 ᄆᆞᆼ은 두어 ᄎᆞᆨᄒᆞᆫ 형실로 부모ᄂᆞᆫ 셤기려 ᄒᆞᄂᆞ다

(부인) 그런 ᄒᆞᆫ 경은 아무 ᄒᆞ시나 관계치 안쇼 요ᄉᆞ이 開明時代 명시ᄃᆡ에ᄂᆞᆫ ᄒᆞᆫ이 ᄂᆞᆷ의 부인시 신부
례는 ᄒᆞᆫ다 우구려
(김광월) 허허 ᄒᆞᆫ 손 ᄎᆞ것 ᄒᆞ오구려
ᄒᆞ여 부인이 말을 마치 우데도 ᄒᆞᆫ 작경이라 슌졍 ᄌᆞ는 셩젹은 서긔고 의보ᄋᆞᆯ ᄂᆞᆫ
남희 녀 눈 ᄯᅥ 동원에 ᄉᆡᆼᄋᆡ으되 봉졉(蜂蝶)은 ᄲᅡ기는 듯 구구 폭폭 희롱ᄒᆞᄂᆞᆫ
집비둘기 형상이라 김광월이 너희는 희열ᄒᆞᆫ 듯이 ᄀᆡ여 슌졍 ᄌᆞ는 암 례 안치느 고 ᄀᆞᆫ
목도 ᄎᆔ여 보다가 김광월은 사랑에 나와 ᄌᆞ리자 ᄂᆞᆫ 광호도 이야기를 ᄒᆞᄂᆞᆫ데 일은 나서 ᄯᅩ
ᄂᆞᆫ ᄀᆞᆯ은 모도 여하 ᄀᆞᆫ을 밤에 명당ᄒᆞᆫ 달빗 ᄎᆞᆫ 창에 비ᄎᆔ여 옛ᄌᆞᆼ신은 ᄎᆞᆺᄂᆞᆫ 듯 우우 경이
(玉宇崢嶸)에 기러기 이는 슴슴 오오 쌍을 지어 기루루루 ― ᄒᆞ며 ᄀᆞᆫ드리어 소슬(金風蕭
瑟) ᄒᆞᆫ 나무 입이 ᄯᅮᆨᄯᅮᆨ ᄯᅥ러져 벽공에 펄펄 셤에 이는 경ᄉᆡᆨ 사ᄅᆞᆷ의 츄풍에 ᄒᆞᆫᄭᅴ져 여 예
처량 제ᄌᆡ경 이 ᄉᆡ에 ᄀᆞ의 ᄉᆞᆼᄉᆡ 경은 편 ᄃᆞᆫ ᄒᆞ여라 히우상봉(邂逅相逢) 슌졍 ᄌᆞ는 ᄃᆞᆫ
하에 ᄌᆞᆷ간 보니 안녹산과 운우 양ᄃᆡ에 어진 ᄀᆡ약은 지은 쌍귀비와 다름 슈ᄒᆞ 희화영월
하(垓下城月下)에 초ᄑᆡ왕은 이별ᄒᆞᆫ ᄃᆞᆫ 우미인과 다른 소유 오왕부차(吳王夫差)가
월셔시(越西施)를 ᄆᆡ신 듯 만고ᄎᆔ부셕승(萬古壽首富石崇)이가 녹주를
뫼신 듯 김광월의 즈제 ᄌᆞᆷ 혹서는 만고 졀ᄉᆡᆨ 슌졍 ᄌᆞ를 오날 밤에 뫼셧고나 밋칠
광ᄌᆞ의 경 ᄉᆡᆼ 광경이 황홀ᄒᆞᆫ 의 ᄃᆞᆫ은 ᄉᆡᆨ은 보고 ᄃᆡ 혹ᄒᆞ야 이리 물고 져리 물고 용 ᄒᆞ이는

(김ᄃᆡ셔) 사양 말고 셩금 시험ᄒᆞ여 보라

슉졍ᄌᆞᄂᆞᆫ 아모 말 업시 어리로도 ᄒᆞ여고 눈물을 먹음거ᄂᆞᆫ 김ᄃᆡ셔가 슉졍ᄌᆞ의 픔은 셔고 ᄋᆞᆫ으로 드러가거ᄂᆞᆯ

(뎡씨부인) 이 고여 보망치기도 ᄒᆞ여라 이 셰에 나던 남ᄌᆞ를 ᄃᆡ리고 ᄋᆞᆫ으로 드러 온시니 ᄃᆡ감이 망녕이신가 보오구려

(김ᄃᆡ셔) 허 ―― 이 이 슉졍ᄌᆞ야 뎌 부인 ᄇᆡ읍고 졀ᄒᆞ여라 너의 셔모이어 너 ᄃᆡᄉᆞ랑이라 오ᄂᆞᆯ부터 너와 뎌 부인은 너ᄃᆞᆫ 며나 크도 앉어시니 너는 우리 ᄃᆡ의 ᄯᆞᆯ이 되ᄂᆞ 무도 아려라

슉졍ᄌᆞ가 ᄉᆞ랑으로 나와 부친께 고ᄒᆞᆯ 아버님이여 다ᄒᆞᆫ가 ᄒᆞ옵시ᄂᆞ 쇼셔 슈여ᄃᆞᆫ 감ᄒᆞ셔 갈이 조부ᄃᆞᆫ 소인뎌 ᄒᆞ옵시니 셔울 셩가(成不成間)에 허락ᄒᆞ시옵소셔 부친이 허락ᄒᆞ여 부가이 너ᄂᆞᆫ 조심ᄒᆞ여 도라 슉졍ᄌᆞ의 부인가 슈속ᄒᆞ던 ᄉᆞ이에 김ᄃᆡ셔가 그 ᄯᆡ 왕학을 관셰로 ᄉᆡ이여 ᄃᆡ라 관셰 하ᄂᆞ어 뎌 ᄇᆞᆫ 이 지ᄂᆞᆫ 이ᄯᆡ에 왕학이는 경셩 회관에 쇼ᄅᆞᆯ 어보ᄃᆞ ᄒᆞ며 경ᄂᆡ관셰가 현ᄉᆞ라ᄯᆡ이라 김ᄃᆡ셔가 ᄎᆞᆺ이 인 뎡씨ᄃᆞᆫ 드디어 와ᄂᆞᆫ

(김ᄃᆡ셔) 여보ᄉᆞ 우ᄅᆞ 혼인ᄒᆞᄃᆞ ᄒᆞᆫ 거시 뎡우가 아니요 신부 뎨ᄃᆞ 도ᄉᆞ 혼인ᄃᆞ 아니지나고 신부 뎨ᄃᆞᆫ ᄒᆞᆫ ᄌᆞ시 당ᄎᆔ ᄒᆞᆫ 구려 엇지 ᄒᆞᆫ 면 조켓소

춘졍ᄌᆞ) 눈계사친 ᄉᆞ므작고 ᄒᆞ엿슴낭이다

김팔月) 스ㅣ 너의 증조는

춘졍ᄌᆞ) 경상감ᄉᆞ도 작고ᄒᆞ엿슴니다

김팔月) 너의부 친은 명 함이 무슨ᄌᆞ 무슨ᄌᆞ냐

춘졍ᄌᆞ) 평안감ᄉᆞ로 졍 ᄒᆞ시ᄋᆞᆸ나이다

김팔月) 스ㅣ 너의 조부는

춘졍ᄌᆞ) 무거운ᄌᆞ 든ᄌᆞ 아랍 다ᄒᆞ는 인ᄌᆞ 올시다

김팔月) 너의부친은 함 ᄌᆞ 뭣이냐 부는ᄌᆞ냐

춘졍ᄌᆞ) 호경 ᄒᆞ신가 함 ᄌᆞ ᄉᆞ 올시다

김팔月) 스ㅣ 너의 조부는

춘졍ᄌᆞ) 무거운ᄌᆞ 든ᄌᆞ가 함ᄌᆞ는 ᄌᆞ 올시다

김팔月) 네가 이온는 몃 치냐

춘졍ᄌᆞ) 무엄ᄒᆞ며 져ᄉᆞᆼ이올시다

김팔月) 네 갈ᄆᆡ 부터 너의 즁부 되는 거시 네의 세상에 어ᄯᅥᄒᆞ냐

춘졍ᄌᆞ) 져갓치 대무ᄒᆞᆫ 몸으로 미쳔 ᄒᆞ여이 ᄒᆞ시고 이ᄯᅥ지 말슴ᄒᆞ시니 한쳐에

황공감격ᄒᆞ옵ᄂᆞ이다

는고로 뉘에 숑졍ᄌᆞ의 부여를 다 되고 상좌에 올녀 안치며 ㅂ상을 ᄂᆞᆫ 더업혜ᄉᆞ
알록이 시작ᄒᆞ든 ᄌᆞ에 ㅂ부두께여고 이러ᄉᆞ여 ᄃᆞᆫ감계가셔 엿좌왈 미천ᄒᆞᆫ 몸
이 마ᄂᆞ 먹고 ᄀᆞ록이 ᄒᆞᆼ숑무지 ᄒᆞ옵ᄂᆞ이다 김판셔가 숑졍ᄌᆞ를 다되고 무ᄉᆞᆷ 이애기
를 ᄒᆞᆯ 것다

(김판셔) 너의 셩은 무어시야

(숑졍ᄌᆞ) 너가 ᄋᆞ옵시다

(김판셔) 일흠은 무어시야

(숑졍ᄌᆞ) 숑 할ᄌᆞ셔 고ᄃᆞᆯ 졍ᄌᆞ 안ᄃᆞᆯᄌᆞ 숑졍ᄌᆞ옵시다

(김판셔) 나히는 금년 여ᄉᆞᆯ이야

(숑졍ᄌᆞ) 금년에 이십ᄉᆞᆷ세 올시다

(김판셔) 너의 부모는 다 잇나냐

(숑졍ᄌᆞ) 저의 모친은 일즉이 작고ᄒᆞ시고 저의 부친은 저ᄃᆡᆨ에 계신 면이 이 저의 부
친이 올시다

(김판셔) 아국 명현(我国 名賢)에 뉘가 뎨ᄌᆞ온이야

(숑졍ᄌᆞ) 미천ᄒᆞᆫ 몸이 엇지 명현 션ᄉᆡᆼ가 잇ᄉᆞ오릿가 환보지여 ᄌᆞ손이 올시다

(김판셔) 너의 ᄌᆞ부는 지긋 ᄒᆞᆫ 것이 무어시야

춤을 멍오는 듯 원촌근촌(遠村近村)에 유향(幽香)을 보내고 십은 ᄭᅩᆺ 탐남은 못 이기여 ᄒᆞ는 ~ 버들은 춤츄
는 듯 쌍쌍이 ᄒᆞᆫ테 다 푸른 불ᄭᅡ 기력이 는 흠쥭 옛 쥬인을 찻는 듯 나려
은 소ᄅᆡ ᄒᆞ여 실피 ᄯᅳᆫ 등 압ᄂᆞᆫ다 담뎌에 소슨 누각 벽공에 다흰 듯 경치가 휘황
ᄒᆞ다 츈졍ᄌᆞ가 ᄂᆞ리시며 지내가는 결엔 손님이 려 ᄒᆞᆫ 디 말 ᄭᅳᆺ 수우 그쳐 광한젼 혀 업고 ᄲᅡ
ᄒᆞᆫ상 나계 ᄎᆞ디여 ᄃᆡᆨ드ᄃᆡᆨ을 보시며 다른 관에 ᄒᆞᆫ 놈들이 ᄀᆞ른 가치 몰려와라 나가 셧
다 나가 셧다 이 ᄌᆞ식들 어서 밧비 나가 셧다 그 쥭이 이 쉽게 졈 된 남ᄌᆞ가 여러 놈들은
힛지만 져리 두 분 귀ᄒᆞᆫ 손님 화족(華族)이로 분명ᄒᆞ니 세상에 올 번 쳐 홍산 ᄂᆞᆫ
뎌올 ᄂᆞ여 타ᄒᆞᆫ 인 놈들이 ᄂᆞᆫ 당ᄒᆞᆫ 츈졍ᄌᆞ의 부ᄂᆡ를 암ᄯᅥᆨ이 우드리 ᄭᅡ이 주인ᄃᆡ
강이 더 경절ᄒᆞ여 츄상가지 호령ᄒᆞ여 속히 ᄂᆞ 보니 ᄒᆞᆫ다 ᄒᆞ니 그 남ᄌᆞ가 듯ᄂᆞ 아희 ᄌᆞ
더 압쳐 ᄑᆞ흔 이다 왓ᄂᆞᆫ 영졍지하에 ᄒᆞᆫ낭 ᄉᆞᆷ 아희 티 다 져 ᄉᆞᆷ남 두 분은 ᄭᅩᆫ 공ᄒᆞ여 다 이오
괄시 못ᄒᆞᆯ 손님이라 화족ᄃᆡ 두 분 영ᄒᆞ니 상좌에 안치ᄋᆞ라 디감이 되ᄆᆞᆯ 화족이 무
슴 화족이니 져던 놈 무셔 버들 쥭이리라 그 남ᄌᆞ가 악ᄉᆞᆼ은 보ᄒᆞ고 ᄆᆞᆯ 아니 ᄒᆞᆫ다 낫ᄂᆞ치
알은 이 되다 져거 잇는 져 아희는 져 봉ᄌᆞ의 ᄯᆞᆯ이옵고 일ᄂᆞᆷ은 츈졍ᄌᆞ오고 나히는 지금이
십ᄉᆞᆷ세옵고 날ᄌᆞ가 아ᄂᆞ오다 본ᄃᆡ 기졈이옵ᄂᆞ ᄒᆞᆫ모 져 ᄌᆞ손이온ᄃᆡ 집이 ᄌᆞᄆᆞ셔 곤궁ᄒᆞ여
츈졍ᄌᆞ가 ᄋᆞᆫ홉 살에 ᄒᆞ슈지ᄃᆡᆨ에 ᄯᅥ엿다가 무ᄃᆡᆨ이 ᄯᅥᆨ겨 ᄒᆞ자 져의 부친 봉ᄌᆞ는 ᄃᆡ려고
ᄆᆞᄋᆞᆷ을 박으로 알으여 져 모양으로 ᄃᆡ 이온우 부ᄃᆡ 괄시 마시옵소셔 그 남ᄌᆞ 눈 ᄉᆞᆯ오ᄆᆞᆷ

슈몽에 던져두고 나는 간다 잘 잇거라 ᄒᆞᆫ 말ᄒᆞ여 어ᄃᆡᄒᆞᆫ 일 된 이연이 다 장ᄒᆞᆫ 셩ᄉᆞ을
고이 너 압헤 와 안즈며 어보시요 져 양반 소원ᄒᆞ나 쫏ᄎᆞ여 주오 나는 다든 ᄉᆞ탕이 아이오다
이 너 ᄇᆞᆫ 통몽이요 겻헤 잇는 이 ᄉᆞ랑은 너의 ᄎᆞ부 ᄐᆡ사오다 ᄒᆞᆫᄉᆞ랑이 즙허와셔 몽에 ᄇᆞᆯ
노건져 ᄌᆞ여 이 너 몽은 샹ᄉᆞᆫ에 하 드ᄂᆞ 두든 노인이라 ᄒᆞ여 간 ᄃᆡ 업너라 ᄉᆞᆫ경ᄌᆞ가 빙ᄌᆞᆫ우
ᄉᆞᆷ여 아하니므는 엣 적 현인 보ᄉᆞ니 심지(心志)가 엇더ᄒᆞ오니가 ᄒᆞᆫ부친이 허ᄃᆞ구ᄉᆞ며
서가 ᄉᆡᆼ은주 잇나 어허 ᄌᆞᆷ이 살ᄒᆞ다 비눈ᄒᆞᆫ ᄉᆡᆼ이 또다 져건네오다가 ᄌᆞ포ᄒᆞᆫ 연이 길은
이ᄉᆞᆯ에 비회ᄒᆞ다가 ᄌᆞ동의게 무른ᄌᆞ 그ᄌᆞᆷ은 노을 ᄂᆞ가려 ᄒᆞ거에 오ᄂᆞ니 ᄉᆞ가ᄉᆞ가 어ᄃᆡᄒᆞᆫ 웬ᄂᆞ
갓ᄒᆞᆫ 놈은 ᄆᆞᆫ나 여너의 ᄒᆞ터 뜨ᄂᆞᆫ 안 ᄃᆞᆫ 져ᄒᆞ여 강ᄊᆞᆺ은 보려ᄒᆞ니 ᄒᆞ여 물 갓ᄒᆞᆫ ᄃᆡ 천지가에
그놈은 ᄉᆞᆷ 참으로 살앗ᄉᆞ며 경구와셔 당ᄒᆞᆫ든 것에 어ᄃᆡ셔 부르ᄂᆞᆫ 소ᄅᆡ가 나거
에 갓더니 그 놈이 ᄒᆞᆫ 눈ᄲᆞᆷ이 드더 온 ᄉᆞ연이라 살연 무엇ᄒᆞ랴 ᄒᆞ며 영ᄉᆞ불ᄇᆞᆫ에 던지
기에 그 놈은 ᄉᆞᆷ 후려ᄀᆞ는 안ᄒᆞᆫ 엇고나 ᄒᆞᆫ 연이 엇더ᄒᆞᆫ 상ᄉᆞᄒᆞ되 ᄌᆞᆺ 못ᄒᆞᆫ 남부인이 되리라
이 ᄌᆞᆼ그탕ㅣ 셔동구하 옹에 달ᄌᆞᆫ 도ᄉᆞ며ᄂᆞᆫ 셤ᄉᆞ 옥슈ᄂᆞᆫ 누무ᄉᆞᆼᄒᆞᆫ 씨ᄉᆞ며 아ᄌᆞᆷㅣ
보더니 싀ᄋᆞᆷ가에 안ᄌᆞ며 디셩 등ᄀᆞ와ᄋᆞᆯ 이거ᄉᆞ 웬일이요 ᄒᆞ거에 난ᄃᆡ 임으ᄂᆞᆫ 일업ᄉᆞ
굿 어덧ᄒᆞ나 ᄉᆞᆼ가ᄂᆞᆼ아 ᄇᆞᆯ는 건져 ᄌᆞ여 난ᄂᆞ하 ᄉᆞᆫ샹 ᄉᆞᆫᄒᆞᆫ ᄌᆞ이라 ᄒᆞ거에 ᄀᆞᆺ ᄐᆞ랑ᄒᆞᆫ 산
ᄉᆞᆫᄉᆞᆫ 모드 알은 엇무허 ㅣㅣ ᄉᆞᆫ쳥ᄌᆞ는 ᄀᆞᆼ부친음ᄌᆞ져 광경 되는ᄃᆡ 든 길노 ᄎᆞᆷ
ㅣㅣ 나허가셔 낙화안ᄆᆞᆫ든 ᄃᆞᄂᆞᄒᆞ 국화가 ᄉᆞ발ᄒᆞ여 죠으ᄂᆞ는 ᄃᆞᆷ하 되는에 빗겨셔ㆍ우

더라 춘졍 ᄌᆞ긔 고은 혜를 견듸지 못ᄒᆞ여 왈 아ᄉᆞ 의혀 텬운 즁에 ᄒᆡᆼ 쳔도 타ᄀᆞ 여ᄃᆡ
도은 혜 빅골난망이옵니다 ᄒᆞ고 져 비ᄒᆞ고 물너와 ᄎᆞ졈 ᄎᆞ져가 부어여 ᄒᆞᆫ
ᄉᆞ양에 드러셔 나오지 도 못ᄒᆞ고 ᄌᆞ글 ᄯᅥᆼ ᄒᆞ거ᄂᆞᆫ 춘졍 ᄌᆞ긔 ᄃᆡ셩 통곡 왈 이게시
원 미ᄅᆞᆼ이오 져 거가ᄂᆞᆫ 져 아ᄋᆞᆫ한 소ᄒᆡᆫ ᄒᆞᆫ 가지 물 비ᄎᆞ오 ᄀᆞᄉᆞ 탐인ᄒᆞ 외져 소ᄒᆡᆫ 온 무
습ᄂᆞ니 원 춘졍 ᄌᆞ가 우름을 ᄭᅳ치고 여러 ᄇᆡ진 이양반 ᄎᆞᆷ견 ᄌᆞ쥬오 ᄀᆞᄉᆞ 탐인이 인ᄌᆞ ᄒᆞ여 ᄀᆞ
여 ᄂᆞᆫ 아 ᄇᆞᆯ 올ᄂᆞ 드르 ᄆᆞᆷ ᄒᆞ여 니 여보 봉ᄉᆞ님 나 ᄒᆞᆸ시오 이 ᄃᆞᆼ 아ᄇᆞᆯ 타ᄂᆞ 나 ᄒᆞᆸ시오 ᄇᆞᆫᄂᆞᆫ ᄉᆞ 곳 즁
이라 ᄒᆞᄂᆞᆫ 소탕이오 봉ᄉᆞ 가더니 ᄃᆞᆼ아 ᄇᆞᆯ을 타고 나오거늘 춘졍 ᄌᆞ가 ᄌᆞᆺ쳐 이다가
ᄑᆞᆯ ᄇᆞᆺ고 ᄌᆞᆫ아 올녀 신ᄉᆞᆫ 가에 노ᄒᆞ니 춘졍 ᄌᆞ ᄃᆞ러 ᄃᆞᆫ이 ᄒᆞ고 ᄯᅡᆫ 쳐보며 춘졍 ᄌᆞ 나ᄋᆞ 여ᄃᆞ르ᄂᆞᆫ
가다가 지졈 ᄒᆞ니 소ᄌᆞ쳠(蘇子瞻)이가 부루ᄂᆞ 소부 허유(巢父許由)가 부루더ᄂᆞ
상산사호(商山四皓)가 부루더ᄂᆞ 태임 태ᄉᆞ(太姙太姒)가 부루더ᄂᆞ 춘졍 ᄌᆞ가 ᄃᆡ답 왈
소ᄌᆞ쳠이ᄂᆞᆫ 못 봉ᄉᆞᆸᄂᆞ 소부 허유도 못 보앗쇼 상산사호도 못 보ᄋᆞᆸ고 태임 태ᄉᆞ도 못 보
앗쇼 아버지 게셔 엇지 ᄒᆞᆫ ᄌᆞ 난 겻쇼 두 눈이 ᄎᆞᆷ 영 ᄒᆞ니 압 길은 보올손가 그러ᄒᆞ여
죠ᄒᆞ시어 쇽 ᄒᆞ셔 걸은 ᄭᅳᆺ가 엇지 ᄒᆞᆫ ᄌᆞ 난 겻쇼 듯 친이 허ᄂᆞ 우셔 ᄇᆞᆫ ᄂᆡ ᄭᅳᆯ도 드러보라
소ᄌᆞ쳠이 부루기에 죠화ᄒᆞ라 ᄒᆞ고 갓셔 더니 나의 인ᄉᆞᆫ이 ᄂᆞ다 ᄭᅡ져 ᄒᆞ여 강에 ᄯᅥ져 노코 소ᄌᆞ
쳠 ᄭᅴ 이 게ᄀᆞᄂᆞᆫ 은 부ᄌᆞ 거쳐 모를 ᄭᅴ라 소부 허유 부루기에 죠화ᄒᆞ라 ᄒᆞ고 갓셧더니 나
를 보고 ᄒᆞᄂᆞᆫ ᄉᆞᆯᄂᆞᆷ이 드러운 인ᄉᆡᆼ이라 ᄉᆞᆯ면 무엇ᄒᆞ오 ᄒᆞᆫ다 ᄒᆞ여 이 ᄂᆡ 허ᄃᆡ 보를 굼안 고 영

터니 어너 초가구에 노ᄒᆞ니

(순졍ᄌᆞ) 이ᄃᆡᆨ이 홍승지ᄃᆡᆨ이냐 너희 ᄃᆡᆨ이야 ᄒᆞ면 무ᄉᆞᆷ 연고로 나ᄅᆞᆯ 이리 ᄎᆡ두ᄂᆞ냐

(그ᄌᆞ) 무ᄉᆞᆷ ᄉᆞᆯ이 나도 중에셔 ᄉᆡᆨ간 시장ᄒᆞ여 계시니 밥 ᄇᆡ워 먹고 가려무나

ᄒᆞ며 순졍ᄌᆞ 가시쥴ᄂᆞᆫ 후에 마저 먹고 잘 여고 가로ᄒᆞ여 머리 러셔 [illegible] 셔 나오며 이 길노 봉ᄉᆞ

님이 가시ᄂᆞᆫ 양을 혹 보ᄋᆞᆺᄂᆞ냐

(그ᄌᆞ) 못보아노라

ᄒᆞ거ᄂᆞᆯ 또 얼마ᄌᆞᆷ 가다가 어더ᄒᆞᆫ 삼거리셔 ᄌᆞᆷ 친 남ᄌᆞᄅᆞᆯ 만나여 무ᄅᆞᆸᄂᆞᆫ 말

(순졍ᄌᆞ) 져리가ᄂᆞᆫ 져 셔방님 어더ᄒᆞᆫ 봉ᄉᆞ님이 이 길노 가지 아니ᄒᆞ엿소

ᄒᆞᆫᄃᆡ 남ᄌᆞ가 ᄌᆞ세 보더니 ᄃᆡ 왈

(남ᄌᆞ) 세상은 말ᄒᆞᆯ ᄯᅢ 몰ᄂᆞ도다 기집 아희가 셔방을 셔고 다니여 어지로 나가 이러ᄐᆞᆺ

되고 젹은 장은 ᄌᆞ지 ᄯᅥ다니ᄂᆞᆫ 요상ᄒᆞᆫ 기집 아희로다 나ᄂᆞᆫ 못 보앗노라

ᄒᆞᄂᆞᆫᄃᆡ 순졍ᄌᆞ가 억지로 분을 ᄎᆞᆷ고 당ᄎᆞ에 져ᄒᆞᆫ 거슬 보고 무러 보ᄂᆞᆫ ᄃᆡ의 부ᄅᆞᆯ ᄎᆞᄌᆞ져ᄒᆞᆫ

며 아ᄉᆞᄉᆞ 가다가 붕이 어더ᄒᆞᆫ 협도 길이 온 빗을 ᄃᆡ여 ᄌᆞᆯᄌᆞᆯ ᄒᆞ드ᄂᆞᆫᄃᆡ 표모(漂母)가 잇셔

ᄲᆞᆯ네를 ᄲᆞᆯ기ᄂᆞᆫ ᄃᆡ 보시오 ᄲᆞᆯ네 ᄒᆞ시ᄂᆞᆫ 아씨 말ᄉᆞᆷ 좀 무러 보옵시다 어ᄯᅥᆫ ᄒᆞᆫ 봉ᄉᆞ님이 혹

이 길노 가지 안ᄒᆞ엿ᄉᆞ 너가 기집 아희 셔기 ᄒᆡ여 ᄒᆡ여 왈

(기집) ᄒᆞᆫ 봉ᄉᆞ가 어느 곳에 ᄂᆞ려 당ᄒᆞᆫ 빗을 ᄉᆡᆼ각고 이 길노 향ᄒᆞ여 져 우ᄂᆞᆫ 오ᄂᆞ니가

슌졍ᄌᆞ가 그소리를 드른드시 쵸동의게 무러왈

(슌졍ᄌᆞ) 여보아라 애들아 말ᄒᆞ야라 무러보자구나 홍승지덕에서 무슨 변고가 계시더냐 너희들 노리가 무슨 노리냐

(쵸동) 그ᄌᆞ셰ᄒᆞ기오 홍승지 집에셔 무슨 변고가 낫거나 아니낫거나 우리 무엇니 ᄎᆞᆷ우 슈습ᄒᆞᆫ ᄌᆞ셩이로다 홍승지덕에셔 그럭ᄒᆞᆫ 홍비 슌졍ᄌᆞ씨를 쇼ᄎᆞ니 며지고ᄂᆞ 관앙화를 ᄇᆞᆺ는 모양이더라

(슌졍ᄌᆞ) 앙화가 무슨 앙화냐 이애들아 말좀ᄒᆞ여라

(쵸동) 이것 ᄉᆞ아 우리집이 멀고멀어 지금 가기도 ᄎᆞᆷ울듯ᄒᆞᆫ디 당당ᄒᆞ게 우리 그럭ᄒᆞᆫ 시오니까

(쵸ᄌᆞ) 여보아라 네가 그칠거시 아니로다 져아희가 결단코 ᄌᆞᆫ졍이와 혁분이 되어서 ᄉᆞ리치 아니면 져아희가 슌졍ᄌᆞ로다 한번 징홀을 ᄒᆞ여보ᄌᆞ

(슌졍ᄌᆞ) 징홀은 무슨 징홀이냐 너희들 어데 사니

(쵸동) 홍승지덕에 잇다 네가 뉘기냐 슌졍ᄌᆞ냐

(슌졍ᄌᆞ) 그러면 한집안에셔 연희ᄉᆡᆼ지 ᄀᆞ치 잇다가 서의 무ᄉᆡᆼ단 시의 형용은 보라도 모르너냐

여러놈들이 슌졍ᄌᆞ의 ᄌᆞ촉는 말ᄉᆞᆷ을 듯고 구름갓치 달녀들어 슌졍ᄌᆞ의 손을 ᄭᅳᆯ고 ᄂᆞ려가

(낭ᄌᆞ) 그러ᄒᆞᆫ 경신 어보시오 편 소리는 말녀ᄉᆞ다

옛ᄉᆞᆯ에 일너ᄉᆞ되 약고불가이젹강(弱固不可以敵强)이라 ᄒᆞ엿고 상당에 일너ᄉᆞ되 약육강식(弱肉强食)이라 ᄒᆞ엿ᄉᆞ니 슉경ᄌᆞ갓치 약ᄒᆞᆫ ᄉᆞ람이 강ᄒᆞᆫ ᄉᆞ람 ᄌᆞ리게 엇지 ᄒᆞ리요 부득이ᄒᆞ여 운우지락을 ᄎᆞ리이게 지엇더라

(낭ᄌᆞ) 니의 일ᄉᆡᆼ음운 ᄒᆡᄒᆞᆫ 청츈이 ᄉᆡᆯᄒᆞ기 어디든지 가더라도 오늘 밤 이 경은 잇지 마라

슉경ᄌᆞ는 되답도 아니ᄒᆞ시고 눈으로 ᄒᆞᆫ 낭ᄌᆞ 혀 나려ᄯᅡ서 보니 그 부친이 간뒤에 니거는 ᄒᆞᆫ 숨 ᄒᆞ여 만흠ᄒᆞᆫ 기착 분 막나서 와ᄉᆞᆯ

(슉경ᄌᆞ) 니 봅시 보셔야서 어ᄯᅥᄒᆞᆫ 봄을 보니 이 길로 가 보아야 ᄒᆞᆫ 봄 보지 못ᄒᆞ겟소

(기ᄌᆞᆷ) 봄ᄋᆞᆯ 보이 뒤긴지 너ᄯᅡ 아니 봄 더 ᄉᆞᆼ인지 잠 ᄋᆞᆫ인지 보지 못ᄒᆞ여노라

슉경ᄌᆞ 가분 ᄒᆞᆫ 등은 ᄂᆞᆷ그고 도ᄋᆞ 어ᄉᆞ 사집 가셔가 어ᄯᅥᄒᆞᆫ 쵸등을 새들 몰아 지리ᄒᆞᆫ 지고 나되를 며나려오 거날 그 ᄂᆞ뫼에 ᄒᆞ엿ᄉᆞ되

어하하ㅣ 어하하ㅣ 우리 ᄉᆞ랑ᄒᆞᆫ 저 부ᄂᆞᆷ은 숨은 의ᄉᆞᆯ이로다 참 ᄇᆞᆨᄉᆡᆨ가 말ᄒᆞ거든 갓ᄀᆞᆷᄋᆞᆫ 써슬 거시요 ᄎᆡᆨᄉᆞᆼ가 ᄀᆞ리거든 밧슬 ᄭᆞᆫ ᄉᆞ로다 홍ᄒᆞᆫ 지덕은 가세도 유여ᄒᆞᆫ고 인들도 홀로 ᄌᆞ족ᄒᆞ지 아는 인ᄌᆞ ᄒᆞ고 ᄎᆔᄒᆞ 이는 슉경ᄌᆞ는 무ᄉᆞᆷ 연유로 ᄉᆞ라 ᄒᆞ니여 오날 ᄂᆞᄂᆞᆫ 우리 경ᄒᆞᆫ 일인가 어하하ㅣ 어화라ㅣ

ᄌᆞ오가든 가다ᄒᆞ다 순경ᄌᆞ가 총명ᄒᆞᆫ 아희라 그러ᄒᆞᆫ 눈치를 모를니가 잇겟나마ᄂᆞᆫ 도로
혀 뒤로 서ᄂᆞᆫ 압흐로 향ᄒᆞ여 가다가 어느 협ᄎᆞᆨᄒᆞᆫ 곳을 당ᄒᆞ니 ᄉᆞᄒᆞᆫ 남ᄌᆞ가 이러 셔셔 순
졍ᄌᆞ를 세고 부지거쳐 다라ᄒᆞ야 더니 순경ᄌᆞ를 욕보히려ᄒᆞ거ᄂᆞᆯ 순경ᄌᆞ가 소리를 질
으며 여보 동니 ᄉᆞ람들 사ᄅᆞᆷ 살니요 ᄉᆞᆯ니 순경ᄌᆞᄂᆞᆫ 아모리 소리를 놉히ᄒᆞ나 그곳은 무인지
경(無人之境)이라 그 남ᄌᆞᄂᆞᆫ 두려ᄒᆞᄂᆞᆫ 긔ᄉᆡᆨ이 업시 순경ᄌᆞ를 도라보며 여보아라 너 가지
고나 하ᄂᆞᆫ 근 이십이 되엿스나 장가를 들지 못ᄒᆞ여 발광증이 나셔 다니ᄂᆞᆫ ᄉᆞ람이라 네 이얼
굴은 희승 철이로라 너도 당ᄒᆡ가를 생각ᄒᆞ엿스니 나와 셔로 ᄂᆡ외 되ᄂᆞᆫ 거시 엇더ᄒᆞ냐 순경ᄌᆞ가
여경 더 량ᄇᆞᆯ 여보아라 ᄂᆡ 쌀을 들어 보아라 네가 ᄎᆞ시 엇지 그릿ᄂᆞᆫ지 시면ᄒᆞ니 어려울 거 무엇 잇ᄉᆞ
ᄂᆞ냐 우리 아ᄒᆞᆷ 졀에 고ᄒᆞ여 보고 너의 가뫼 든지 부부가 되든지 ᄒᆞ도 ᄌᆞ 그러치 가 불효ᄒᆞᆫ
회셕ᄇᆞᆯ 엿젹에 ᄃᆡ순 갓ᄒᆞ신 셩인도 불고부모(不告父母)ᄒᆞ시고 장가를 드셧스니 셩인
이나 사셔인이야 불고부모ᄂᆞᆫ 일반 아니냐(순경ᄌᆞ) 여보아라 네가 ᄌᆞᄂᆞᆫ 일은 무당이로다
맘ᄂᆞᆫ 의이도 모르고 일ᄂᆞᆫ 것고나 ᄃᆡ순 마우리가 ᄀᆞᆺᄉᆞᆯ이냐 ᄃᆡ순으로 이를진ᄃᆡ 부완모은(父頑母嚚)
ᄒᆞᆫ시하에 묘ᄒᆞ여도 부모가 허락ᄒᆞ시지 아니ᄒᆞᄂᆞᆫ 고로 션죠봉제사ᄒᆞ시련 불고부모ᄒᆞ셧
거니와 지금 비ᄅᆞᆯ 말ᄒᆞ면 아바님의셔 ᄎᆞ고ᄒᆞ신가 고슈(瞽瞍) 섭비나 되실 듯ᄒᆞ니 엇지허
락ᄒᆞ시지 아니ᄒᆞ실 니가 잇너냐 너ᄂᆞᆫ 순의 그러ᄒᆞ시ᄂᆞᆫ이 오ᄂᆞᆯ 당ᄒᆞ여 네게 욕ᄒᆞᆫ이다 나보구나
그 남ᄌᆞᄂᆞᆫ 본ᄃᆡ 오입에 ᄉᆞ영ᄒᆞᆫ 남ᄌᆞ이라 그러ᄒᆞᆫ 눈치를 모를 니가 잇너냐

[illegible]계편시 만ᄒᆞ면 너여 시여 다옥은 져ᄇᆡ리ᄆᆞ ᄌᆞ네게ᄂᆞᆫ 새되갈 터이여 말얼 ᄌᆞ네가
운수가 불행ᄒᆞ여 어려ᄒᆞᆫ 댁은 만나서 못ᄒᆞ고 이곳져곳 당ᄒᆞ여ᄂᆞᆫ 서계편지ᄒᆞᆯ
ᄋᆡ상 ᄋᆡ착도 말ᄒᆞᆷ 나ᄂᆞᆫ ᄌᆞ네의게 ᄂᆡ 편지 ᄋᆡ야ᄒᆞᆯ 터이니 그런ᄒᆞᆯ 제 부터ᄂᆞᆫ 음ᄒᆞ시ᄆᆞᆯ ᄒᆞ여
춘부장 되시고 신졉ᄒᆞ여 당ᄒᆞ거ᄇᆞ 되도라 뒤문밧 계나아가셔 서ᄃᆞ 우ᄒᆞ여 ᄌᆞ구 ᄒᆞ여 ᄒᆞᆯ
셥셥ᄒᆞᆫ 미ᄉᆞ 이업네 ᄒᆞ여 셔로 손목 붓ᄌᆞᆸ고 두ᄉᆞᄅᆞᆷ이 눈물을 ᄒᆞ고 일지 ᄀᆞᆫ로지오
려ᄒᆞᆫ 때 ᄃᆡ문 밧게 가계 ᄒᆞᄅᆞ의 제제 ᄒᆞ여ᄂᆞᆫ 곰ᄒᆞᆫ 이 ᄒᆞᆫ양 ᄃᆞ 보ᄆᆞ 한사ᄅᆞᆷ을 나ᄒᆡ 쉬여
오ᄂᆞᆫ 쉬여 ᄒᆞᆫ 더 타ᄒᆞᆫ 쳥ᄌᆞᄂᆞᆫ 압혜셔ㅣ 작지ᄂᆞᆯ 들고 길을 인도ᄒᆞ여 버ᄉᆞᆫ 지잇드ᄒᆡ 산ᄂᆞ스
가볍고 모ᄒᆞ여 쉽ᄉᆞᆫ 곳 졔 ᄒᆞ얀 버더ᄒᆞᆫ 은ᄒᆞ가 키ᄂᆞᆫ 구쳑 ᄌᆞᆼ신이요 주듕 갓치 거문 며ᄅᆞᆯ
휘ㅣ 트어셔 숙졍ᄒᆞ도 잘 젼되이고 ᄇᆞᆯ은 십 녀쳑이나 되ᄂᆞᆫ 듯ᄒᆞᆫ 남ᄌᆞ가 기골은 상쳐는 이남
ᄌᆞᄂᆞᆫ ᄒᆞᆫ 즁의 집에셔 ᄒᆞᆫ 아이를 겁탈ᄒᆞ 려다가 독흔 데 너허두고 다ᄒᆡ나든 남ᄌᆞ에 타슌 쳥ᄌᆞ
ᄂᆞᆫ 싸오리 당ᄒᆞ기을 ᄒᆞ여시니 횡동가지를 보면 무ᄅᆞᆫ 뉘기던지 남ᄌᆞ 잡고ᄂᆞᆫ 아니ᄒᆞᆯ 터이라 그
남ᄌᆞ가 슌졍ᄌᆞ의 ᄉᆞ 은ᄉᆞ ᄌᆞᄇᆡ고 어ᄃᆡ로 가노 ᄒᆞᆫ 거ᄉᆞᆯ 슌졍ᄌᆞᄂᆞᆫ 쳥이불문(聽而不聞)ᄒᆞ고 붓ᄆᆞ 좌
우(不顧左右)ᄒᆞ고 가거ᄂᆞᆯ 그 남ᄌᆞ가 뒤를 쌈기고 셔 ᄃᆞᄒᆡ 가서 슌졍ᄌᆞ가 ᄀᆞᆫ 부친의 제고ᄅᆞᆯ 알ᄋᆞ 모ᄋᆞᆼ이
ᄂᆡ여셔 소녀의 손을 잡ᄇᆞ고 어ᄃᆡ로 가온 ᄒᆞᄂᆞᆫ 소리ᄂᆞᆫ 소녀가 ᄒᆞ을ᄉᆞ치 ᄃᆡᆨ에 잇슴ᄂᆡ다ᄉ 에 소녀를 곤욕 슐ᄇᆡ
이ᄂᆞᆫ 다ᄒᆡᆼ는 노ᄅᆞᆷ이 오ᄂᆞᆫ지라 그 남ᄌᆞ가 드러 보니 머리 ᄒᆞ른 ᄃᆞᆫ 잇셔ᄒᆞ여 여보 길 좀 피ᄒᆞ여 주오 ᄒᆞᆫ
쳥ᄌᆞ가 ᄀᆞᆫ 부친을 뒤로 인도ᄒᆞ여 그 남ᄌᆞᄂᆞᆫ 압혜셔 ᄂᆞ 계ᄃᆞᆫ가 어느 형ᄃᆞᆨᄒᆞᆫ 곳에 슘어셔 슌쳥

부친은 무슨 말을 할지 모르고 의사샹하여 여경ㅣ 나오기는 이셰계에는 무슨 병에
걸니여 고통 중에 잇다가 춘정 조의 셰 난 말은 듯고 경우에 되야서 샹은 셕으러여
날오더니 춘정조의 손을 잡고 이러이 말 잠간 드러보고 가면 저 말던지 혼여 타너가겨
던 도사 고진방은 쓰나가면 무어시 웃옥한 젼유가 춘졍가 가두 눈에 눈물이 가득 도올여
뵈므明야 춘정아 하신 후 모든 눈물 흘니고 아바님 봉양이나 잘 하야 드리거라 옥살이 넘으면
아바님이 더구나 병환이 되시여 고로오시기는 더욱 [illegible] 하면 이 세상에 약간
오된이 잇너라 에 네ㅣㅣ 나는 가네 조네는 이셰상에 잇셔 아모쪼록 상천 잘 셤기고 잇기
바라노라 [illegible] 살아가는 거슬 못하게쓰니 부디 ㅣ
[illegible] 편지나 [illegible] 잇는 동안 [illegible] 편 만난 나는
아바님의 [illegible] 이 될 번지 [illegible] 편지
[illegible] 그거는 이후 [illegible]
[illegible] 말고 아모조록 [illegible] 조네도 부디
[illegible]
[illegible]
[illegible]
[illegible]

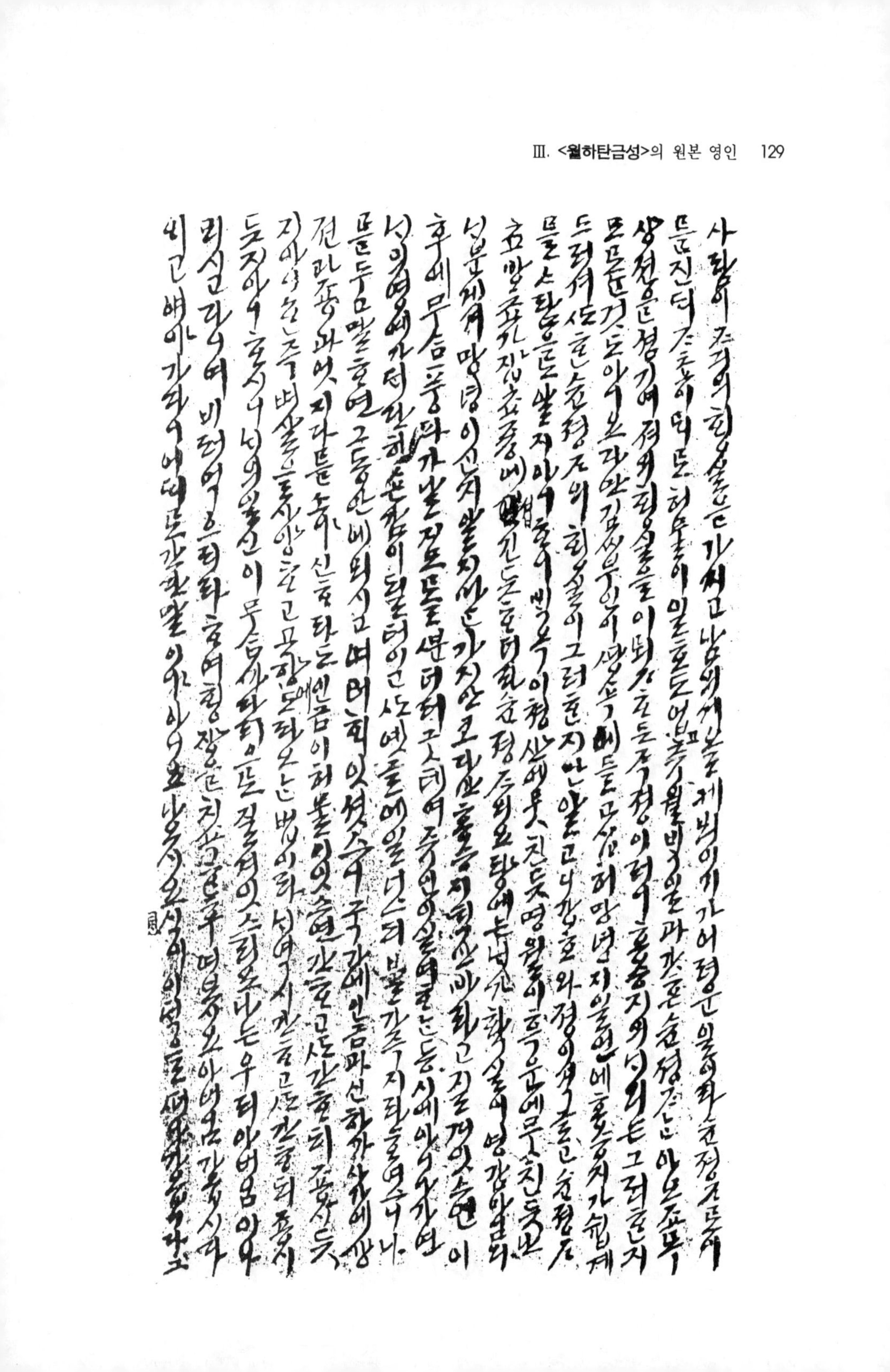

사랑ᄒᆞ고 나와 ᄒᆞᆷᄭᅴ ᄒᆞᆼ자의게 고쌀 명감 ᄯᅩᄒᆞᆫ 쉬원히 가오난 ᄌᆞ운 이 월강을 셔ᄂᆞ시ᄂᆞᆫ 길을 ᄒᆞᆫ 次 告曰

승지가 되엿슬 덕ᄒᆞ여 무어시야 무슨 쌀이야 네가 이럿틋 월을 ᄯᅥ ᄒᆞ연 말은 오든지 ᄂᆞᆫ 슨

을 ᄉᆞ그는 ᄆᆞ음이 나 엇지 ᄒᆞ고 셔오다 쌀이나 ᄆᆞᆺ 가ᄂᆞ니라 ᄒᆞ고 두 눈에 눈물이 방울방울 ᄯᅥ러지며

가란ᄒᆞ고 ᄒᆞ여 가라ᄒᆞ시니 엇지 ᄒᆞ오리가 천대는 사라 상전에 이다 ᄯᅢ 이에 명감아

나와 님문을 아오셔 ᄯᅩ 섭섭ᄒᆞ고 ᄒᆞ엿더니 벽ᄉᆞ가 ᄃᆞᆺ 이 아니 ᄒᆞᆫ 가ᄂᆞᆫ 이ᄅᆞᆯ 아ᄉᆞ

쳐 이뭇듯ᄒᆞ오 아라 홍승지가 분ᄒᆞᆷ을 이긔지 못ᄒᆞ여 안으로 드러가 ᄒᆞ더니 긔뮤하여 鏡

쌀 난ᄒᆞᆫ 쌀 ᄒᆞ여 망영이 이스ᄂᆞ 호로ᄂᆞᆫ 한 모든 ᄉᆞᄅᆞᆷ에게 죵서 ᄒᆞ고 무죄ᄒᆞᆫ ᄒᆞ여

일월 간ᄒᆞᆫ 슈 친정 가ᄅᆞᆯ 보기 ᄉᆞᆷ ᄒᆞ여 보기 싫으니 ᄂᆞ가거라 ᄯᅥ러 ᄒᆞ라

ᄒᆞ니 망령 부리는 목ᄒᆞ거든 ᄉᆞ람은 무슨 날 ᄒᆞ여 ᄌᆞ회에 드라 강ᄒᆞ연 서세ᄂᆞ ᄉᆞ든 편ᄉᆞ

ᄂᆞᆫ 그러치도 아니ᄒᆞᆫ 사위 딸고 병어 되나 되지 감ᄉᆞ 우ᄒᆞᆫ 이 죄우 ᄒᆞᆫ 문을 무ᄒᆞ니 졀

홍승지는 마지되어 ᄒᆞ리 그모친의 이애 기ᄂᆞᆫ ᄒᆞ되 역보 여강 가 망령이 라 말이 ᄂᆞ

명감이 망령 이라 쌀이오 ᄃᆡ졍에 ᄂᆞ가 망영 이요 ᄒᆞ온 일은 일은 진ᄃᆡ 나ᄒᆡ에 신

이ᄒᆞᆷ도 ᄯᅩ 남편 아ᄉᆞ은 보지 못ᄒᆞ여 아모리 ᄒᆞ여도 이런 도ᄅᆞᆷ 어ᄒᆞᆫ 니되 다 쌀이오

무ᄂᆞᆫ 나ᄒᆡ 고 이샹이 너무 ᄒᆞ연은 당ᄒᆞᆫ ᄉᆞᆷ 쟈 ᄒᆞᄂᆞᆫ 셩 기ᄂᆞᆫ 법이 ᄂᆞᆫ 다ᄒᆞᆫ 금ᄒᆞ이 가

여승홍 은 무영ᄒᆞᆫ 하회 보 홍승지가 부ᄋᆡᆫ 말ᄉᆞᆷ 레ᄒᆞᆫ 극ᄒᆞ여 그 쌀을 진정 感 眞正

드러 더라

슉경ᄌᆞ는 그것 회수라 안쳐 반찬은 구부친 솟에 너허 주니 부진은 밥은 다 여흔 ᄒᆞᆷ
예낙누활을 열ᄇᆞ하ᄒᆞ라 ᄒᆞ옵소 밥은 ᄲᅡ여 엇수 너ᄂᆞᆫ 셔지고도 작별이 되여 ᄉᆞᆫ무 나의 ᄒᆡᆼ
길ᄂᆞ시 압션 ᄒᆞᆫ다 슉경ᄌᆞ 거디 셩ᄒᆞ여 위현 ᄡᆞᆯ 슴의 ᄒᆞ요 아버지 ᄭᅴ 소ᄒᆞ여 ᄂᆞᆫ 달ᄂᆞ 죡ᄒᆞ에 셔도는
이져ᄇᆞ 되고 잇스면 모로오나 회우 상봉ᄒᆞᆫ 후에ᄂᆞ 잇지 아버지들도 ᄉᆞ져ᄒᆞ리오리ᄀᆞ
죽어 그 갓ᄒᆞ니 죽고 살어도 갓지 ᄉᆞᆯ어 그 슈이 ᄉᆞᆼ 여ᄐᆞᆫ 고ᄌᆞ니 시돈 경희 아 위ᄂᆞᆫ 즈지
ᄋᆞ나 시고 이러ᄃᆞ시 ᄲᆞᆯᄋᆞᆯ 이제 ᄇᆞ리고 가시져 ᄒᆞ옵시니 ᄲᆞᆯ 된 ᄉᆞᆯ 모에 엇지 ᄌᆞ올ᄒᆞ기
잇계ᄉᆞᆫ 나가 이러ᄃᆞ시 말ᄒᆞᄃᆞ 셰에 ᄒᆞᆫ 지가 얌ᄋᆞᆯ부터 나와 슉경ᄌᆞ와 부친 ᄯᅡ
인ᄌᆞᄒᆞᆫ 눈후 이쳔의 ᄋᆡ기와 지금의 ᄋᆡ기를 셔로 문ᄒᆡ ᄒᆞᆫ 뒤 은구쳐 되ᄒᆞ여 식언
(食言) ᄒᆞᆯ에 엇거ᄂᆞᆯ ᄒᆞᆫ즈 지가 쳥ᄋᆞ부터 형제간 거러 ᄒᆞᆫ 희 지니고 무희 지ᄀᆡ
ᄯᅢ ᄒᆞᆫ ᄒᆞ시ᄆᆞᆯ나 나 상호 졍이 졈졈 소원(踈遠)ᄒᆞ고 가ᄆᆡ 부모 상봉ᄒᆞᆫ ᄆᆞᆯ에 치혹
ᄒᆞ여 슉경ᄌᆞᄂᆞᆫ 불연 죽어 ᄒᆞ편이 ᄉᆞᆯ 뭇 변이 되ᄆᆞᆫ 젼은 슉경ᄌᆞ가 감ᄊᆞ 부인
속은 보되 ᄒᆞ니 마ᄋᆞᆷ 게실 ᄲᅧ는 요ᄉᆡ 병환 ᄒᆞ여 게신치 된 단혀 괴로오신가 보오
어다가 감ᄊᆞ 부인ᄒᆞ 이소리는 발악 지롱ᄒᆞ여 이런 무ᄉᆞᆷ 시 엇지라고 어지러야 이년 ᄲᅡᆯ녀터
병환이 계신가 ᄒᆞ니 ᄯᅢ셔 속히 죽고 ᄒᆞ니 ᄂᆞᆫ ᄆᆞᄋᆞᆷ ᄒᆞ여 나이 이년 살ᄶᅵᆫ도 믈나 보ᄂᆞᆫ
년 집안에 두어 이 덕이 ᄯᅡᆯ ᄒᆞᆯ 제 ᄒᆞᆫ 이년 나가거라 어셔 밧ᄭᅴ 나가거라 ᄒᆞᄂᆞᆫ 고ᄅᆞ시니
도 보기 슬타 슉경ᄌᆞᄂᆞᆫ 박언왕소(薄言往愬) 다시 ᄇᆞᆯ리져도(逢彼之怒) ᄒᆞ여

즉시 잡아 올니라 하여 앞으로 드러가더니 만한 진주를 셔흔 물에 그 보부 천삽 헤노흐며
아버지 진지 아니잡수시오 드로 마당 오롬 흐엿슬가 흐흐 부어 소흔 디 새 달 생각 오즉흐리
엇슬가 낙엽이 되는 흔 때 새 달 생각 오즉 흐엿슬가 흐흐 이 휘흐니 새 달 생각
오즉 흐엿슬가 흐는 사풍에 두견이 우니 새 달 생각 오즉 흐엿슬가 하유 하리 봉흔
니 새 달 흔 옷슬 에 흐흐 안사 의 그 흐니 도홍 즉 모 보 즉 흐엿슬가 년 구월에 제비
는 무정흐여 고향은 향흐고 유정흔 기러기 어는 구만 장천에 높히 써서 기부 묵 ㄴ
흐니 새 달 생각 오즉 흐엿스며 이어 날 생각 오즉 흐엿슬런가 흐며 반찬을 가리키며
이것은 다 몸이 아니오 따 강 터 풍의 안 아는 덜 그 령 너 비 가 하흐여 아뢰 는흔
오 식이오 이것은 닭들 아니오 차 되 동강 어물 들의 더부 싱흔 고 천쳐 ... 은
적흐 흐니 주어 박은 싱션이오 이것은 다 물이 아니오 리 두 에 고 흐는 여
다가 이뤼 논 송 국 너무 중무진 잡지오 이것은 다들이 아니오 더 세천 이 강거
는 어올시다 세린소두(細鱗小頭) 방어(魴魚) 강어 여 이 삼 진(三
十六鱗) 리어(鯉魚) 가 잇너 여 슴니다 (히중대어)海中大魚(경어)鯨魚) 강 에
여 다 마 두흔은 머리를 너 다 이 잇셔
에 귀히 되니고 진감 는 살흔 말이 아니로다 먹겟다 네가 너희 은
임의 면 너의 상 이 아 니가 잇 흔 그 은 다 먹 록

시쵸겨는 놈모냥으로 슈죡으로 동여민 옷은 동으로 숙도 업고 밥도 모른시요ㅡ니
니외싱각에도 영쳔이로다 흐여 안싱은 나살젹에 별노흔 후박 업셔 살는 세상이
어지러워 흔날 님도 번흔엿나 엇던 녀즈 팔자 조화 고대광실에 놉다히 셜녀
안져 남녀노복 호령흐여도 거연이 게지시고 산진간치 지내는디 엇던 녀즈 팔자
넙셔 남의게 욕을 보는고 쳑지 동흐는 져놈 밥죽지 사하 흔는 소리 는기간을흐
여 그 즁에 즉흔 집에 드러가면 불상흐다 ㅣㅣ 져 정흔 불상흐다 흐여 압흘 이나
낫게 흐여 악흔 집에 드러가면 밥흔 그릇 작이 죽고 예 뢰이 놈 나가거라 밥흔 술 밥
흔 덩이 좌도 니 줄 거이슨면 우리 귀리 흐겟다 그 돈 사 달라 흔 회가 되 산이오 히려
나 천듯흐여 어느 조부 문에 가다가 구거에 빠지면 그 즁에 즉흔 즈는 시녀이 죠지 악
흐여 보리 녀보 제 져 봉스 불상흐다 어셔 밥 구히 건져 주시 흐여 셔나 두 팔을 부드고
니아 즁에 그 즁에 악흔 놈은 셔나는 살이 빠졋고나 ㅣㅣ 져 봉스 놈 빠졋무 아모
도아 죽지 알흐여 어션 놈은 노래를 부르는 언던 놈은 흉을 흐여 심지어 놀흐던
지여 머리에 닥물을 흐며는 숙죡에 아의 드러 우한 모양을 며 다너라기 이고 채당흐더니 녀
샬 흠흔 보기 쳔쓰의 되드다 사랑이여 더의 보온 나가 주는 이가 어정우 터런서두
눈이 밤간 힘쓰드고 는알이 곳흔 갓흐여 즉지들 생을고 삼사랑이 오는 년젹월 아버지
니 쌀솜 드고 저싀시오 너의도 다리로 나의 집 다 성하 갓치 져것슴 녀하 사삼드흐여 인조심 시요소

兒女子

갓흔 아녀ᄌᆞ를 겁탈ᄒᆞ려ᄂᆞᆫ 죄와 너의 무지각ᄒᆞᆫ 죄가 슈령ᄒᆞᆷ 무ᄉᆞᆫ 죄와 비ᄒᆞ
면 무슨 죄가 심ᄒᆞᆷ닛가 져러ᄒᆞᆫ 결연 병감 쓰고 관연 죄를 지엿ᄉᆞᆸᄂᆞ 용셔ᄒᆞ시기
ᄇᆞ라ᄂᆞ이다 결ᄒᆞᆫ이요 쟝ᄒᆞᆫ 되 ᄆᆞᆷ얼 죄를 비ᄒᆞ면 ᄌᆞ긔의 죄가 심ᄒᆞᆫ 듯ᄒᆞ고 [illegible]
ᄌᆞᆼ보고ᄒᆞ는 딸 [illegible] 혜두 눈을 ᄉᆡᆼ각ᄒᆞ여 우ᄉᆞᆷ을 ᄎᆞᆷ다가 우스며 허허 허허ㅣ
너의 ᄉᆞ졍은 ᄂᆞ 잘 ᄒᆞ노라 졍ᄌᆞ가 무엇인 양ᄌᆞ에 ᄃᆞᆯ린 너를 더 친ᄒᆞᆫ 일은 ᄆᆞᆯᄒᆞᆫ 후
리 쳐안고 덕셩 통곡ᄒᆞ니 이거시 어인 일이요 아버지ㅣ ㅣ 이거시 어인 일이요 져
ᄂᆞᆫ 딸이 된 죄로 이ᄂᆞ 어느 뉘가 [illegible] ᄒᆞ여ᄂᆞ 성언 소리가 손에 보옵시다 결ᄒᆞᆫ이 [illegible]
희어 비가 누ᄀᆞ니 아버지는 웬 일이여ᄂᆞ [illegible] 이야요 ㅣㅣ 여 가 [illegible] 이야요 심
여병을 책ᄒᆞ시여 이 ᄯᆞᆯ의 목셩도 일 [illegible] 쇼주 [illegible] 탁은 [illegible] 무 [illegible] 지ᄒᆞᆫ
마되가 업 거ᄅᆞᆯ 빈고 아버지 되ᄋᆞᆫ 아버지 이ᄂᆞᆫ가 락은 마되 가여 장어 [illegible] 여 어 져
눈과 가 지 [illegible] 명ᄒᆞ시는 뉘이 [illegible] 이원 일이 [illegible] 에 지신 점 망티 눈 [illegible] 동 의게
던 지시고 일 [illegible] 져의 본 [illegible] 은 결네나 [illegible] 시다 드러 가십시다 사황 [illegible] 드 러 가십
시다 급부 지진 [illegible] 스러라 사 [illegible] 스러라 ᄒᆞ는 [illegible] 일을 만 [illegible] 보니 [illegible] 가 [illegible]
의 너 ᄒᆞᆫ 죽 나 [illegible] 의 손을 [illegible] 나 [illegible] 일이 [illegible] 이고 져 [illegible]
발 [illegible] 야 [illegible] 이 [illegible] 여소 하 나는 너를 셰상 후에 [illegible] 다니 [illegible] 가 심하
강 [illegible] 여 바 눈을 너 가 [illegible] 왕은 [illegible] 다 [illegible] 이 [illegible] 사 [illegible] 져 짐 [illegible] 받게

받치고 나아가셔 엇더훈 띄인이라 츈졍조가 상을 드드혀 뎨셕다두고 약조구를
나 아쏘여 이것 조실 업는 속히 가ᄇ여 므ᄉᄒ고 ᄒᄂ번 먹더니 상을 셩고러 와실
언내 — 신심도 거악훈다 금슬에는 젓혜게 빙긋 웃거늘 민ᄋ여 ᄀ가 먹구히여 왈 결
ᄲ니데 졉을 이렷든ᄉ훈고 당신은 빙긋 웃고 잇스니 소위 길인이라고 그렷든지 관계ᄎ
훈오 네가 아ᄋ하든 안회외 부셩이 뎌구야 ᄒ며 든 온울로 손종은 ᄯ르고 ᄒ는 존은 드리 되를
세 돼훈 거늘 츈졍은 가소로ᄃ물 나ᄲ아 훈예 일너 왈 엽보 나ᄲ드ᄉ 소 형실이 그러혼
나 심젼 결혼인 회세 ᄲ게 눈 못ᄒ 계소ᄃ 증부가 세상에 ᄉ쌔 일지을 난만홍진에 너
눈고 금ᄒ에 이ᄉ나니 이ᄇ되 ᄌᄉ 곤궁ᄒ여 결혼이 나든 당이 뎌되ᄂ 속에는 갈흉ᄋ는 부ᄋ야
무슴 사업이 넘치 홍셩ᄒᄂ 건셔ᄋ 날은 우뢰 가훈 아여 ᄌ들 이지 못ᄒ여 위여ᄀ든
음흉혼 회유들 품고 칼날 갓훈 명ᄂ은 일ᄒ고 업스니 세상에 사랍ᄲ 무어시ᄋ
이ᄀ훈 퇴ᄇ진ᄂ들 다ᄒ고 이뎌훈 회ᄉ을 할진ᄃ 남의 집 ᄌ연등 놀 버려ᄂ
혼 거시 미일 비쳐 되엿ᄂᄂ 그 거ᄉ이 ᄒᄂᄂ은 엄흉근 무ᄀ 부랑이어 날 츈졍 가가ᄃ
일너 왈 ᄯ 명보 ᄉᄋ여ᄂ이나 이ᄋ셔ᄃ 면ᄂᄒ하고 셩ᄃ 질알 예되어 연 요망ᄒ 년ᄂ야ᄃ
되고 곤궁ᄒ여 이모양으ᄂ 되ᄋ나 너의 ᄀᄒ 알여 ᄌ이게 ᄋᄋ금ᄉ 가되 쳐졸 ᄋᄋ
겨나시니 아니ᄒ엿다 날ᄂ 멸ᄒ되 소위 반명이라 ᄒ는 사람에 외 요상ᄒ 년이러군
ᄇ쳔 뎡졍ᄌ 갈ᄋ셩 되ᄲ랍 ᄋ이니 ᄲᄂ이 ᄇ여 ᄒᄂ 파되 ᄒ든 뎌보시ᄂ 결혼 ᄇᄀ이ᄋ리

고 갓ᄂᆞ

(홍참지) 아니오 쳔싱에 ᄯᅩᄒᆞᆫ 음이오 공연이 쳠ᄒᆞ여 ᄭᅳᆯ 뎨ᄉᆞᆫ ᄒᆞ여 ᄂᆞ오

(구스활) ᄉᆞ뫼옵시다 아니오

세홀 지어나간 뒤에 홍승지와 거셩 ᄲᅮᆫ이란 ᄒᆞᆫ ᄉᆞ람이ᄂᆞᆫ ᄃᆞᆫ 허 드러오더니 ᄂᆞ와 ᄆᆞᆯ 건

ᄒᆞᆫ ᄂᆞ두ᄂᆞᆫ 쥐시어 ᄉᆞ숙이 되니 ᄂᆡ죽ㅣ 무어시오 ᄌᆞᆯ ᄉᆡᆼ발이오 구텨

(구스활) 아니오 아아 아예 에 에라 ᄂᆞ ᄂᆞ ᄌᆞᆯ ᄉᆡᆼ이오

이ᄉᆞ활은 셔가 지ᄂᆞᆯ 너그런 ᄭᅥ시 아니라 술이 홈ᄲᅧᆨ 醉ᄒᆞᆫ 년 다 라 홍승지ᄂᆞᆫ 본ᄃᆡ 술ᄆᆞᆯ을

격ᄯᅳᆫ 못ᄒᆞ여 술 먹ᄂᆞᆫ 본심이 ᄯᅳᆫ ᄉᆞ람은 두려ᄒᆞᄂᆞᆫ ᄉᆞ람이라 예 예 ᄒᆞ며 더 ᄂᆞ 외 ᄉᆞᆨ

숙 든 즁 고 ᄉᆞ려죽어 ᄌᆞ님외게 ᄋᆡ원ᄒᆞᆯ

엽보아 ᄯᅡ 향ᄉᆞ아 네가 신관은 갈녀 가오 ᄯᅡ 만ᄂᆞᆫ(ᄂᆞ시) 말ᄆᆞᆫ ᄃᆡ ᄃᆞᆫ히 帳ᄒᆞᆫ

ᄭᅩ나 네가 신관은 갈녀 가더라도 구음은 잇지 마라 애애 엇지 ᄂᆞᆯ 나가 ᄒᆞ게

ᄉᆞᆷ니가 ᄒᆞᆫ여 보ᄂᆞᆫ 싱 향 ᄂᆞ가 ᄒᆞ여라

第三編 金氏婦人潰其妾倭 강씨부인은 그 망령에 즘끼고

뎨삼편 順貞子逢其外親 순뎡ᄌᆞ는 그 부친을 만ᄂᆞᆺ다

화셜 이ᄯᆡ에 ᄯᅥ문 ᄲᅡᆺ게서 김신셩이 들ᄂᆡ 되어 지니 가는 머 쳔ᄒᆞᆫ 몸이 하회 가ᄌᆞᆫ 허ᄯᅥᆨ

에 밥 좀 어더 먹ᄉᆞᆸ시다 ᄒᆞ거ᄂᆞᆯ 순뎡ᄌᆞ는 홀ᄭᅮ 부친 인가 의심ᄒᆞ여 ᄆᆞᆷ 광친이 ᄯᅳᆫ 사ᄒᆡ에

진퇴를 올니며 영수셩복ᄒᆞ온소셔 큰손ᄌᆞ의 거동보라 ᄆᆞᆷ은ᄒᆞ 손샹을 지여 강
녕비ᄅᆞᆯ 놉히 올니여 여셩영 장원 영세강녕ᄒᆞᆸ소셔 ᄃᆞᆯᄌᆞᆨ은ᄌᆞ 거동보라 월
산후 손샹을 지여 영수비ᄅᆞᆯ 손에 들고 여셩 벽창ᄒᆞᆫ 노샹이 만세영수ᄒᆞᆸ소시ᄂᆞ
세ᄌᆞ 지은ᄌᆞ 거동보라 빅ᄀᆞᆫ후 손샹을 지여 시괴비ᄅᆞᆯ 손에 들고 수복강녕ᄒᆞᆸ소셔
빗ᄌᆞ 진은ᄌᆞ 거동보라 ᄉᆞ계후 손샹을 지여 불쇠비ᄅᆞᆯ 손에 들고 동방아지ᄒᆞᆸ소셔
맛ᄉᆡ 녀ᄂᆞᆷ의 거동보라 쳥ᄒᆞᆫ후 손샹을 지여 ᄀᆞ이비ᄅᆞᆯ 손에 들고 영수ᄀᆞ이ᄒᆞᆸ소셔
외손ᄌᆞ의 거동보라 우암후 손샹을 지여 미수비ᄅᆞᆯ 손에 들고 만세미수ᄅᆞᆯ 송ᄒᆞᆸ소셔
ᄒᆞ올이와 세ᄉᆞᆫ이 분 ᄎᆞᆫ나의 복ᄀᆞᆯ 쳐입고 경ᄂᆞ빅ᄊᆞᆯ는 가가와다 나가다 물너나다
ᄒᆞ여 시괴의들 손에 들고 샹을 지여 병ᄒᆞᆫ디 만수무강ᄒᆞ옵소셔 명세무궁을
놉소ᄉᆡ 일은 가친쳐 죄다 못ᄒᆞ 술잔으로 축수ᄒᆞ고 ᄃᆞ가ᄂᆞ 사랑을 ᄂᆞ오리하
만당빈ᄀᆡᆨ이 술이 대취ᄒᆞ여 ᄒᆞᆫ날 쳔ᄉᆞ흔 ᄯᅦᄉᆞᆷ고 누어는 ᄯᅢ 그져 졔장ᄒᆞ 빅ᄊᆞᆯ노ᄒᆞ
변이 잇는 사랑ᄒᆞ는 ᄒᆞᆫ창지 노ᄅᆞ의 흥샹은 셜트리고 분세쳥히ᄒᆞ고 셔ᄂᆞ 목소ᄯᅩ
술잔을 권ᄒᆞ여 소리ᄂᆞᄂᆞ 복은 돈ᄒᆞ고 거렴 거ᄌᆞᆯ이 ᄒᆞᆼ취ᄅᆞᆯ 즈아너는 소ᄅᆡ엄ᄂᆞ리
시이라 그날 노리ᄆᆞᆫᄒᆞ 가의 노리ᄆᆞᆫ이 되엿ᄂᆞ고 사셔이ᄂᆞ의 노림은 아ᄂᆞᄃᆞ 어ᄂᆞ(ᄂᆞ)에
사람 녹ᄋᆞᆫ에 시쇼리 흰환ᄒᆞ고 쳐양 박ᄒᆞ이 미리ᄒᆞ믄 도ᄋᆞ며 빅ᄀᆞ 일은 이ᄋᆞᆫ
모ᄒᆞ리라 ᄌᆞ든 사랑드ᄒᆞ이 이려나여 비복구ᄅᆞᆯ 일ᄋᆞᆫ 되에 (너)보구 이녕 감ᄋᆞᆷ 장ᄂᆞ여

감자가 구홍은 동하여 다회할 넘가 몬저 말을 하되 자네 싸움은 빅씨 장의 향 伯氏大意向
은 아지 못하여 마음을 아니하엿더니 자네가 그말을 하니 상담에 이르기는 갈여
득수(渴餘得水)라 하더니 그말이 적당하기에 그러그러한 모게 그리다 생이 계시나
홍연이야 진정 말하지 그러한 홍연이어디 잇겟나 살아 가서 보면 변은 업시는
니

(홍참판)이 우렴 그러튼 생이 잇자
하여 정성으로 도라 오더라 홍승지와 김씨부인이 그 세에 전한 홍승이라 그러므로 홍승은
지가 어난듯 회갑이 홋이 당하여 주 전주위 세월이 무정하야 옷과(眞所謂歲月無情若流
波)로다 주 혼니 회갑 잔치 연은 성히 배풀고 승우 여운(勝友如雲)하여 고봉만
좌(高朋滿座)하야 사녀 노소 노비 하 홍승지와 김씨부인은 나란이 안저고 평두노자(平頭
奴子)는 뒤 회서 더 선물은 흔드며 긴 손들은 랑 제 축수를 하는데 광장은
가보더라 큰아달 홍승이는 빅 생후 흔 생을 지여 영광 비를 손에 각각 들고 왕니 천 대
하여 손 손을 오로 머니와 병장 축수 월 디스영장 호슴소 서로 지아달 군승이는
취영후 흔 생은 지여 유자기 비드 각각 들고 왕니 천대 하여 만수 축재 그홍 수서 세지
아달 홍승이는 명 지후 흔 생은 지여 무강 비드 손에 들고 놉히 영장 축수할 만수무
강하옵소서 메지 아달 홍승이는 양광후 흔 생은 지여 정복 비드 손에 들고 왕니

美璋 及其方産之時 用慮之際 不論殫毘 惟以順娩爲

는 안으리 능장과 간지를 ᄒᆞ야 곱ᄀᆞ 방산지시에 용려지졔는 불론장ᄃᆞᆫᄒᆞ고 슌만이ᄉᆞ유

祝矣 産後 無頃 是爲 目下大慶 幸加 慨然 如何

츅이라 ᄋᆞᆼ켜 산후에 무탈ᄒᆞ니 시위 목하대경이라 ᄒᆡᆼ가 ᄀᆡ연이 여하ᄒᆞ오 ᄒᆞᄂᆞᆫ

일장부(一丈夫)를 두엇스니 부모의 마음 위로홈은 막과어ᄎᆞ이(莫過於此矣)로다

ᄒᆞ여더라

홍판셔의 아오 강이스더 홍참판은 빈ᄒᆞ야 업ᄂᆞᆫ 고로 홍좌랑이 김진ᄉᆞ의 집에 가셔 ᄯᅥ문

안에 드러셔 감영인ᄒᆞ엿나

(김진ᄉᆞ) 게 뉘신가 ᄒᆞ여 ᄇᆞᆯ가이 와셔 홍좌랑의 손을 잡고 어ᄃᆡ 거ᄒᆞᆫ 감드러가셰

방은 누츄ᄒᆞ오나 ᄒᆞ여 마은 어올ᄒᆞ시어 강산저 청풍이 홍연이 와셔 옷깃을 불도다

츄졈취각는 ᄒᆞ낫ᄒᆡ 다 친드ᄯᅳᆺ ᄒᆞ니 셕계ᄂᆞᆫ 츄졈을 부르ᄂᆞᆫ도다 ᄒᆞ더라

(김진ᄉᆞ) 엽보게 지젹지 ᄋᆞ니 ᄒᆞ지 안코 이ᄂᆞᆫ 문가 나ᄂᆞᆫ 오셔 바 ᄇᆡ셜 ᄉᆞᆫ 수 업셔

사불여의홍 건만 ᄂᆞᆫ 조데로 알ᄒᆞ면 바 부여시 우여신가 ᄒᆞ니

(홍참판) 무슴 ᄯᅳᆺ인가 ᄂᆡ 역시 공부에 모로는 ᄒᆞ여 ᄀᆞ여 이러ᄒᆞ시 되엿네

(김진ᄉᆞ) 뎨일 어ᄒᆞ고 ᄌᆞ네가 ᄒᆞᆷ셔를 보앗다니 강혹 홈 (ᄉᆞ셔) 이ᄒᆞᆯ 수 업네 주려

(홍참판) ᄌᆞ네는 ᄉᆞ셔 님을 보앗다 ᄒᆞ니 강혹 홈에 그려 엽게셔 가진 평ᄌᆞ셔의 ᄒᆞᆼᄂᆞ

은 보로 나 ᄌᆞ네와 사이 과 가지 공부 가진 ᄒᆞ고 셔로 졍이 일일 ᄒᆞ엿다니 ᄌᆞ녀 ᄉᆡᆼ

과 사친는 결혼을 ᄒᆞ게 ᄒᆞ야 ᄌᆞ니 마음에 ᄒᆞ더 ᄒᆞᆫ가

ᄒᆞ다 이튼날 과장에 와보ᄂᆞᆫ부터 셔울ᄒᆞ엿다ᄒᆞᆫ 거ᄉᆞᆯ ᄒᆞᆫ 홍판셔 ᄒᆞᆫ 회셔ᄒᆞ이 [illegible] ᄒᆞ에 낫ᄃᆞᆫ
ᄒᆞ여 구든 ᄌᆞ이 복ᄒᆞ엿ᄂᆞ이라(尻輪이欲動)이라 ᄒᆞ엿더ᄒᆞᆫ ᄒᆞᆫ 과ᄒᆞ아 희ᄌᆞᆫ(許)ᄃᆞᆷ 가지 거ᄅᆞᆫ 머리에ᄂᆞ
팔ᄉᆞ 친ᄋᆞᆯ 질건 데이고 거칠 [illegible] 시ᄂᆞᆯ에 셥쳐 불ᄒᆞ시ᄒᆞ니 (다갈베) 년지가 [illegible] ᄒᆞ엿스ᄋᆞ니라

(홍판셔) 너어 ᄃᆞᆯ엇ᄂᆞ냐 ᄒᆞ시니

(아희) 감지ᄂᆞᆫ 댁에 잇ᄉᆞᆸᄂᆞ니다

홍판셔가 십여셰에 감진ᄉᆞ와 갓치 글공부ᄒᆞ고 두ᄉᆞ람이 졍이 무쌍 무진ᄒᆞ도더이라

홍판셔ᄂᆞᆫ 소년등과ᄒᆞ고 감진ᄉᆞᄂᆞᆫ 십오셰에 진ᄉᆞᄒᆞ고 두문불출ᄒᆞ여 시셔ᄇᆞ운ᄒᆞ든 감진ᄉᆞ이라 홍판셔가 반가워 편지를 떼여 보니 그 셔에 ᄒᆞ엿스되

근(謹)숑(諵) ᄎᆞ시(此時)에 대(台)체(體) 만왕(萬旺)ᄒᆞ압시(?)나잇가 [illegible] 弟 依前 ᄒᆞ오니 다ᄒᆡᆼ이라 데(弟)

뎨(弟)ᄂᆞᆫ 유(有)미(美)거(尾)지(之)경(慶)ᄒᆞ니 수(雖)불(不)여(如)ᄂᆞᆼ장(弄璋)지(之)경(慶)이나 싱(生)녀(女)자(者) 연(然)후(後)에 우(又)ᄒᆞ(有)요(要)

부(婦)ᄌᆞᄂᆞᆫ 거(豈)가(可)단(但)위(爲)아(我)싱(生)ᄌᆞ이(子)리오 불(不)령(令)인(人)지(之)취(娶)부(婦)재(哉)아 ᄎᆞ(此)셰(世)에 역(亦)당(當)유(有)취(娶)부(婦)이(而)싱(生)녀(女)

(若)즉(則)(我) 조주ᄀᆞ나 엇지 아ᄃᆞᆯ 난 즐ᄂᆞᆯ이 업스랴 이(以)시(是)로 위(慰)이로라 ᄒᆞ엿거ᄂᆞᆯ

홍판셔가 주지(周紙)를 ᄂᆡ여 노코 용지연에 먹을 갈라 무심지 황모필노 두어 줄

답셔를 ᄒᆞ엿거ᄂᆞᆯ

ᄋᆞᆫ(謹)뢰(覆) 젹조(積阻)ᄒᆞ여 첨(瞻)앙(仰)ᄒᆞ든ᄎᆞ 혜(惠)셔(書)를 봉(奉)독(讀)ᄒᆞ니 불(不)각(覺)지(紙)모(毛)로다

근(謹)심(審) 정(静)체(體)동(動)지(止)가 만(萬)왕(旺)ᄒᆞ시니 앙(仰)하(賀)만만이라 졔(第)유(有)미(美)거(尾)지(之)경(慶)운(云)ᄒᆞ니 미(美)거(尾)눈와

와셔 두ᄉᆞᆷ 업ᄉᆞ든 갈ᄉᆞᆼ의 소ᄅᆡ가 ᄉᆞᆯ에 누어ᄯᅳᆫ 취습 사ᄅᆡ 나ᄯᅳᆫ 보ᄂᆞᆫ 바기ᄂᆞᆫ 듯 ᄒᆞᆼᄒᆞᆼ
ᄒᆞ며 나오건ᄂᆞᆫ 이리ᄒᆞᆯ 지지ᄡᅡ라 아모ᄅᆡ 가경 인ᄃᆞᆫ ᄂᆞ의 마ᄋᆞᆷ 모ᄅᆞᆫ 너가 지지ᄡᅡ라
이러타시 ᄃᆞ라여 방으ᄂᆞᆫ 빌ᄃᆞ가 ᄃᆞ라니 이ᄂᆞᆫ 보갓 쾨 녀ᄅᆞᆯ ᄒᆞ고 ᄒᆞᆫ 가지 갑ᄒᆞᆫ 뒤 살갓치 붑
ᄒᆞ고 ᄉᆞᆷ슨 가치 ᄎᆞᆷᄒᆞᆫ 홍승지의 집으ᄂᆞᆫ 안나여 스ᄉᆞᆨ 죽ᄋᆞᆯ 번ᄒᆞᄃᆞ니 여의 ᄯᅩᄂᆞᆫ 안나거든
가더라

뎨이편 第二編

홍승지가 환갑 잔치를 베푼다 洪承旨設回甲宴

세월이 무정ᄒᆞ여 더여보시 ᄒᆞᄅᆞ ᄒᆞᆯ 지나 어언간 회갑 날이 당이 되니 이날은 져여강에 소
ᄃᆞᆫ 경우에 이리 이객(二客)은 ᄉᆞ흔 운치여 범주(泛舟)ᄒᆞ여 노ᄂᆞᆫ 날이라 그날은 홍승지의 회갑 날
이라 홍승지가 셜부ᄂᆞᆫ 이웃 그러ᄒᆞᆫ 먼지 김씨 부인과 동기ᄂᆞᆫ 동일날 동일에 ᄒᆞᆫ 홍승지의 ᄀᆞ
친이 홍승지를 ᄇᆞᆫ들어 ᄒᆞ두ᄂᆞᆫ 지를 일을 심ᄉᆞ 일ᄒᆞ에 잔ᄎᆞ을 으ᄂᆞ슬 나라 ᄉᆞᄃᆞᆷ
이 미리 오ᄂᆞᆫ 각반ᄒᆞ여 져여강에 노래로 ᄒᆞ여 범주 ᄌᆞ각가 노ᄂᆞᆫ다가 노ᄅᆡ가ᄃᆞᄆᆡ 친후에 창
안ᄒᆞᄇᆞᆯ에 리ᄯᅳᆷ으로 고 장수(長袖)ᄅᆞᆯ ᄯᅥᆯ치여 현연이 홍승지의 부친ᄒᆞᆫ 구경의 ᄊᆞᆼ
해라여 일ᄂᆡ왈 ᄌᆡ편 숙ᄃᆞᆫ 수림(樹林)ᄉᆞ에 고되 광실ᄒᆞᄂᆞᆫ 이ᄉᆞ 그 정은 감지간의 ᄌᆞ이 ᄒᆞᄂᆞᆫ 그 감
진ᄌᆞ의 부인 ᄇᆞᆨ씨가 지금 ᄯᅩ 즁이니 결단코 ᄉᆡᆼᄒᆞ이라 ᄉᆞᆼ년 ᄉᆞ월 너여 아ᄃᆞᆯ과 ᄌᆞᆷᄒᆞᆫ
거시우 이후에 너의 지금 와ᄒᆞᆫ기 장성ᄒᆞ거든 다른 ᄯᅩ 되ᄂᆞᆫ 결혼ᄒᆞᄂᆞᆫ 것 업시 김지간의 ᄯᆞᆯ과
갓치 혼인은 정ᄒᆞ여 ᄒᆞᆫ간다 ᄒᆞ니 노ᄅᆡ ᄂᆞ여서 ᄃᆞᄒᆞᆫ 방가 이ᄋᆞᆫ 봉이 ᄒᆞᆫ (어화 ᄌᆞᆫᄒᆞᆫ

보ᄂᆡ엿ᄯᅢ누 잇든 부친이 안ᄒᆞᆯ 불쳔이여 젼네 못 보던 보ᄃᆞᆼ이 가졍ᄒᆞᆫ 거ᄂᆞᆫ 무ᄉᆞᆷ이 보
니 그 부친의 혈셔가 잇거날 자셔이 보니 그 글에 ᄒᆞ여스되 (가다 가다 나는 간다 이별이란 니니
사ᄅᆞᆷ 성젼 이별이라 슬푸도다 니니 너는 두고 나는 가니 슬푼 사ᄅᆞᆷ 다 ᄂᆞᆯ ᄯᅥ나노라 니니
고향은 ᄯᅥ나노라 니 너의 신세 어지ᄂᆞᆯ리 너의 머리 너의 가상 여러 두고 ᄯᅥ
나 녹아 아비 성각 살 ᄒᆞ거든 셰 가지에 ᄆᆡᆫ 곤 두고 편지 부ᄎᆞᆯ 성각ᄒᆞ라 너는 아비 이별 ᄒᆞᆫ
고 ᄒᆞᆯ ᄂᆞᆯ 어ᄉᆞᆯ 알가 ᄆᆞᆯ은 이 집 처지 ᄇᆞ라가 이 셰상을 이별ᄒᆞ면 황천구원 다른 날에
부녀 상봉 ᄒᆞ옵거시니 이리 알고 기ᄃᆞ려라 ᄒᆞ고 당ᄒᆞ여 무ᄉᆞᆫ지 듣ᄂᆞᆫ 셔모 불에 셔 듯
어ᄌᆞᆼ을 쓰노라 ᄒᆞ쳥은 가ᄉᆞᆷ을 맛치고 그 글을 듣고 ᄯᅡ에 푹 엎드려 발동ᄒᆞ여 아하
네 ᄂᆞᆫ 부든 다 (아하 님 니니 어ᄃᆡ로 가셧쇼 니니 어ᄃᆡ 살 ᄒᆞᆯ 두고 어ᄃᆡ로 가셧쇼
날 ᄆᆞ지 나 두셧ᄉᆞ면 ᄒᆞᆯ ᄂᆞᆯ 두 눈히 ᄉᆞ사 아바님은 ᄯᅥ나가려 ᄆᆞᆫ ᄂᆞᆫ 일 쳐신에 ᄂᆞᆯ 이리 어버셔
사ᄅᆞᆷ 불 녀의 어지ᄒᆞ리오 평쳔도 야속ᄒᆞ고 귀신도 무졍ᄒᆞ지 어린 고ᄋᆞᆷ은 ᄯᅡ에 셔 ᄯᅥ러칠 ᄎᆔ며
팔ᄌᆞ이 우 ᄌᆞᆫ 니 셩 ᄉᆞᆷ에 죽어 죽셧ᄉᆞ면 아바님 적 쟁 아 시기건 너의 글로 ᄒᆞᆫ 탕ᄒᆞ여
가ᄂᆞᆫ 되ᄂᆞᆫ 갈 터이지 안ᄂᆞᆫ 어지ᄒᆞ여 이러타시 무졍ᄒᆞ고 야속ᄒᆞ신가 ᄋᆡᆨ 친부모와 형님
동셩에 나시 셩ᄆᆞᆫ치 허ᄂᆞᆫ 대신에 살 ᄒᆞᆫ치가 ᄂᆞᆫ 목숨 오ᄂᆞᆫ 보젼ᄒᆞ올 ᄉᆞ망 언ᄒᆞ다 이러ᄂᆡ
ᄃᆞ시 ᄉᆞᄂᆞᆫ 목숨을 쳐 산쳔초목이 슬허ᄒᆞᄂᆞᆫ 도ᄒᆞᆫ 더러 ᄒᆞ쳥 ᄌᆞ되요 탄ᄒᆞ여 눈 박아 지수 을
고 나 가리라 일ᄂᆞᆫ 은 뉘의 사ᄅᆞᆷ 모ᄒᆡ셔 니 밥 ᄌᆞᆷ 주ᄉᆞᆸ시오 어셔 니 가옵시다 이러ᄒᆞᆫ ᄯᅢ에

茫〻涯角 散之四方

말어셔 망〻ᄒᆞᆫ 가각에 산지사방ᄒᆞ여 너는 너가 죽는 줄 알은 만는 네가 죽은 줄을
노말ᄒᆞ여셔 듯ᄂᆞᆫ 생각ᄒᆞᆯ 것이 업시 죽은 줄ᄂᆞᆫ 알고 잇스면 이후에 혹 너를 만나면 다행
이ᄂᆞᆫ 불행이 너ᄂᆞᆫ 만나지 못ᄒᆞ면 너의 생젼에 너를 싱각 별ᄒᆞᄂᆞᆫ 거시니 이러ᄒᆞᆯ 말고 잇
기 바란다 슌졍조가 부친의 ᄒᆞᄂᆞᆫ 말을 듯고 통곡ᄒᆞᆯ 이ᄯᆡ 사ᄅᆞᆷ이 쉰 사ᄅᆞᆷ이 ᄯᅩ 쥭어도
갓치 ᄒᆞᆫ 집안에셔 죽고 생오구에 드러가 ᄯᅢ더되 도ᄂᆞᆫ 무덤에 도러가고 살어도 ᄒᆞᆫ 집안
에 살어셔 어싸ᄒᆞᆷ도 업고 형님 동생 업ᄂᆞᆫ 혈〻단신을 어지ᄒᆞᆯ 줄 두고 가신단 말
슴이ᄭᆞ 설혹 아바님께ᄂᆞᆫ 여러 해 다니시다가 타향 고혼이 되시여 ᄎᆞᆫ봉을 ᄒᆞᆯ ᄯᅮᆼ
ᄒᆞᆫ 혼령에 녹〻청산에 부〻ᄒᆞ여 ᄀᆞ— ᄒᆞ시면 가신ᄂᆞᆫ 아바님 마음인들 엇지ᄒᆞ올
것 무어시여 그리 되니 셧디드 생이 머리나올 게습니가 말ᄉᆞᆷ시샤〻 그런 사ᄅᆞᆷ·
마음 시〻 ᄎᆞᆺ테여 가시려 ᄒᆞ시난 마음 쳔산만번 생각ᄒᆞ여도 모든 혼을 불이올 서라 아모리
생이 죽지 만 갓지 못ᄒᆞᆫ다 ᄒᆞᄂᆞᆫ 말이 잇ᄉᆞᆸ지오마ᄂᆞᆫ 어디 이러트시 ᄒᆞ서ᄂᆞᆫ 노릇이 잇ᄉᆞᆸ
니가 ᄒᆞ여 두러이 헤ᄋᆞᆫ 눈물ᄒᆞ며 황혀ᄒᆞ여 둘지며 ᄒᆞ셔늘 ᄀᆞ부친이 춤ᄒᆞ야 보ᄌᆞ못
ᄒᆞ여 유〻 여ᄆᆞ다ᄒᆞ여 어리고 어린 네의 말ᄉᆞᆷ이 그러트시 간졀ᄒᆞ니 너의 애미가 너를 ᄇᆞ려
되고 갈ᄂᆞᆫ니가 잇겟나냐 네의 말좀 드러 보자 그러ᄂᆞ 너가 그 말을 ᄒᆞ엿드니 너의 말ᄉᆞᆷ이 그러
ᄒᆞᆫ 줄 ᄒᆞ이 애비가 알ᄂᆞᆫ 게어나 뎌ᄒᆞ야 ᄒᆞ고 고ᄒᆞᆫ이 믄ᄒᆞᆫ 게ᄂᆞᆫ 동안을 다러 그령
말 미영에 죽장망혜(竹杖芒鞋) 단표ᄌᆞᄂᆞᆫ 부지거처 되랴 슌졍조가 어리나

大驚疾色 지경 꿈실다ᄒᆞᄂᆞᆫ다 놀ᄂᆞ 모야 지회자 ᄀᆞᆷ부신이 ᄃᆡ셔ᄒᆞᆫ고 ᄌᆞᆫ씨ᄂᆞᆫ 슈습ᄒᆞᄂᆞᆫ

ᄃᆡ에 ᄒᆞ엿ᄉᆞ되

만고ᄒᆞᆫ비 ᄎᆞᆫ졍ᄉᆞ가 ᄒᆞᆼ쳔귀신ᄒᆞᆫ 뎌러ᄀᆞᆫ 春和斜風 ᄎᆞᆫ화사풍 조ᄒᆞᆫ 셰에 新見此世 신견차셰ᄒᆞ

엿ᄉᆞ니 구연지ᄉᆞ 지회로 졔 ᄐᆡ알엇ᄉᆞᆫ ᄃᆡ ᄒᆞᄂᆞᆫ 듯 상일을 신월을 ᄃᆡ로ᄂᆞᆫ 듯 업셔

고나 지회자

이러ᄒᆞᆫ 날 ᄂᆞᆫ을 져녁에 白日 빅일은 西山 셔산에 걸녀ᄂᆞᆫ도다 이셔ᄂᆞᆫ 어ᄂᆞ 셔가 二三月之晦間 이삼월지회 ᄀᆞᆫ이

라 무졍ᄒᆞᆫ 빅일을 이ᄅᆞᆫ 듯ᄃᆞ러 ᄀᆞᆫ 유졍ᄒᆞᆫ ᄎᆞᆫ풍이 스ᄅᆞᆯ 불도다 ○ ᄎᆞᆫ졍ᄉᆞᄂᆞᆫ 쟝

시 곤궁ᄒᆞ여 남의 집에 드러셔 고용 노릇ᄒᆞ고 이지 ᄡᆞᆯ 만일을 견ᄃᆡᄂᆞᆫ 집 ᄀᆞᆺᄒᆞ편 ᄒᆞᆫ

지ᄂᆞᆫ 불 버ᄒᆞᆫ 것어보시고 ᄃᆡ망실에 ᄃᆡᄉᆞ 그러케 ᄉᆞᆼ히 안져 남여ᄂᆞᆫ 비삽 헤두고 ᄌᆞ손ᄒᆞ야셔

소ᄅᆡ ᄃᆞᄃᆞ 들더이지 ᄆᆞᆫᄂᆞᆫ 하회ᄃᆞᆯ 보라 全州李氏寒圃齋李侹命 子孫 順貞子

아국 경종조(我国景宗朝)에 ᄒᆞ셔 한모지 니젼 영ᄲᅵ ᄌᆞ손이어 ᄎᆞᆫ졍ᄉᆞ

의 증조부ᄂᆞᆫ 경상감ᄉᆞ(慶尚監使)로 셰상은 이별ᄒᆞ고 조부ᄂᆞᆫ 진ᄉᆞ로 셰상은

셔나고 부친은 ᄒᆞᆫ롱ᄂᆞ셔 결인(□人)으로 ᄃᆡᆼ깁고 ᄒᆞᆫ궁을 벗지 ᄒᆞ여 이지

경에 당ᄒᆞ엿나 困窮 곤궁 ᄒᆞ회ᄃᆞ 보라

ᄒᆞᆫ이 가ᄋᆞᆯ 구셰에 그 부친이 곤궁의 게을 너의 아비ᄂᆞᆫ 곤궁ᄒᆞ여 逆命 역명ᄒᆞᆯ

계칙(計策)이 어보ᄉᆞ니 너ᄂᆞᆫ 나ᄅᆞᆯ 아비로 알ᄂᆞᆫ지 모ᄂᆞᆫ 너를 ᄉᆡᆼᄂᆞᆫ 알지

셰와 방불(彷彿)ᄒᆞ나 ᄒᆞᆫ 곤지의 명예(名譽)가 일군(一郎)에 난ᄌᆞ(狼藉)ᄒᆞ더라 명쳔이 하 감ᄒᆞ시고

귀시하부쇼ᄒᆞ여 금ᄉᆞᆯ의 명이 졈졈 감ᄒᆞᄂᆞᆫ지라 이ᄯᆡ 거문고 ᄒᆞᄂᆞᆫ 부인이 악병을 ᄉᆞᆯ피

듯고 금ᄉᆞᆯ의 거ᄒᆡ 와지어 ᄲᆞᆯ 슌졍ᄌᆞ(順貞子)야 ᄒᆞ고 일악을 마셔 보다 ᄉᆡ시 ᄂᆞᆫ에

부ᄅᆞᄂᆞᆫ ᄌᆞ로를 두어 조곰이 작ᄯᆞᆯ ᄒᆞ여 무궁화ᄂᆞᆫ 가이 ᄒᆞ고 빈ᄃᆡ 쇼귀연(藻鬮蓮) 자ᄀᆡ ᄯᆞᆯ

ᄒᆞ여 이삼으ᄂᆞᆫ 가이 ᄒᆞ고 한무졔 승노반(漢武帝承露盤)에 이슬을 바다 ᄀᆞ니 다ᄒᆞᄂᆞᆫ

악이ᄂᆞᆫ다 ᄯᅩ 이 약을 먹어 보면 장ᄉᆡ 복녹은 누리고 ᄌᆞᄉᆞᆫ 광셩될 터이니 이 약 ᄒᆞᆫ 번 마

셔 보타 ᄒᆞᆫ ᄉᆞᆯ이 가부ᄂᆞᆨ이 ᄒᆞ여 ᄒᆞᆫ 번 마셔 보니 졍신이 ᄉᆞᆼ쾌ᄒᆞ여 동산 조일은 ᄯᅳᄂᆞᆫ ᄃᆞᆺᄒᆞᆫ

듯 셔쳔 ᄉᆞ일을 ᄯᅥ 디ᄂᆞᆫ 듯ᄒᆞ더라 ᄌᆞ로ᄒᆞ여 비상하여 보니 경ᄎᆡ가 ᄂᆞᆫ ᄂᆞᆯ 쳑에 반달 갓

ᄒᆞᆫ 금ᄉᆞᆯ이ᄂᆞᆫ 잉슌ᄒᆞᆫ 열ᄂᆞᆫ 함목은 너어 ᄂᆞᆺ니 그ᄂᆞᆫ 비에 ᄒᆞ엿ᄉᆞ니

명쳔(明天)이 ᄒᆞᆫ 엿나 귀신이 도으엿나 ᄉᆞᆼ을 언 금ᄉᆞᆯ이 가만 든 ᄂᆞᆫ을 ᄯᅥ엿스니 명쳔

之功(지공)이 아니련가

명ᄆᆡ(明脈) 사십리(四十里) 벽계(碧溪) 변에 ᄇᆡᆨ구(白鷗) ᄯᅦ ᄂᆞᆯ아 드ᄂᆞᆫ다 ᄂᆡ앙 나ᄂᆞᆫ 듸 ᄌᆞᄌᆞ로다 장졔오류(長堤五柳) 슴슴(深深) ᄒᆞ니(裡)

에 황조(黃鳥)ᄂᆞᆫ 앵앵(嚶嚶) 날아 ᄃᆞᆫ다 니 병 곳 칠 의사(醫師)로다 일시 도다 지화가

져ᄉᆞ이가 이ᄯᅥ ᄒᆞᆫ 고ᄌᆞ에 ᄃᆞ니 그ᄂᆞ리에 ᄒᆞ엿스니

셔지위경(㾊至危境) 금ᄉᆞᆯ이가 명쳔조일(明天朝日) 안ᄂᆞᆺᄉᆞ니 동오셔작(東烏西鵲) 별별 날아 각귀고향(各歸故鄕) 한 열 날

고 연비려텬(鳶飛戾天) ᄉᆞ리 가와 어약우연(魚躍于淵) 과 가ᄂᆞᆫ 문병(問病) ᄒᆞ러 날 ᄎᆞᆺ

가디 당ᄒᆞ여 나오며 (이에 계순아 금쇼이가 졍신이 온젼치 아니ᄒᆞᆫ 모양이니 밥이나 데워
고 맛잇ᄂᆞᆫ 반ᄎᆞᆫ이나 잘 보아 금슌의 압헤 노아 주어라 (계순이가 쳥녕ᄒᆞ고 진션(珍膳)을 승셜(盛
設)ᄒᆞ야 금슌의 압헤 노흐며 일너 ᄀᆞᆯ오ᄃᆡ 금슌아 입맛은 업슬지나 이것 먹고 아모조록 소셩(蘇成)이
되여야만 아씨의 마ᄋᆞᆷ과 너의 마ᄋᆞᆷ에 편ᄒᆞ지 아니ᄒᆞ게 너ᄂᆞᆫ 네가 져러ᄐᆞ시 괴롭게 지내면
아씨의 마ᄋᆞᆷ이며 너의 마ᄋᆞᆷ에 온젼ᄒᆞᆯ슈가 잇나니 아씨의 마ᄋᆞᆷ과 너의 마ᄋᆞᆷ이 온젼치 못ᄒᆞᆫ
경우에야 네의 마ᄋᆞᆷ인들 죠흘소냐 ᄒᆞ며 눈물을 씨서 놋는 (금슌이가 쳣슘 갈녜에 계순의
말을 듯고 말ᄒᆞ되 눈물을 부려 왈 계순아 ᄂᆡ 탕의 병은 약을 슈가 업ᄂᆞ니라 츈 여ᄒᆡ 화뎐
ᄉᆞ되 셕 압에 이별ᄒᆞ고 ᄎᆞᆷᄉᆞᄒᆡ이블 방울졍 ᄀᆡᆨ에 ᄉᆡ되지 아니ᄒᆞ엿ᄀᆞᆫ에 이ᄉᆞᆫ다 조흔 화ᄉᆞ
ᄒᆞᆫ능 셕이 영산(朝華之草는 夕而零落)이라 ᄒᆞ여 슈ᄉᆞ 당의 병을 얼슈가 잇스ᄃᆞᆯ ᄉᆞᄒᆡ 당
자의 너의 영ᄉᆞᄂᆞᆫ 얼굴가 업나니 오ᄂᆞᆯ ᄂᆡ 터시 괴롭게 지ᄂᆡᆫ다가 ᄂᆡ일 볌 더ᄒᆞᆯᄂᆞᆫ지 모
퇴죽을 논지 모ᄃᆞ나 ᄂᆡ가 아모조록 우리 덕 아씨 너의 분을 밧드러 너의 ᄒᆞ던 일은
낫ᄂᆞᆫ치 형공ᄒᆞ라 ᄒᆞ며 눈물 ᄒᆞᆫ울이 두귀 밋헤 ᄉᆡ러지니 너겨ᄒᆞ이는 ᄒᆞ졋혜 안졋다가
ᄎᆞᆷᄒᆞ고 형용을 보지 못ᄒᆞ며 (오ᄂᆞᆯ 그러ᄒᆞᆫ 퍼화ᄒᆞ며 안게 나가니 ᄒᆞᆷᄯᅩ이ᄂᆞᆫ 밤슉ᄀᆡᆯ을 ᄂᆞᆫ드ᄉᆞ여 ᄒᆞᆫᄂᆞᆫᄃᆡ
삭ᄂᆞᆫᄒᆞ되 ᄂᆞᆫ 늣기고 안졋더라 (ᄒᆞᆫ증지의 집은 엇지 ᄒᆞ리ᄒᆞᆫ다가 잇지 부모상ᄒᆞ고 ᄂᆞᆫ복ᄒᆞ고 일
샹 보ᄂᆞᆫ 보아 형졔간 갓치 지ᄂᆡ여 일호 타ᄂᆞᆫ 어워 눈이 업ᄂᆞᆫ우에 서ᄒᆡ물이 잇슨면 ᄂᆞᆫ복
ᄒᆞ여 쥬고 ᄂᆞᆫ복드러 죄가 이슨연 우에 셔가 화ᄒᆞ여 일가(一家)가 화ᄒᆞ여 예졋에 ᄃᆞᆺᄉᆞᆷ고

周南召南

고피ᄒᆞ연이여국을 받고텩을 먹어고나 그러치 아니ᄒᆞ면 좌셕(座席)을 부졍(不正)히 ᄒᆞᆯ
고 나후 거ᄉᆞᆫᄂᆞᆫ고나 남의 집 담을 넘어 남의 집 조흔 겁ᄋᆞᆯ ᄒᆞᆫ련가 알아
듯ᄂᆞᆫ다 ᄒᆞ고 탁(稱托)ᄒᆞ고 천ᄒᆞ 무양ᄒᆞ야 ᄒᆡ로온 도적 속ᄒᆡ 너히 셔츅이 이러ᄒᆞᆫ
여 ᄉᆞ니 그와 갓치 무지막지ᄒᆞᆫ 놈이 ᄌᆞ 세계에 사지 못거라 두 놈이 나 이스
라 이러ᄒᆞᆫ 것은 아조 ᄆᆞᆷ도 아ᄋᆞᆷ은 경동히 하지 말고 안심ᄒᆞ여 잇거보랏다 너가
치ᄎᆞᆷᄒᆞ고 인ᄌᆞ(仁慈)ᄒᆞ고 츙셩(忠誠) 잇ᄂᆞᆫ 아ᄒᆡ ᄃᆞ른 그러ᄒᆞᆫ 누명을 넘히
니가 밧ᄎᆞᆯ ᄃᆞ롯 가업다나

이의 놈ᄋᆞᆯ 아ᄒᆞ뉘ᄃᆞ 이 가 전ᄒᆞ자 ᄉᆞᆼ용 얼굴이 되야고나 녕강한 얼굴 이만ᄒᆞ게 인젹(人跡)이
잇다 ᄒᆞᆫ기에 나는 여ᄀᆞ 와 ᄆᆞᆷ이라 ᄂᆡ가 보지 못ᄒᆞ고 사랑에 잇는 ᄉᆡ방님 ᄒᆞᆫ 분 넌다
가 보라 ᄒᆞ니 셔방님이 분은 볼고 보다가 갈ᄉᆞᆨ 놀ᄂᆞ여 ᄃᆞ렴 ᄃᆞ 너 어ㅡ
마당에 잇는 도ᄀᆡ 엔 도ᄀᆡ 아조 마당에 ᄒᆞ 힌 벼개도 업슨 ᄂᆞ다 구려 ᄒᆞᆫ기에
더구나 말ᄉᆞᆷ이 웃ᄉᆞᆸ고 십허 보지 못ᄒᆞ고 너를 불ᄂᆞ 네가 업기에 더구나 머리ᄭᆞ지
ᄉᆞᆸ벗ᄉᆞᆫ ᄒᆞ고 입에 직히 엇셔 ᄌᆞᆯ에 일을(一)마디셔도 못ᄒᆞ고 세ᄉᆞ탕이 마조 안져셔
셔럼기 사ᄒᆞ엿다 니가 그 모양이 될 줄 알어 ᄂᆡ가 말ᄉᆞᆷ이 오 먹엇스며 뉘가 ᄉᆞᆷ어 ᄂᆞ
셧어스타 우슴 근도 ᄀᆞ든 허기가 막힌다
ᄒᆞ여 기집 ᄌᆞᆫᄒᆞᆫ 소나 ᄃᆞᆯ 부ᄅᆞᆫ다 기집 죠흔 소ᄂᆞᆯ 부ᄅᆞ다 계슌(桂順)아 ᄉᆞ 부르며 계순아

마음ᄃᆡ로 ᄒᆞ야 ᄃᆞ여ᄡᆞᆯ ᄯᅢ 가ᄋᆡ가에 희안ᄒᆞᆫ 축계ᄒᆞ야 ᄆᆞᆰ은 명월청풍지하(明月淸風之下)에 산보(散步)ᄒᆞ쟈고 부
ᄅᆞ고ᄂᆞᆫ 지 안코 ᄇᆞᆰ가와 나가 보니 키ᄂᆞᆫ 팔구쳑 지쟝신이오 ᄂᆞᆫ은 ᄌᆞᆫ 지안ᄒᆞᆫ 눈이 ᄃᆞᆼ안 ᄃᆡ 문지
방만ᄒᆞ고 쇠ᄂᆞᆫ 침사 ᄆᆞᆯ을 ᄃᆡ는ᄒᆞ다가 강작ᄒᆞᆯ 하드ᄅᆞᆫ 허드려오려ᄒᆞ여 ᄯᅥ니 그놈의 발
이 쇠닐례로 ᄐᆡᆼ건ᄃᆡ 십여장이나 ᄃᆞᆯ르ᄂᆞᆫ듯ᄒᆞᆫ 빨ᄂᆞ드로 베쳡 젹을 나시 ᄒᆡ니 원ᄉᆞᆫ 손으로 쇠닐례
의 초아ᄅᆞᆯ 붓들며 초아자 ᄭᆡᆨ여 ᄭᅦ여지고 쇠닐례가 겹결에 ᄉᆞᆨ이드러오려ᄒᆞ려다가 무
ᄅᆞᆸ으로 문지방에 부딋더려 영이 드럿숩고 ᄲᅡᆷ갓치 부딋숩ᄂᆞ이라 그리ᄒᆞ여셔 그ᄀᆞ되
에 포족ᄒᆞ야 쥐쇼ᄉᆞ여 ᄉᆞ랑ᄉᆞᆯᄂᆞ리고 여버ᄒᆞ자ᄂᆞᆫᄒᆞ여 계습지오마ᄂᆞᆫ 쉽은 막고 말ᄒᆞᆫ나
ᄃᆡ벙곳 못ᄒᆞᆫ 계ᄒᆞ여 쇠닐례를 ᄇᆞᆫ고 건너방 불어으로 드려가여 겁ᄂᆞᆯ을 ᄒᆞᆫ려다가 사
불여의(事不如意)ᄒᆞ여 쇠닐례를 도국에 가두어두고 ᄅᆞᆯᄌᆞ(歐者)ᄂᆞᆫ ᄃᆞᆼᄒᆞᆫ 덤어셔 부
지거졍을 시가 그ᄃᆡ ᄒᆞ여 도국에 갓쳐잇셔 호흡불통(呼吸不通)ᄒᆞ여 국을 번ᄒᆞᆫ
든 ᄃᆡ에 ᄒᆞᆫ 힘으로 여음들을 ᄂᆞ나ᄭᅦ 죽을 병이시 ᄅᆞᆺ시 오나 아시ᄉᆞᆫ 명 철지하(明哲
之下)에 용셔ᄒᆞ시기 ᄇᆞ랍ᄂᆞ이다
그ᄃᆡ 이가의 별혜(別號)ᄂᆞᆫ 별칠 팔 셰ᄂᆞᆫ 되여 ᄯᅥ ᄅᆞᆫ 인물(人物)이 동ᄯᅢᄒᆞ여 별명(別名)은 지어 ᄉᆞᆺ다 후셰(後世)
양위비 오슈세(五壽世) 월ᄉᆞᆯ셔(月西)ᄉᆞ셔라고 욕명ᄒᆞᆫ 그ᄃᆡ 여쵸의라
강씨부인이 그ᄃᆡ의 ᄉᆞᆯ을 드ᄃᆞᆫ 얀 쳔ᄃᆡ 딥왈 세상에 허다ᄒᆞᆫ 인ᄉᆞᆼ이 만든데 그놈이
어ᄃᆡ 온 놈인지ᄂᆞᆫ 모ᄅᆞᄂᆞᆫ 것ᄉᆞ오 요탕건ᄃᆡ 그놈이 어이가 그놈을 비쇼(鼻笑)여 허두

사방은 허터지거날 ᄌᆞ씨이 분긔 견ᄃᆡ업돈 독이 화ᄒᆞᆫ이가 ᄒᆞᄂᆞᆫ 노음은 휘
쉬이며 날보거날 여러 놈들이 달녀들어 북이 빨앙ᄒᆞ사 되얏고나 잠간 지체ᄒᆞ면
더면 날ᄯᅢ려 ᄒᆞᆫ 그 모양이가 독촉고 ᄒᆞᆫ ᄯᅢ 쌘ᄒᆞᆫ 몃더라 ᄒᆞ엿ᄒᆞ 졍신 ᄎᆞ리여라 무ᄉᆞᆷ오시
맛튀은ᄂᆞ 이지졍이 되앗더냐
ᄒᆞ오ᄃᆞ시 ᄯᅡᆫ 감씨부인과 ᄒᆞᆷ용ᄉᆞ이 놀나 다ᄯᅥ 머리ᄭᅳᆺ마지 달ᄒᆞ엿더라 감씨부
인이 보현 발ᄂᆞ 녀어 ᄒᆞ라 그 모양이 든 붓들어 봘
뇌ᄒᆞ여 데원일이ᄂᆞ 이리 그 모양아 졍신 ᄎᆞ리여라 이저시어 이놈을 여ᄂᆞ 뇌ᄉᆞ사
ᄊᆡ러 잇다
도ᄒᆞ이 가고 ᄒᆞ에 졍신을 ᄎᆞ리여
아ᄉᆡ아ᄉᆡ
ᄒᆞ여 말ᄒᆞᄂᆞᆫ 마다 못ᄒᆞ거ᄂᆞᆯ 감씨부인이 두ᄑᆞᆯ을 護衛ᄒᆞ위ᄒᆞᆫ 발노ᄂᆞ 드러가셔 溫突 온돌에ᄂᆞᆫ 뉘이
고 ᄌᆞᆷ을 덥히ᄒᆞ니 불과 한 시간이 되지 못ᄒᆞ여 이러아거ᄂᆞᆯ 모양은 보니 한 ᄌᆞᆯ 汗出沾背 결비
ᄒᆞ고 나 부ᄉᆡᆫ이 이 어ᄋᆡ 어ᄃᆞᆯ 낫ᄂᆞ치 무더보더 ᄒᆞᆫ ᄯᅢ ᄭᅮᆷ은 무ᄉᆞᆺ 나다
이의 그 모양아 ᄇᆞᆯ ᄌᆞᄆᆞᆯ 여 데 내 가엿지 ᄒᆞᆫ다가 그러ᄒᆞᆫ 곤단을 당ᄒᆞ엿너냐
그 모양이 가여 셜퇴 당(厲聲對答)왈
다ᄅᆞᆫ 온 아니오라 아ᄉᆡ 취침ᄒᆞ신 겨ᄐᆡ ᄯᅥᆯ켜 가누어ᄯᅥ 非夢似夢 비몽사몽간에 밧지셔 현녀 나이 그런

(춘조) 이놈들 나어라 우리 작은마님께서 春秋가 얼마시냐

(그조) 금년에 근칠십이시지

(그조) 허ㅣ 미친 놈이로군

(또혼조) 내 보아라 모든 날 말이로다 미친 놈이라 니 무슨 말이야 너의 慈親이 육십에 나를 낳으셨은즉 너의 이날 춘추 육십 넘어야 하지 그로 보면 오십에 낳았다로 시기 쉬운 일이냐

(늦은조) 여보아라 너희들이 취중에 싸움이로다 이 싸저싼 그저 곤속ㅣ히 들어가 보자구나

그놈들이 구름같이 몰려 우ㅣ 드러가니 마당가운데 노혔듯 벼 붙여 있는 거슬 이놈들이 소리를 질렀여

벼 섬이 없고ㅣ

훌 벼 훌던 놈은 방상이 들고 또 훌던 놈은 몽치들고 또 훌던 놈은 돌을 들고 안뒤로 도도라가니 전에 없는 거시 노혀거늘 도둑놈이 도적이 낫가 의심하여 조죄를 숨기는 을 한 지에

도적이야 도적이야 도적놈 여기 있소

여러 놈들이 우ㅣ 달려들어 몽치로 두다리니 벌거벗어 셔 아장에 샤고 각ㅣㅣ ㄴ이

셔어올나 육조판셔(六曹判書)를 다 지니고 삼졍승(三政丞)에셔 여올나 가지 당상(堂上)ᄒᆞ시여고 입신양명(立身揚名) 충군애국(忠君愛國)

ᄒᆞ여 상ᄂᆞᆫ 변부모(上揚父母)하여 긔신(下顯其身)ᄒᆞ여이고

셩ㅣ 셩ㅣ을 널ᄂᆞ 상사ㅣ

엇든 상황 근면(勤勉)ᄒᆞ여 조경모운(朝耕暮耘) 농부(農夫)되야 상평(上坪) ᄒᆞ평(下坪) 다 갈아 놓아 추수동장(秋收冬藏)

ᄒᆞᆫ번 ᄒᆞ에 상부모(上供)ᄒᆞ며 양쳐ᄌᆞ(下育)ᄒᆞ여이고

셩ㅣ 셩ㅣ을 널ᄂᆞ 상사ᄒᆞ야ㅣ

엿져에 동소남(董邵南)아 주경야독(晝耕夜讀) 근면(勤勉)ᄒᆞ여 이후(以後) 셩사(成事)ᄒᆞ신 공덕(功德) 지금ᄭᆞ지 유명(有名)

ᄒᆞ다

을 널ᄂᆞ 상ᄉᆞ뒤ㅣ 셩ㅣ 셩ㅣ

백이숙제(伯夷叔齊) 갓흔 소담 불식주속(不食周粟) 다ᄒᆞ고셔 수양산(首陽山)에 ᄌᆞ모여 이셔 국가여하(国家如何) ᄒᆞᆯ

고ᄒᆞ고 고ᄉᆞ리를 키여다가 반찬을 삼아 두고 산젼(山巔)에 한와(閒臥)ᄒᆞ여 노리

블불으다가 잉작공호(仍作孤魂)ᄒᆞ여 소니 죽일 놈은 군ᄌᆞᆫ일셰

셩ㅣ 셩ㅣ을 널ᄂᆞ 상ᄉᆞ뒤요ㅣ

ᄒᆞᆫ 졈이라 노난 셩에 변 안간에 안셰셔 풍파(風波)가 이러ᄂᆞᆫ다 이놈들이 셰를 자여 셔ᄂᆞᆫ ᄒᆞᄂᆞᆫ

말이

우리 덕 망님 데셔 낙태(落胎)ᄒᆞᄂᆞᆫ 흥 셧난보다

는 놈도 잇고 죠타 ᄒᆞ는 놈도 잇스나 孔夫子 말ᄉᆞᆷ에도 人無遠慮 면 必有近憂 라 ᄒᆞ셧스니
너희들이 아모리 무식ᄒᆞ기로 세상에 ᄉᆞ위 이ᄉᆞᆼ이라 명ᄎᆡᆼᄒᆞ여 힝위가 그러ᄒᆞ되 시부졀ᄒᆞ야
여러 놈들이 머리를 ᄉᆞ기 코를 ᄒᆞᆫ ᄊᆞᆨ더 못ᄒᆞ다가 죽져ᄯᅢ들 어린거나 잡거 ᄒᆞ케 ᄒᆞ고 셔ᄉᆡᆼ
쳔에 비를 거름을 거르며 ᄒᆞᄂᆞᆯ 노ᄅᆡ에 돈ᄎᆞ치 되이고 ᄉᆞᆼ당에 ᄉᆞ위 아케 ᄀᆞ지 강ᄌᆞ라 ᄒᆞᆫ 놈
이 달녀들어 두 손ᄉᆞ을 ᄒᆞᆫ권 화를 물너치여 ᄲᅡᆯ

여보게 이러ᄒᆞᆯ 것이 아니라 우리가 노ᄅᆡᆯ ᄒᆞ고 놀 아니 어엿스니 노ᄅᆡ를 ᄒᆞᆫ젼구나

ᄯᅩ ᄒᆞᆫ 놈 달녀들며

무슨 노ᄅᆡ를 ᄒᆞᆯᄉᆞᆫ야 노ᄅᆡ도 각각이니 농부는 농부가를 ᄒᆞᄂᆞ니라

ᄯᅩ ᄒᆞᆫ 놈 달녀들며

녀보ᄂᆞ라 농부가를 ᄒᆞᆯ터이면 풍악이 업슴손야

ᄯᅩ ᄒᆞᆫ 놈 달녀들며

무식ᄒᆞᆫ 말 ᄒᆞ엿소 以農大夫

ᄒᆞ여 상작 농부가 ᄒᆞ구 그 노ᄅᆡ에 ᄒᆞ엿스되

텬셩 쳔ᄒᆞᆫ 후 신쳐에 有物有則 이언만ᄂᆞᆫ 엇듯ᄉᆞ탐 공부ᄒᆞ여 ᄉᆞ서 여ᄉᆞ를 다 얼

고 삼ᄉᆞᆷ경을 다 읽고 고문진보 필되가 時時로 문 열남ᄒᆞ며 ᄉᆡ용산 ᄎᆞᆯ문

ᄉᆡᆼ되야 ᄉᆞ년 등과 급졔ᄒᆞ야 한림 ᄉᆞᆼ지 ᄒᆞ여 올나 교리ᄎᆞᆫ 다 지ᄂᆡ고 涌山出文 [illegible]

章 少年登科及第 翰林承旨 校理修撰 [illegible]

고조와ᄒᆞᄂᆞᆫ 놈도 잇스며 칙망ᄒᆞᄂᆞᆫ 놈도 잇ᄂᆞ 보더라
(ᄒᆞᆫ즈) 쉽ᄂᆞᆫ 세에 공경ᄒᆞᄂᆞᆫ 우에 도섭ᄒᆞᆫ 바라 가지고 무ᄉᆞᆷ 일을 ᄒᆞ여 먹겟ᄂᆞ냐
폐일언ᄒᆞ고 본ᄃᆡ 양반ᄃᆡᆨ에셔ᄂᆞᆫ 하인의 사정을 모르나니라 도섭ᄒᆞᆫ을 ᄌᆞ시고
우리 시ᄇᆡ 여영이 ᄃᆡᆨ즈를 사ᄒᆞ여 을ᄌᆞ이ᄋᆞ 도섭ᄒᆞᆫ으로 ᄃᆡᆨ즈ᄀᆞ 미안에 ᄃᆞ녀
셔ᄂᆞᆫ 시ᄀᆞ 뫼에 ᄃᆞ되겐ᄂᆞ ᄒᆞᆫᄒᆞ구
(ᄒᆞᆫ즈) 너보게 모ᄅᆞᆫ 말이로다 우리 ᄇᆞᆯ 느거리ᄭᆡ도 중에 ᄌᆞ시고 ᄒᆞ닌 ᄒᆞ엿다
고 ᄒᆞᆫ 삼환ᄌᆞ시나 도로혀 ᄒᆞᆫ ᄌᆞ지ᄋᆞ 감 ᄋᆞ니 ᄒᆞ게셔 ᄒᆞ구 ᄒᆞᆫ션 ᄇᆞ라ᄃᆡ 이라 도섭
ᄒᆞᆫ이어 ᄃᆞᆫ가 우리가 무ᄉᆞᆷ 사업을 ᄒᆞ여 ᄒᆞᆫ 달에 도섭ᄒᆞᆫ 벌겟나 보시고 ᄒᆞ저
하ᄂᆞ
(ᄒᆞᆫ즈) 이 놈들아 ᄃᆞ러 보라 너 ᄌᆞ저 셩 ᄒᆞᆫ 놈들이 ᄒᆞᆫ 일 ᄒᆞ여 ᄀᆞᆺᄐᆞᆫ 사ᄇᆞᆯ 공ᄒᆞ
나도 바라고 양반 ᄃᆡᆨ에 ᄎᆞᆯ 집ᄒᆞ여ᄯᅡ 나ᄂᆞᆫ 말ᄒᆞ면 죠곰도 그런 마ᄋᆞᆷ 오
업다 아모죠록 상전을 셤기연 인후에 극락 ᄌᆞ복은 누리ᄂᆞ니 너희들은 엇
지 셩긴 놈들이 도섭ᄒᆞᆫ을 어더 셰상에 업ᄂᆞᆫ 화물노 아녀ᄯᅡ 마일 진심 갈ᄂᆞᆨᄒᆞ
여 우흘 셤기연 후세에 ᄋᆞᆺ영ᄒᆞ로 ᄒᆞ시며 섭환보다 더 ᄒᆞᆫ 화물이 노ᄒᆞᆯ 줄
을 모르나냐 너희들은 지ᄎᆞᆫ사 보니 ᄒᆞ셧ᄌᆞ로 ᄒᆞᆫ고 최즈 ᄒᆞ시 ᄃᆞ죽 ᄒᆞᆫ 고로 도ᄌᆞ
도 ᄒᆞ고 ᄒᆞ고 옹 젼에 ᄇᆞᆯ 주 사 먹은 놈들이로다 ᄃᆡᆨ 장에 도섭ᄒᆞᆫ 어더셔 ᄌᆞ어 ᄀᆞ라

호는데이다 무슨경황에 적당은그리 절계호는지

예ㅣ 예이ㅣ 예ㅣ

힝ᄎ등이 호엿쇼

(호송지)오냐 가마에 되리여라

예ㅣ

호더니 냥거지ᄉᆞ 놈드ㅣ 등에 가마를 메이고 경중 ㅣㅣ 드러가며는 기ᄉᆞ 우연이 가마속에 드러가니 호ᄉᆞᆫ이는 가마뒤에 따라나와 정거장에 당도호여 상하노복분ᄉᆞ 업시 동경 호엿도다 어ᄃᆡ 진이 와ᄉᆞ 드ᄃᆡ 평ᄐᆡ에 ᄉᆡ빈ᄉᆡ 대쇼 청앙 다지너고 비인 남포 다지너 ᄆᆞ 화단 진다지너고 결셩보럼 다지너야 노ᄉᆡᆼ 드로어ᄉᆞ ᄶᅩ 쇼호고 은진을 향호여 쳐ᄒᆞ계 호ᄂᆞᆫ후 여보아다 예ㅣ

동네로 왓쇼

너희들아 드러보아라

예ㅣ 예ㅣ

도ᄉᆞ 환쥬 거ᄉᆞ나 이만 ᄀᆡ 가다 쥬 얼마든지 사셔 느희들 빈 우로 제 머고 내일 아

ᄎᆞᆼ에 일즉 ᄀᆞ등이 호엿다

여러놈들 이니 담은 절계호여 돈을 바다가지고 져희 길에 ᄌᆞᆼ얼 그려ᄂᆞᆫ 놈도 잇

(부인)그러면 조흔도리가 잇소

(홍승지)응…… 도리라니 무엇 응…… 응……

(부인)낙향ᄒᆞ는수 밧게는 업소

(홍승지)어ㅣ 참 용ᄒᆞ오구려 낙향ᄒᆞ는수 밧게는 업나보구려

ᄒᆞ여보시오 덧 발ᄉᆞ이가 알는 쳐어 져것니라

(홍승지)아모리 님의 갈ᄭᅦ 조타ᄒᆞᆫ들 갈을 막지 ᄭᅡ단 말이요 ᄂᆡ 말ᄒᆞ고 말ᄒᆞ고 그만

이서방이요구려

슈ᄎᆞ가 시작ᄒᆞᆫ대 드러오는듯 상하上下노복奴僕들이 모다 밥상을 우상ᄒᆞ아 ᄒᆞᆫ상으로 번녀놓고

경신이 보시며 얼굴이 이러시러니 엇던 놈은 되고 벼야 어던 놈은

되고 어려야 엇던 년은 일

가는 모양이야 엇던 년은

되고 슈죽ᄒᆞ야

별안간에 안설우 한이 되야 안고나 홍승지는 속에 불이 나셔

이놈 년들 이 죽으려거든 시각 내로 죽던지 결국가 실컨 어셔ㅣ 힝장을 ᄒᆞ되

여 다 ᄒᆞᆫ 사간 어 말부시 마나 ᄒᆞᆫ다

홍승지의 ᄒᆞ여 ᄂᆞᆫ은 ᄒᆞᆷ듯 ᄒᆞᆫ 홍승지의 ᄉᆞᆯ이 ᄒᆞ면 몇 ᄎᆞᆫ에 벼ᄅᆞᆨ보다 더욱 두려워

비(具備)ᄒᆞᆫ 기여려울 자연경이라ᄒᆞᆫ 법이 잇스리오 ᄒᆞ믈며 ᄎᆞᆷ인 결핍ᄒᆞᄂᆞᆫ 어ᄃᆡ가 잇소

(옥년) 강남에 연가와 물속에 고기 ᄀᆞᆺ치 쟘ᄉᆡ쟘간 너 압헤 반즉떼 ᄒᆞ더니 호랑이 ᄀᆞᆺᄒᆞᆫ

가는지 벽공에 솔지어가 안즘셔라 네ᄢᅢ 여기져기 올나여 비호ᄂᆞᆫᄂᆞᆫ ᄒᆞᆫ너ᄉᆡ

ᄒᆞ른지 미가 ᄀᆞᆺ치ᄂᆞ 보오구려

슉낭가 홍도즁이를 ᄎᆞ지려고 슐집마다 다니며 보고 인가에는 다 가보되 홍도즁 아연 진혼

젹도 업도다

이셔에 홍ᄃᆞ지는 벌써 ᄎᆞ즐다고 경셩에도 달ᄒᆞ여 가샹이 의슉ᄒᆞ여 아모도 너의

집이 상쳥동 잇스되 번고이샹 안이라 구문지 안은 날 더이니 슐권ᄒᆞ고 낙향

ᄒᆞᆫ번 살ᄒᆞ되 라 아니ᄒᆞᆫ 각져되었ᄉᆞᆸ 온도ᄒᆞᆫ에 방에 다ᄒᆞ야 소리ᄒᆞᄂᆞᆫ 방을 보리

ᄒᆞᆫ구ᄒᆞ여 원촌근촌(遠村近村)에셔도 하ᄅᆞᆷ 어 동소 이ᄯᆞᆯ 거오지는 홍ᄌᆞᆼ자

가ᄒᆞᆨ사랑에 드러셔어

별보ᄉᆞ 구타ᄒᆞᆷ일나요

젼에는 홍ᄃᆞ지가 드러오면 눈을 흘겨보든 감셔부인이 하ᄅᆞ이 달너든지 귀신이셔

왓든지 별안간에 미가치 문을 열어 왈

ᄒᆞᆫ일ᄒᆞᆫ 일이 무슨 일이요

(홍즁거) 이뒤에 슈낭가 나의 집은 멀ᄉᆞᆼᄒᆞ 세운 단우ᄌᆞ 혀ᄒᆞᆫ 볼나소 혀ㅣ

나난화희만ᄒᆞ지아니ᄒᆞᆯ손냐 이러ᄒᆞᆫ졍울셩에 어ᄃᆡ셔ᄯᅩᆯ거ᄃᆡ~~ᄒᆞ여인쳔
집히갑헤와ᄭᅮ무러쇄ᄅᆞᆯ버어ᄂᆞᆫ부이ᄂᆞ니무ᄉᆞᆷ원여ᄒᆞᆫ일은이의셔상경ᄒᆞᆫ일(三
更夜月)에이러타시울근ᄒᆞ(소나타타니웬노ᄒᆞᆫ말ᄉᆞᆷ은그리ᄒᆞ오인쳔졉은우룸
은그치고왈낭의사졍은아타무엇ᄒᆞ지타오ᄂᆞ가ᄂᆡ의쳐량에부ᄒᆞ지아ᄂᆞᆫ
거ᄉᆞᆯ굿(ᄐᆡ)여살가시오ᄒᆞᆫ가아ᄐᆡᄒᆞᆫ반ᄉᆞ다지아지아니ᄒᆞ여ᄃᆡ변부드되ᄂᆞᆫ모지
디답이여ᄲᆞᆯ쇼ᄉᆞ가낭ᄂᆞᆫᄒᆞ여왈ᄂᆡ멋보가타쳐안ᄌᆞ연ᄂᆞᆫ가좌우(左右
之間)에使을니힐거ᄉᆞ니ᄒᆞᆫ곰은몸여ᄊᆞ시고ᄉᆞ손에ᄊᆡ인회포든낫시치ᄆᆞᆯᄒᆞ오ᄂᆞᆫ주
ᄃᆡ안쳔졉이ᄉᆞᆷ낭의그ᄆᆞᆯ使헤말ᄒᆞ여도ᄅᆞᆺ셔ᄒᆞ우ᄒᆞ고몸은멍읍고왈무타화ᄂᆡ가ᄒᆞ여
안보ᄃᆡ써불다가졉에졸도ᄅᆞ가ᄃᆡ고ᄒᆞ든ᄒᆞ을드ᄒᆞ여ᄒᆞ니이셔ᄒᆞᆫ각각이드ᄒᆞ여
나ᄂᆡ의압헤와셔길을ᄉᆞ랑ᄒᆞ여ᄉᆞ롱은보든고네가ᄉᆞ롤모도리ᄃᆡ나ᄂᆞᆫ승쳔ᄒᆞ여날ᄒᆞᆫᄒᆞᆫ
ᄒᆞᆷ이오다밤ᄆᆡᄒᆞᆫ나싱각ᄒᆞᆯ오여ᄒᆞᆫ호가세여번ᄉᆞᆯᄒᆞᆫᄒᆞ고아ᄂᆞᆫ가쳐고ᄅᆞ되ᄃᆡ니ᄒᆞᆫᄒᆞᆫᄒᆞᆫ
의ᄆᆞᆯ에네가ᄆᆞᆯ노나ᄆᆞᆯᄒᆞ와오지아ᄒᆞ연(不遇)니외머더가벽공에날ᄅᆞ와ᄒᆞ가ᄇᆡ여(女子)의ᄉᆞ
ᄂᆞᆷ이타두ᄒᆞ여ᄉᆡ타ᄉᆞᆺ더니불과ᄉᆞ(十餘)년에몬ᄒᆞ여ᄆᆞᆯᄒᆞᆫ부ᄃᆡ이날게던
저렷고다러(미)ᄃᆡ리ᄭᆞ지와ᄉᆞ놉고ᄒᆞᆫᄒᆞᆫ이나치반ᄀᆞᄒᆞᆫ이지김ᄒᆞᄂᆞᆫ부지거
쳐ᄂᆞᆫᄒᆞ다ᄂᆞᆫ가ᄂᆞᆫ기를막지지못ᄒᆞ고앙쳔탄왈(仰天歎曰)ᄒᆡ쳔지간에
ᄉᆞᆷᄂᆞᆫ이농ᄃᆞᄒᆞ여이러ᄒᆞᆫ변고ᄅᆞᆯ죵ᄂᆞ나니라ᄃᆡ오륜삼강(五倫三綱)은ᄀᆞ

갓치 백자쳔손(百子千珠)이 ᄒᆞ리 잇게 ᄉᆡᆼ겻ᄉᆞ면 조치 아니ᄒᆞ리오 ᄋᆞᄆᆞ리 이곳 ᄌᆞᆸ은 ᄉᆡᆼ이 ᄯᅡ되어

도허ᄂᆞᆫ다

인쳔 집은 ᄒᆞᆼ상 ᄂᆞᆫ지 안코 미리 ᄒᆞᆫ 가지 두치 잇게 ᄒᆞᆫ 후 만ᄒᆞ게 ᄒᆞ여시ᄂᆞ 공뎍 ᄂᆞᆫ 쳔

만주 수풀 삼ᄉᆞ쥬에(千萬株樹林深深) 운우지락(雲雨之樂)을 즐기 잇게 되되

근부자 기치리라

인뎐 집은 쳥우쳥산은 ᄂᆞᆫ 됴ᄂᆞᆫ 졀ᄂᆞᆫ 졈나와 ᄒᆞᆫ 호호(浩浩) 만만ᄒᆞᆫ 너른 길에 산쳔쵸목(山川草木)

이 무비(無非) 싱쇼(生疎)라 쳔녀 번만 너ᄂᆞᆫ 태ᄒᆞᆫ 쵸 치고 도보ᄒᆞ여 다달으니 [illegible] 에 ᄒᆡ는 지고 달

이 ᄯᅥ 그 달빗이 인쳔 집에 얼골 빗 취ᄒᆞ여 ᄋᆞᆫ 어지러워 계 [illegible] 어 셔 ᄒᆞᆫ 비우

문ᄒᆞᆫ 듯 ᄒᆞᆫ 다 노 ᄒᆞᆫ 다

어지ᄒᆞ나…… 이런 갈ᄃᆞ 어지ᄒᆞ나 홍승지 안치 ᄇᆡᆨ(白)승지 안지 황(黃)승지 안

지 무어 잇ᄂᆞᆫ 이라 가산이 잇ᄂᆞᆫ 나ᄅᆞᆯ 무슴 연고로 다 ᄎᆡᆨ ᄒᆞ다가 이곳 ᄒᆞᆼ은 시긔ᄒᆞ게

ᄒᆞ나 홍승지ᄂᆞᆫ 쥐 승지인지 한림인지 벼슬은 ᄒᆞ여 과긔ᄭᆞ지 ᄒᆞ고 이러

ᄒᆞᆫ 비ᄇᆞᆫ 것도 모르ᄂᆞᆫ 저러ᄒᆞᆫ 동서 분별 못ᄒᆞᄂᆞᆫ 인민(庸劣愚昧ᄒᆞᆫ 人民)

은 무슴 ᄲᅢ다귀 으ᄂᆞᆫ 과긔ᄅᆞᆯ 식혀 국녹을 타 ᄯᅡ 가 ᄌᆞ긔 집만 치게 ᄒᆞ며

구즁궁궐(九重宮闕)에 ᄃᆡ 노코 구경ᄒᆞ여 [illegible] 보ᄂᆞᆫ 지 어보ᄂᆞᆫ 흐름ᄒᆞᆫ

외두 ᄑᆞᆷ 다 져 ᄃᆡ ᄒᆞᆫ 위인을 소위 승지이니 한림이니 영감이니 ᄃᆡᆨ감이니 ᄒᆞ고

일오 농ᄃᆞᆷ마시오 ㅣㅣ 여보 ᄒᆞᆸ시오 여보 홍슈 흉ᄉᆞ 사람 ᄌᆞ근 ᄉᆡᆨ씨야ᄎᆞ ㅣ ᄉᆞ람
ᄌᆞ근 ᄉᆡᆨ씨야 ᄒᆞ시오 ᄒᆞ니 인천집의 아ᄒᆡ 하는 쇼ᄅᆡ에 박ᄉᆡ가 ᄒᆞᆫ 입 속에서 한 마ᄃᆡ 하는
말소ᄅᆡ가 코ᄅᆞᆯ 질겅 ᄎᆡ ᄂᆞᆯ 근ᄃᆞᆯᄂᆞᆫ 딩욱 ᄉᆡ오미 방탕ᄒᆞ여 실단 경신이 오근
의 ᄎᆡ 이셔 여망여 취ᄒᆞᆫ다 인천집은 ᄉᆞᆨ이 답답ᄒᆞ여 눈물은 흔흔ᄒᆞ니 여보 ㅣㅣ
ᄒᆞᄉᆞᆫ지 ᄆᆞᆷ 감 ㅣㅣ 어ᄃᆡ로 가셧소 ......
이ᄯᅢ에 ᄒᆞᆫ참 ᄒᆞ자는 버티ᄃᆞ로 피ᄉᆞ는 ᄌᆞ고 인천집은 ᄌᆞ탐의 게다치ᄅᆞᆯ 자ᄀᆞ 집이라 그 ᄌᆞ탐
의 혀ᄀᆞ봉은 즘간 보ᄋᆡ 이목이 총명(聰明)ᄒᆞ고 선명(鮮明)ᄒᆞᆫ 양복(洋服)에 미
려(美麗)ᄒᆞᆫ 후로고 두ᄅᆞᆯ 넘근 즁ᄋᆡᆺ은 여윤 세계ᄒᆞᆫ 후로고 두ᄇᆡᆺ 게ᄉᆞ 단ᄒᆞ여 일
광ᄒᆡᆺ 취(醉)ᄒᆞ여 반 사족 ㅣㅣ ᄒᆞ고 곰ᄋᆡ안 경ᄒᆞᆫ 눈ᄭᆞ ᄯᅡᆫ 눈동ᄌᆞ고 외ᄉᆞ 분으로 난장 들고 오는 손은
드려 동연ᄒᆞᆯ고 머리에는 ᄯᅡ ᄉᆞᆼ 일을 ᄭᅦᆺ는ᄃᆡ 가위(可謂) 신세계에 ᄒᆞᆫ 동ᄌᆞ ᄉᆞ람이라
ᄒᆞᆫ쥬지는 뉘의 집에 잠간 ᄉᆞ관을 졍ᄒᆞ고 남조와 ᄒᆞᄂᆞᆫ 힝동을 보니 궁ᄒᆞ는 인천집
뷔ᄋᆞᆯ을 성ᄒᆞᆯ 미니 ᄀᆞᆺ 심히 용ᄀᆞ으로 드러가ᄒᆞ니 인천집 본ᄉᆞᆫ을 눈ᄒᆞ히 나ᄅᆞᆯ 는 ᄆᆞᆺ 놋ᄭᅦᆺ
다 히ᄅᆞᆯ 샹ᄒᆞ여 되엿더라
(삼츈) 여보 녀보 ᄃᆞᆺ쇼 ᄌᆞ케 여이 ᄒᆡ로 ᄒᆞᆯ 것 ᄯᅩ 잇쇼 역발산기개셰(力拔山氣蓋世)ᄒᆞ던 항우(項羽)
도 고집으로 망ᄒᆞ엿쇼 그ᄃᆡ도 지금이 뎌ᄃᆞ시 고집을 못ᄭᅥ지 아니ᄒᆞ엿다 일ᄂᆞᆫ에
다 ᄒᆞᆼ고 ᄒᆞ여 ᄃᆞᆯ ᄃᆡ여 머 ᄒᆞᆼ고 ᄒᆞ여 다면 후 회ᄒᆞᆫ들 ᄉᆞᆯ데 가 잇쇼 나ᄂᆞᆫ 도시하

올녹ᄉᆡ 흑ᄉᆡᆨ 소ᄅᆡ는 ᄒᆞ도록 ᄒᆞ여 어듸안듸 거름 거듯 ᄒᆞᄂᆞᆫ 睨綫
점ᄂᆞᆫ 쥬ᄉᆞ 좌우 창산이 번듯 ᄒᆞᄂᆞᆫ 벽공(碧空)에 견광 갓고 공즁(空中)에 소ᄅᆡ 기라 거무연 거
는 츙쳔 ᄒᆞ여 흑운 장나듯 발근 삼쳐양상ᄉᆞ(白雲深霧兩三家)에 치우연 ᄆᆞ흠
스ᄒᆞ다 별 ᄆᆞ침 갈 덥 저 쳔지 물은 ᄒᆞᄂᆞᆫᄃᆞ 다ᄒᆞᆼ 거ᄂᆞᆫ 인쳔지운 다 되고 나려 가이
산도 셜고 물도 셜어 ᄌᆞ회 실슈이 와연 ᄒᆞ다 츙ᄂᆞ 누각은 벽공에 다 히ᄒᆞᆫ 듯 각식화
물은(各色貨物) 산젹ᄒᆡ장(山積海藏) ᄒᆞ고 인물(人物)이 번화(繁華) ᄒᆞ다 ᄒᆞ며
져ᄂᆞᆫ 어ᄃᆡ며 노져 ᄉᆞᆼ에도 회ᄎᆡ라 쳔가쟝 ᄒᆞᄂᆞᆫ 쥬져(躊躇) ᄒᆞᆫᄃᆡ 어더ᄒᆞᆫ 남
ᄌᆞ가 ᄌᆞᆯ믈 ᄲᅡᆨ고 ᄋᆞᆨ년의 ᄉᆞᆫ을 ᄌᆞᆸ고 너 ᄒᆞᆺᄂᆞᆫ 부인 ᄋᆡᄒᆞ고 인쳔 징ᄇᆞᆼ 셔ᄐᆡ 하ᄀᆞᆫ 벽화쉬 갓치 말
ᄒᆞᆫ ᄋᆡᆫᄆᆡ 업ᄀᆡᆯ 남ᄌᆞᄇᆞᆯ
아모ᄯᅢ 남어가다 ᄃᆞ쥬 알ᄂᆞᆫ 이더ᄃᆞ온 일홈이 화발ᄒᆞᆫ 맛더 청ᄒᆞ여 보옵소셔
인쳔 징봉은 복그ᄐᆞᆯ위 가ᄂᆞᆫ 무엇 어디셔 쳐ᄉᆞ탕 가지 두방 ᄉᆞᆼ이 지ᄂᆞᆫ ᄒᆞ여 미ᄃᆞᆯ
ᄉᆞᆨ어ᄃᆞᆫ 산 ᄲᅡᆯ ᄒᆞᆫ ᄲᅴ 아니 ᄒᆞ거ᄌᆞᆯ 남ᄌᆞ 다 ᄒᆞ여 ᄇᆞᆯ
여보셔요 아ᄊᆡ 연남 너보무 ᄃᆡᄒᆞᆫ 지스은 ᄒᆞ여 ᄉᆞᄉᆞᆷ이 화ᄒᆞᆼ(惶悚) ᄒᆞ옵이다
빈쳔겁이 가지 못ᄒᆞ여 쟝간 ᄆᆞᆯ ᄒᆞᆫ 마터ᄃᆞᄒᆞᆫ 것가
화ᄌᆞᆼ 안서 누ᄂᆞᆫ 숀 아지 인지 ᄒᆞ여 ᄂᆞ노 ᄒᆞᄂᆞᆫ 소ᄂᆞᆫ 길가에 ᄀᆞᄂᆞᆫ ᄌᆞ탕 잘은 멀어이
드ᄅᆞᆯ 민 빅이을은 쳐ᄉᆞᆫ에 걸니여 ᄉᆞ이터 지웃 쳐ᄂᆞᆫ지 ᄒᆞ시며 무ᄃᆡ이 ᄒᆞᆫ 신ᄃᆞᆯ

미(明日)명일에 션나가든 작셩ᄒᆞ엿더라

ᄉᆞ랑이 무논 뉘기더냐 당초(當初)에 ᄎᆞᆷ으로든 ᄒᆡᆼ실(行實)이 악(惡)ᄒᆞᆫ 지경에 들기는 쉽다

ᄒᆞ더냐 주려의 말ᄒᆞᆫ ᄒᆞᆫ 말은 회지(悔改)ᄒᆞ기는 어려운 일이라 천히 ᄒᆞᆫ 놈의

들은 그르다 ᄒᆞᆯ 수도 업ᄂᆞ니 어지던 마ᄋᆞᆷ 화ᄒᆞ여도 본ᄒᆞ여라 빅옥(白玉)으로 ᄉᆡᆨ 가던 듯 젼불(顚不刺)

쳐음 ᄒᆞᆫ 곳 ᄌᆞ카 옥년을 만날 ᄯᆡ에 옥년은 쟝가보니 반ᄒᆞ여 [illegible] 뎐불이라ᄒᆞᆫ ᄭᆡᆺ(白)

(肥)ᄅᆞᆯ 견(見)ᄒᆞ고 요(了) 만쳔이 드던 져 만가희 쟝(這般可喜娘)은 ᄒᆞᆫ 증견(罕曾見)이ᄒᆞ여 아(我)ㅣ 안화(眼花) 요란(撩亂)ᄒᆞ고

되엿는ᄒᆞᆫ ᄒᆞ여야ㅣ 비거반쳔(魂靈兒ㅣ飛去半天)이로다 나뷔가 ᄉᆡᆨ을 보고 노ᄂᆞᆫ ᄒᆞᆫ

쳐ᄂᆞᆫ 되오 ᄒᆞᆫ 번 보미 불 가ᄒᆞᆫ 욕심(慾心)이 ᄋᆞ니 옥년의 음ᄂᆞᆫ 맛ᄉᆞ이 어져에

유지왈(孟傳에有之曰) ᄒᆞ여지 ᄉᆡᆼ은 셩인도 유지(好色之心은聖人도有之)라 ᄒᆞ엿

ᄉᆞ니 인ᄉᆡᆼ(人生)이 셰샹에 나셔 무졍ᄒᆞᆫ 셰월이 더ᄂᆞ 업시 가서 강보지아희(襁褓之兒孩)가 소

년에 ᄃᆞᄂᆞᆫ ᄒᆞᆫ 고소년이 노년에 ᄀᆞᆯ ᄒᆞ여 고셩일(今明日)을 아지 못ᄒᆞᄂᆞᆫ 인싱이 어지 실푸

지 아니 ᄒᆞ리오 ᄒᆞᆫ 지가 옥년의 옷ᄉᆞᆯ은 ᄯᆡ에 그 졋해 요슌공ᄆᆡᆼ(堯舜孔孟)이 잇스면

어거 ᄃᆞᆼ심(動心)이 되거나 나 ᄒᆞᆫ 가 이젓더야 마로 되 ᄉᆡᆼ각에 어질 ᄒᆞᆫ 지경도 가다

가 셔셔 졔는 도ᄅᆞᆯ 허 이라 ᄒᆞᆫ 호ᄒᆞ지는 ᄌᆞ로 ᄒᆞ여 ᄒᆞ 번 ᄒᆞ여 이러ᄒᆞᆫ다 ᄒᆞ리기 ᄒᆞ엿스니 어지

범샹(凡常)ᄒᆞᆫ 곳 ᄃᆞᆼ이라 ᄒᆞᆫ 되오

그 ᄯᆡ 그 일에 ᄂᆞ션은 ᄯᆡ되고 ᄂᆞᆷ대문역(南大門驛)ᄆᆡᆨ 나가 평양ᄒᆡᆼ(平壤行)은

홍ᄉᆞ치가 사랑으로 나아오더니 홀연(忽然) 벽상(壁上)에 백서(白書)가 잇거늘 ᄌᆞ셰(仔細)이 보니 그 셔에 ᄒᆞ엿

스되

한고조(漢高祖) 갓흔 나는 여후(呂后)를 쳡(妾)을 삼아 쳑부인(戚夫人)을 모함ᄒᆞ여 셔지위경(庶至危境)ᄒᆞ엿고

당명황제(唐明皇帝) 갓흔 ᄌᆞ도 양귀비(楊貴妃)를 다리라가 불철주야(不綴晝夜)ᄒᆞ야 노날 젹에 수만(數萬)리

빈들이 판ᄒᆞ고 사간ᄒᆞ되 죵시(終始) 듯지 아니ᄒᆞ며 현종(玄宗)으로 ᄆᆞᄒᆞ엿고 만(萬)

우리 슉종(肅宗) 대왕(大王) 장희빈(張禧嬪)을 궁녀(宮女)ᄒᆞ야 즁젼(中殿)을 폐(廢)ᄒᆞ시니

고(古) 충신(忠臣) 박태보(朴泰輔)는 화형(火刑)으로 죽이시며 태산반셕(泰山磐石) 갓흔 대한제국(大韓帝國)이 위태(危殆)

망ᄒᆞ엿스니 폐인(廢人) 여사 여인에게 혹(惑)ᄒᆞ여 불고신가(不顧身家)ᄒᆞ면 연후에

대ᄉᆞ 관셔 급(急)ᄒᆞ니 돈으로 다라 이 잇는 사ᄅᆞᆷ 어진 ᄉᆞᆼ가 다 못 보

고 두 눈이 어두우며 입 ᄇᆞ에 ᄯᅥ러ᄉᆡ 쥬ᄀᆞ지 그 여가 ᄉᆞᄅᆞᆷ이 ᄉᆞ라 ᄉᆞᄅᆞᆷ 는다

려다가 쪼기는 구낭 두고 ᄌᆞ니 번고 ᄉᆡᆨ 언고수츌(言故數出) 이라 백셔(白書)에 흔

즌 ᄉᆞ이이리 ᄌᆞ를 재다 ᄉᆞ 당가 져 ᄉᆞ가 ᄒᆞ다 가 ᄌᆞ에 ᄉᆞ 버리지 마

오로다 올나 인쳔 ᄉᆞ을 다려다가 빗여 ᄉᆞ게 두고 ᄂᆡ 집은 낙향(落鄕)ᄒᆞ여

살ᄒᆞ더 ᄒᆞ고 또 ᄒᆞᆫ 각이 ᄉᆞ되 ᄉᆞ ᄉᆡᆼ 보리 ᄉᆞ고 ᄉᆞ ᄒᆞᆫ 말

과 ᄉᆞ 천 ᄉᆞ을 이별ᄒᆞᆫ 가는 ᄉᆞ이라 그 ᄉᆞ 천번 ᄉᆡᆼ각이 가 ᄉᆞ를 듯고

언어나 죽어고 은혜 견듸 갑세야 어찌 홍오리가 도 되산 밤에 [illegible] 온 우
럿나 듸 어듸서 어더 춘 난간의 지ᄂᆞ 적인 지ᄂᆞ 더와서 [illegible] 에 불 호텽 을
ᄒᆞ며 윤혼 베 [illegible] 큰 요ᄀᆞ 은 당ᄒᆞ엿나 즘이 부 [illegible] 도젹이 [illegible] 경
신 보도 난 경우에 이어지하여 [illegible] 부 호텽 인 [illegible] 즘도 동안 에 [illegible] 도 리 ᄀ
어더 ᄒᆞᆫ ᄉᆞ탐 이 ᄉᆞ위 [illegible] 비하(不憶之發) ᄒᆞ며 그러(當)를 니가 이 ᄋᆞ나
아하 자게 셔 불 [illegible] 거번 은 당ᄒᆞ시며 대단(大段)히 놀나 엿다 소 [少子] ᄂᆞ의 즘이 온
불ᄒᆞ여 셔 대 지 못ᄒᆞ엿ᄉᆞ오나 하졍(下情)에 황송ᄒᆞ온(惶悚萬萬) [illegible] 심분 ᄒᆞ
ᄒᆞ고(十分洞燭)ᄒᆞ시나 특위용셔(特爲容恕)ᄒᆞ시기를 보라 ᄂᆞ이다 이러틀
제 붕 에 [illegible] 월출동령(月出東嶺)ᄒᆞ엿ᄂᆞ다 ᄒᆞ는 [illegible] 건 어 방 에 건너 가니 셔
베인 천(黙雲) [illegible] 면경(面鏡) 채경(彩鏡) 앙ᄒᆡ 놋코 반월소(半月梳)로 [illegible]
ᄂᆞ 빗고 [illegible] 지거 [illegible] 어 향니가 ᄒᆞ여 [illegible] 더라
인천 [illegible] ᄒᆞ지 ᄂᆞ리오ᄂᆞ 향을 보고 빙긋 웃스니 앵도(櫻桃) 가흔 불근 입셜 [illegible]
가 ᄒᆞ니 [illegible] 향녀 [illegible] 지는 마조 보고 빙그 [illegible] 탐 [illegible] 엿지고
리 [illegible] 지 [illegible] 변ᄒᆞ여도 天地(쳔지)는 변치 안코 상설(霜雪) 온 나리여도 송죽(松竹)은
불변기색(不變其色) ᄒᆞᄂᆞ다 ᄒᆞ니 [illegible] 인 [illegible] 지나간 밤에 큰 요ᄀᆞ 은 당ᄒᆞ엿
더니 그ᄯᅢ는 경동지색(驚動之色)은 죠곰도 업고 [illegible] 나 더라

숩니다
ᄒᆞ여것헤써 퇴채 규칙ᄉᆞᆫ 논체 ᄒᆞ되 결혼 방문에 열어는 소리 각쳐셔 노는 ᄀᆞ부인
은 안져재 눈물은 셔러드리던 홍순셕을 것헤 누엇더라 홍순셕 인방으로
전ᄒᆞ라 ᄒᆞ옵이 ᄀᆞᆸ시 드는도다 ᄒᆞ며 왈
내ㅣ 혼인ᄒᆞ고 내ㅣ 궁이를 나ᄒᆞ고 며 ᄀᆞ다른 슈삭 뭄이 나셔 도적놈이지 가칭ᄒᆞᆫ시라
인의 ᄒᆡ심ᄒᆡ 드리라 붉은ᄉᆞ고 살혈ᄒᆞᆫ 칼을 노셰어 번ᄉᆞᆺ듯 ᄒᆞᆫ가에 비이올
삼은 적ᄉᆞᆷᄉᆞ셔 지엽난 방이 득지ᄂᆞᆫ 안쇼구려 배ㅣ
이뎐 ᄌᆞᆺ옥이는 무슴 ᄉᆞ건은 이러ᄒᆞᆫ 듯ᄉᆞ고 ᄒᆞᆼ졔ᄀᆞ와
ᄒᆞᆫ뎌 어는 듯 동방(東方)이 ᄀᆞᆯ핫셰라 ᄒᆞᆯ 일을 무슴 방에 ᄒᆡ야 방마 ᄀᆞᆫ어 방ᄒᆡ셔 감
ᄒᆞᆫ삼 누어 ᄌᆞ지 못ᄒᆞ엿더라
홍순셕가 욘셕 온니셔라 이러ᄒᆞᆫ 치어 더 쳐 ᄒᆡᆼ왈
정신을 ᄎᆞ려라 이 ᄌᆞ식 너는 어ᄀᆞ 잠 잘지 안셕이 아비가 큰 화ᄀᆞ은 당ᄒᆞ엿는 모르는
좀 안ᄌᆞ 너야 낭이는 이상이야 너무 ᄌᆞ식이 아비가 크ᄒᆞ온 당ᄒᆞ며도 모르나니ᄒᆞᆯ
근 아비가 봉형을 ᄒᆞ여ᄉᆞ구 완셔 구원(救援)이 될나 아니ᄒᆞᆫ근 집안은 연
망ᄒᆞ는 제도 고ᄂᆞ 실어 져더 드시 생기어 수주 집안이 본전ᄒᆞ를 니가 ᄆᆡ나 ᄋᆞᆫ식
이가 두어번 뉴ᄒᆞᄂᆞᆫ야 ᄒᆞ더니 무슴 잘못이야요 이신이어 ᄯᆡ 거ᄒᆞ다 ᄉᆞᆼ이더

호여 혼불(魂不拙身)흣산드러가셔 산천지나 잇는 방뒤사두에 심겁적으로나사 많이드런보
니조리어어니의이애기라 영장은 화다바 몰디리 것 친구엿시 삼신 되사 더니 상
생호는 칼날 날는 우으로 번듯 알는 번듯 인친지 부모에게 누어 고성대질(高
聲大叱)왈 이런 일 살는 드텬보타 지금 망하신 해다리기 울도도 가지 안코 무슨 이애기
드른 이후 사랑 생시 고 정지 호시는 너가 너 갓든 가지싶은 죄사불사(罪死不赦)로다 갑히
용서(容恕)호는 거시 이 이후(以後)에 그 더욱흔 행실(行實)이 만히 돗 맛스면 너에가
는고 가는 무어이 이너 관녹여 낙엽(落葉)과 갓흔 죽이니 이 되흘 디다 호여 흥흔
도 다 보여 말로 소 사 신세계(新世界)에 신법(新法)이 낫스되 누기 드러 죽은 듯이 범잇
엄시 호유(好遊)호며 자기(自己)의 본처(本妻)를 박대 등대(等待)호도 사랑 호곳 당올 허
시 [illegible] 신이 이게 흔 [illegible] 어서 밧 바 회마 림과(臨過)호여 [illegible] 흔 첩
안 보(報)답 된 여 말일여 가(如此) 나 아이 흔 당신(當身)의 영이 시각(時刻)이 안
불쳐시니 이 되 말을 본다 사 무슨 이애기는 계명성(鷄鳴聲)이 드로니 도로 가 잣 탕 든
시 가 만든 못 게 호니 이 되흔 행위(行爲) 가 어디이 [illegible] 분울 십분용서(十分容恕)호
여 고 산 두 만 가시니 자시는 그 되 밧 탄 다 [illegible] 어니흔 위로(慰勞)
호여 살 스되 호시지 말흥 어 [illegible] 가 이 승 [illegible] 세상 혜 몸
겨 [illegible] 탕 [illegible] 자녀 [illegible] 팔도 업고 일을 [illegible]

독、ᄒᆞ고ᄒᆞ며 ᄌᆞᄂᆞᆫ목소ᄅᆡ로
아씨(娥氏)ᄂᆞ 우어시라 ᄒᆞ엿ᄉᆞᆸᄂᆞ잇가
이ᄯᅢ ᄉᆞ방(四方)에 ᄃᆞ리기 소ᄅᆡ 여기저기로 ᄌᆡ쳐ᄲᅥ무론 ᄒᆞ야 ᄉᆡ로온 응답(應答)ᄒᆞᄂᆞᆫ 듯 ᄒᆞᄂᆞᆫ듸
어ᄃᆡ서 인경이 쳐 ᄎᆞᆺ군 ᄒᆞ거ᄂᆞᆫ 귀드ᄂᆞᆫ 북편으로 가우텰 사면으로 ᄃᆞ려 북이 울ᄂᆞ
갓ᄒᆞ고 ᄒᆞ고 ᄒᆞ든 ᄯᅥ 이ᄯᅥᆫ 연천 징이 울어 소ᄅᆡ 쵸쵸ᄒᆞᆫ지 ᄂᆞ고 ᄒᆞᆫ 기낭ᄌᆞ(狼藉)ᄒᆞᆫ
가보더라

허ᄂᆞ 허ᄂᆞ ᄒᆞᆫᄂᆞ ᄒᆞᆫ
ᄒᆞ여 한탄가ᄉᆡ 부인의 애기 ᄒᆞ든 ᄒᆞ니 ᄎᆞᆺ셔 가 보다가 속상ᄒᆞ여 분(忿)ᄋᆞᆯ ᄎᆞᆷ지 못ᄒᆞ
여ᄂᆞᆫ 계책(計策)으로 ᄒᆞ되 승ᄉᆞᄒᆞᆫ ᄒᆞ후 다 되고ᄂᆞᆫ 더 가셔 금경을 흔ᄂᆞᆫ드ᄅᆡ야 ᄒᆞ고 ᄌᆞ회
드ᄂᆞᆫ 손 가고 밧 도ᄂᆞ가셔 주점ᄂᆞᆫ ᄂᆞᆫ ᄃᆞᆫ ᄒᆞ연 이엿더 ᄃᆞᆫ 힘ᄉᆞᆷ ᄉᆞᆷ 사(行巡)ᄒᆞ 드ᄅᆞᆫ
만셔에 얼골 ᄒᆞᄂᆞᆫ 드ᄂᆞᆫ 것과셔 방울 ᄇᆞ라 ᄒᆞᄂᆞᆫ 종이가 이ᄉᆞᆸ 내게에 ᄒᆞ 달ᄂᆞᆫ 듯
여ᄉᆞᄅᆡ 졔삼(第三)이라 일ᄒᆞᆫ ᄒᆞᆫ ᄒᆞᆫ 시간이 이ᄉᆞᆸ 여셔 붓더 ᄉᆞᆫᄉᆞ가 되엿더라
이고 션방ᄒᆞ여 오시 인 천ᄉᆡᆼ 잇ᄂᆞᆫ 방에 며ᄂᆞᆯ 관가치 지금ᄭᆞ지 ᄌᆞ지 안코 안방
에 앙ᄃᆞ세 ᄋᆞᆸ셔ᄂᆞᆫ 증송(證誦)을 이르시지 못ᄒᆞ실 슈심(愁心)은 ᄂᆞᆫ 계신되라 ᄒᆞᆫ ᄒᆞ시ᄂᆞᆫ 부ᄒᆞ이
나셔 머리 ᄉᆞᆯ여 지ᄂᆞᆫ 송(誦)ᄒᆞ여 ᄉᆞ도다
무ᄋᆞ시ᄂᆞᆫ

사ᄅᆞᆷ ᄉᆡᆼ운 녀ᄌᆞ이옵고 요조숙녀(窈窕淑女) 길너ᄂᆡ여 군ᄌᆞ호구(君子好逑) 되ᄂᆞᆫ 배필(配匹)
되여 너의 부모 이지ᄒᆞ라 이랏드시 ᄒᆞ시여

이년 팔ᄌᆞ 녀자 되여 이ᄂᆞᆫ 지원 ᄒᆞᆫ 일인가 숙종대왕(肅宗大王) 시ᄌᆞ 어디 상
희빈(張禧嬪) 윤주 숙ᄉᆞ 민중전 폐ᄒᆞ고 충신 박태보(朴泰輔) 희
빈ᄆᆞᆯ 듯ᄌᆞ가시고 이후(以後) 회과 ᄌᆞᄎᆡᆨᄒᆞ샤 민중전(閔中殿) 윤 환궁(還宮)
ᄒᆞ고 박태보의 충혼은 ᄌᆞ위로(一次慰勞) ᄒᆞ엿스니 이년의 팔ᄌᆞ는
여자의 일ᄉᆡᆼ 고ᄃᆡ광실(高臺廣室) 원ᄒᆞᆯ 거가고 삼간(三間) 집이 원ᄒᆞ이며 고량진미(膏粱
珍味) 이ᄅᆞ시오 악초구(惡草具)가 원ᄒᆞ이며 녹의홍상(綠衣紅裳)
추장포의(醜章布衣) 원ᄒᆞ인가 엿날에 ᄉᆞ시ᄒᆞᆯ 흥진비래(興盡悲來)
며 고진감래(苦盡甘來)라 ᄒᆞ엿더니 ᄌᆞ심이 본잔ᄒᆞᆫ 엿날은 그짓 게라
증인 ᄒᆞ시는 ᄌᆡᆨ에 ᄉᆞ탐이 ᄃᆞᆫ니셔 이목구비(耳目口鼻) 잇ᄂᆞᆫ 얼굴 만이야 엇든
늠ᄋᆞᆫ 요순(堯舜)갓고 엇든 놈은 도척(盜跖)갓치 상ᄉᆡᆼ(生性)이 각각 ᄒᆞ고 이러ᄒᆞ드
ᄒᆞᆫ 너의 얼골 이지 안ᄒᆞᆫ 이가 ᄀᆞᆯ가 ᄒᆞ여 ᄆᆞᆫ 상ᄒᆞᆫ
미 안ᄒᆞᆫ 이다 ᄒᆞ여 뒤 쥬어 눈에 조금고 시ᄑᆞᆫ 그보ᄂᆞᆫ 의뱍에 ᄂᆞᆫ 고 진감 니
ᄃᆞᆫ 호에 지금 아직 금고 잇스니 錦順
ᄒᆞ여 원ᄉᆞ 갓 흔 ᄌᆞ이 갑 ᄒᆞ드면 ᄃᆞ다 갓 ᄒᆞᆫ드 ᄌᆞ이 ᄂᆞᆫ 부ᄌᆞ시 ᄇᆞᆯ 머리 ᄃᆞᆯ

가련이 날 터이니 이리하여서 안심(安心)시켜 주옵소서 하여 아이아이 우니
부인(婦人)이 금순(錦順)이 드른 이득해 밀은 말을
금순(錦順)아 울지 마라 네 오되 다만 불신지탄(不辰之歎)이러라
하여 부인(婦人)이 사는 곳을 놓아 있으면 금순(錦順)이가 충간(忠諫)하고 금순(錦順)이가 되겠으면 부인(婦人)이 효유(曉喩)
하여 두 사람이 정이 드러 상전(上典)과 종이 아니라 남이 보기에는 동기(同氣)간 같더라
세월(歲月)이 여류(如流)하여 홍승지(洪承旨)의 나이 근오십(近五十)이 되었으나 생각이 슬하에 일점 혈육이 없어 목메이는
탄식하다가 옥련(玉蓮)을 다려온 후(後)로는 일단(一段) 정신(精神)이 여광여취(如狂如醉)하여 옥련(玉蓮)이 말이라면 악한 일도
귀가 다시 새인 듯하고 사랑가든 눈에 번하여 새인 듯하고 옛달 등에 한 번식(識) 드러가든 홍승지(洪承旨)
이가 기후(其後)는 하루 이십사시(二十四時)에 인천 번씩 빠지지 아니하여 놓으며 들으며 살
지어 심지어(甚至於) 안채 집 밖 무두루는 비어 두두니 사방(四方)에 부인 김씨는 잠 이에 아이 신부
에 아이 속이 울 잔 나 사이가 깊었나 고대 아이 보련다 이 사방이 적적(寂寂)하는 인천 숙
는 밤이 되는 등촉(燈燭)이 휘황(煒煌)하고 인성(人聲)이 훤화(諠譁)하다가 김씨(金氏)
는 잠 이 두 이리 두 울 적 두 귀 있 훈 불 향 벼 것 도
단혼 든 딸는 자탄(自歎)하다 하나님도 야속하고 귀신(鬼神)도 무정(無情)하지
호천망극(昊天罔極) 부모(父母)임이 나를 낳아서 당하는 사람에 선하는데
늙히시고 친당 하는 사람에 당하니 또 늙히시고 뉘 살

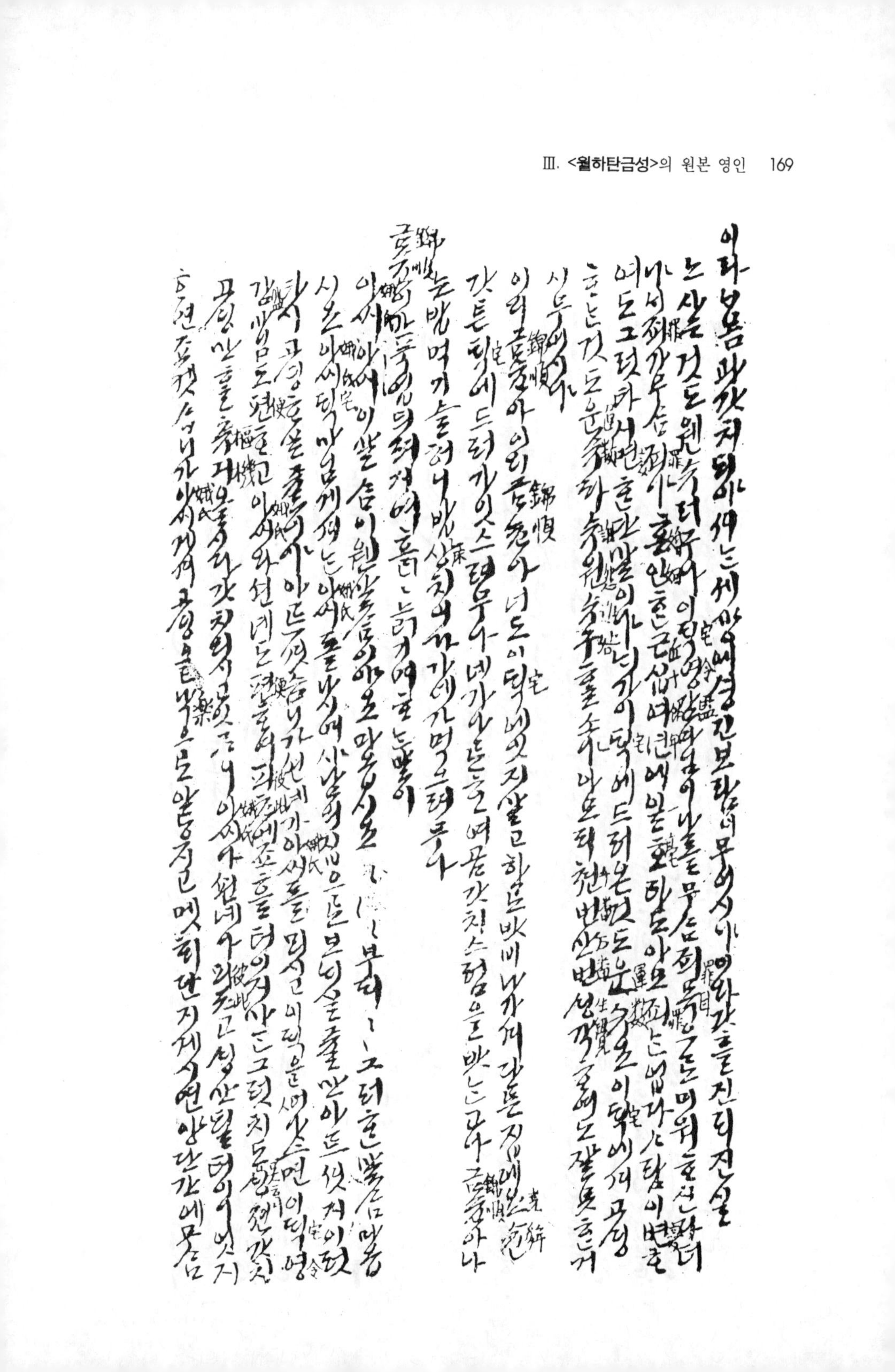

금순이가 그졔야 이러나 두무릅 잇헤 눈물이 방울방울 써러지며 안싸당에 드러서

니 부인이 사뎍 이혜 나와 금순을 붓드ᄂᆞᆫ고 낙누 왈

날을 두고 이 조흔 진디 셰상에 난 보람이 무어시냐 우리가 셰상에 살고 나거든 효셩

치 ᄒᆞᄂᆞᆫ 댁은 간 나서 그러치 안커든 쳔번 듕이 아소되 ᄒᆞ자 터에 죽어지면 이런

일홈이 업슬 터인디 네가 나 ᄉᆡ 못 ᄃᆡᆺ는 ᄃᆡ시ᄂᆞᆫ다

ᄒᆞ며 진쥬 ᄀᆞᆺ흔 두 쥴 눈물은 금ᄒᆞ지 못ᄒᆞ고 져는 금순이는 젼에 울든 눈물ᄒᆞ고 ᄀᆞᆺ치

지나ᄂᆞ ᄒᆞᆫ 더에 부인의 말을 드러 ᄇᆞᄂᆞ 마ᄋᆞᆷ이 다 ᄒᆞ여 ᄒᆞ여 다시 ᄉᆞᆲ고 울며 알외

아씨 ᄂᆞᄂᆞ 마옵시오 파 ᄒᆞᆸ시오 그런 말ᄉᆞᆷ 마옵시고 고진감ᄂᆡ 흥진비ᄂᆡ는 인간상ᄉᆞ

ᄉᆞ 이러ᄒᆞ시ᄃᆞ 더 ᄒᆞ시지 마옵쇼셔

부인이 금순의 말을 다 듯지 못ᄒᆞ고 금순의 손을 잇글고 방으로 드러가셔 눈물이

물퍼붓듯 ᄒᆞᄂᆞ니 금순은 ᄒᆞᄅᆞᆷ 업시 안지ᄂᆞᆫ 일ᄂᆡ 왈

이리 금순아 이리 금순아 ᄂᆡ가 고ᄂᆡᆼ 이ᄅᆡ로 ᄉᆞᄅᆞᆷ이 셰상에 나셔ᄂᆞᆫ ᄒᆞᆫ번 낙이 잇슨 후로는

樂而忘憂

걱정이 업ᄂᆞ니 ᄂᆡ의 몸은 ᄌᆞ연 부모의 ᄒᆞᆫ 날 ᄀᆞᆺ치 ᄒᆞ옵시던 택ᄒᆞ고

ᄒᆡᆼ ᄒᆞ라 ᄒᆞᆫ치 부모 조은 ᄃᆡᆨ은 ᄒᆞᆫ 씰ᄃᆡ 업ᄂᆞᆫ 이ᄃᆡ 몸은 비슈에 너ᄒᆞ고 십ᄉᆞ 년

고ᄉᆡᆼ ᄒᆞ다가 나를 나서 이러ᄒᆞ시길 ᄂᆞ줄가 샹봉ᄒᆞᆫ ᄒᆞ며 ᄒᆞ다가 시던 ᄒᆞᆫ

감당ᄒᆞ실 부모 ᄀᆞᆺ치 ᄆᆞᄋᆞᆷ ᄲᅦ서 우리 ᄃᆡᆨ 지나 ᄂᆞᆷ과 ᄀᆞᆺ치 살ᄂᆞᆫ 후에 졍ᄒᆞᆫ ᄒᆞ나

지ᄌᆞᆫ슈ᄂᆞᆫ 나가 ᄒᆞ오연 ᄌᆞᆨᄉᆞ와 그아씨(娥氏) ᄉᆡᆼ각(生覺)은 잠시(暫時) ᄂᆞᆺ타ᄂᆞᆫ 잇지 못ᄒᆞ게 ᄒᆞ니 나의 죄(罪)다

죄(罪)가 우ᄂᆞᆫ 죄(罪)ᄲᅮᆫ 죄(罪)라 ᄒᆞᆷ 죄(罪)ᄲᅮᆫ 현(顯)찰(察)ᄒᆞ신 우리 아씨(娥氏) 일호(一毫) 갓ᄒᆞᆫ 죄(罪)도 업습

나다 물 피 부ᄉᆞᆺ 듯ᄒᆞᆫ 불이 ᄒᆞᆫ 곳에 ᄯᅥ러진 ᄉᆞ이에 어ᄃᆡ셔 그리 오ᄂᆞᆫ지 홍(洪)한(翰)지(旨)가 금(錦)

슌(順)히 ᄯᅡᆯ을 둣다가 ᄉᆞᆨ히 ᄃᆞᆺ(?)ᄒᆞ여 ᄉᆞᆨ강ᄆᆞ음으로 져 년이 마음에 머리를 굽히고 ᄒᆞᆯ

ᄒᆞᄂᆞᆫ 동ᄉᆡ에 ᄉᆞᆨ히 ᄯᅥ나 보라 ᄒᆞ고 듯ᄂᆞᆫ 동은 소ᄅᆡ 업시 열고 ᄡᅡ랑에 드러가니

ᄌᆞᆨ각(?)부 ᄐᆞᆫᄂᆞᆫ 지계 우누(樓)에 기대여 ᄒᆞᆫ시 ᄉᆡᆼ으로 눈물은 ᄂᆞ리 ᄡᅳ고 져리 ᄡᅳᆺ고 ᄒᆞ다가 홍(洪)

슌ᄌᆡ의 ᄂᆞ려 옷고 안ᄂᆞᆫ 보고 우ᄂᆞᆫ 눔을 ᄭᅮᆺ치여 왈(曰)

여보 ᄉᆡᆨ도 ᄒᆞ오 이러타시 ᄉᆡ로 ᄉᆞ군 ᄌᆞ리 떠쳐 나셔든 날을 ᄒᆞ도 ᄇᆞᆺ이 한강(漢江水)에

ᄉᆡ여 ᄌᆞᆨᄋᆡ 죽기 ᄉᆞ면 도라가는 혼(魂)이라도 신셰(身世)가 편(便)ᄒᆞ겟소 여보 무ᄉᆞᆷ 마리언

으도 무(無)죄(罪)ᄒᆞᆫ ᄉᆞ랑은 이러타시 만(晩)ᄉᆡᆨ(?)ᄒᆞᆫ고 ᄂᆞᆯ ᄡᅡ라 ᄉᆞᆨ스러ᄒᆞ고 이젼보ᄉᆡ에 잇ᄭᅡ

슌(洪)한(翰)ᄒᆡᆨ 명(明)쳔(天)도 야속ᄒᆞ기

이ᄯᅢ에 홍(洪)한(翰)이 지ᄂᆞᆫ 듯 ᄂᆞᆫ지 ᄉᆞᆫ도지

어 그날 쳔(天)긔(氣) ᄒᆞ야 ᄡᅥ ᄒᆞ온

ᄒᆞ더 금(錦)... 은ᄂᆞᆫ 날이 ... 무(無)인(人)공(空)방(房)을 향(向)ᄒᆞ여 힘을 ᄌᆞᆫᄒᆞᆫ고 ᄂᆞ이셔 여러

홍(洪)한(翰)이 ... 은 어ᄃᆡ로 ᄂᆞᆷ고 왈(曰)

이런 이 ᄯᅢ 드러가 ᄒᆞ엿다

신(神)이와셔 홍승창(洪承彰)의 마음은 요동(搖動)케 ᄒᆞ엿더니 ᄉᆞ흔 본쳐(本妻)와 졍(情)이 서그러 십여년(十餘年) 젼은 파(把)
방을 폐ᄒᆞ고 희ᄉᆞ라 말ᄉᆞ라 남ᄉᆞ라 ᄒᆞ니 일년(一年) 열두 ᄃᆞᆯ에 ᄒᆞᄅᆞ 삼시(時) 식(食)ᄉᆞ 식방(食房)은 사(舍)
랑(廊)에 나가셔 ᄒᆞ고 이ᄯᆡᄂᆞᆫ 지 ᄒᆞᄂᆞᆫ 화가 태산(泰山)이 나친 듯ᄒᆞ여 화가 기ᄭᆞᆫ 풍ᄒᆞ여 나ᄂᆞᆫ다 기ᄭᆞᆫ 풍
ᄒᆞ노이 가ᄂᆞᆫ다
대방(大房) 거처(居處)ᄒᆞᄂᆞᆫ 아씨(娥氏) 세상 셤ᄒᆞᄂᆞᆫ 이ᄅᆞᆫ 이ᄯᆡ 잠간(暫間) 다녀 가시라고 엿ᄌᆞ오니 홍승(洪承)
자영감(令監)은 거역ᄒᆞ고 처단 모ᄉᆞᆷ을 ᄂᆞ후 아씨 쳘석(鐵石)ᄀᆞᆺ흔 낭군(郞君) 상사(相思)ᄒᆞ여 빈방으로 시야나 가 실(實)로 답답(沓沓)ᄒᆞ
홍승지(洪承旨) ᄃᆡ노ᄒᆞ엿다
홍승지가 추상(秋霜)ᄀᆞᆺ치 호령(號令)ᄒᆞ여 왈(曰)
이년 요망(妖妄)흔 년 쳡(妾)의 몸에 처ᄒᆞᆫ 엇지 일런
호령(號令)에 순(順)ᄒᆞᆫ 어린 이런 소리ᄅᆞᆯ 듣고 녀ᄌᆞ 쳔년 거머리는 상설(霜雪)이 ᄂᆞ리ᄂᆞᆫ 듯ᄒᆞ고 젼신(全身)은 얼어 드ᄂᆞ어
이러ᄒᆞ여 니랏ᄒᆞ고 말ᄒᆞᄉᆞ 히ᄉᆞ화로 엿ᄌᆞ와 왈(曰)
영감(令監)마님 죄(罪)ㅣㅣ 쇤네의 말ᄉᆞᆷ이 아뢰되 누츄(陋醜)ᄒᆞᆫ 드른지 기바라 ᄒᆞ여 ᄋᆞ다 쇤녀의
죄(罪)가 무슴 죄(罪)오 쇤네 일날 죄(罪)가 잇스려 영감(令監) 말슴 거시 조ᄒᆞ여도 말ᄒᆞᆫ 바다
못ᄒᆞ게 ᄒᆞ니다 쇤네ᄂᆞᆫ 아씨(娥氏) 심부름 나온 죄(罪) 밧게ᄂᆞᆫ 업슴니다 쇤녀 가이 엇지 ᄭᆡ드
되오되 상(上)아 ᄂᆞᆫ 엿ᄌᆞ온면 모든 ᄒᆞᆫ 이 왕(往)ᄂᆞᆫ 더 ᄯᆞ ᄉᆞ면 엇지 상전(上典)의 심부름을 ᄒᆞ리오
오되가 상전(上典)은 부모(父母)와 ᄀᆞᆺ다고 ᄒᆞ엿ᄉᆞ오니 무엇에든 고기를 ᄲᆡ아 ᄂᆞᆫ 줄

피풍모ᄃᆡ안경(被風帽戴眼鏡)ᄒᆞ고 셕졈 갓ᄐᆞᆫ 옥관ᄌᆞ(玉貫子) 눈 두 귀 겻ᄒᆡ 분명(分明)ᄒᆞ고 갓 칠흑 업시 옥년(玉蓮)이 양
혜오ᄃᆡ 옥년(玉蓮)이 오흔 ᄉᆞ상을 ᄯᅥ일ᄒᆞ고
네가 날 ᄆᆞᆯ모도 ᄯᅡ라 ᄯᅡᄃᆞ 삼쳥동(三淸洞) ᄉᆞ는 홍승증(洪承彰)이 향도ᄒᆞᄂᆞᆫ ᄉᆞ람이라 조곰도 의심(疑心) 말고 ᄯᅡ라 한다
라보며 ᄒᆞ와 이러트시 슈작(酬酌)ᄒᆞ올 졔 동산(東山)의 명황(明煌)ᄒᆞ며 올나오거ᄂᆞᆯ 옥년(玉蓮)의 ᄉᆞ음에는 오셔 ᄆᆡ
조곰ᄯᅩ 흘너 가는 ᄃᆡ 문 다 ᄉᆞ라 가니 얼마 심 갓던지 일층누각(一層樓閣)이 벽공(碧空)에 다힌 듯 문젼(門前)에 오류(五柳) 심
어 도연명(陶淵明)을 이웃 삼고 문(門) 안에 드러가니 섬우에 국화(菊花)는 조ᄋᆞᆫ 듯 빗겨 ᄯᅥ 원촌(遠村) 근촌(近村)에 유향(幽香)
을 보나고 방(房)안에 드러서니 사벽(四壁)에 부친 도화(圖畵) 휘황(輝煌)ᄒᆞ고 찬난(燦爛)ᄒᆞ여 측냥(測量)ᄒᆞᆯ 슈 업다 ᄒᆞ미라 이
ᄯᆡ 홍승증(洪承彰)은 옥년(玉蓮)을 ᄃᆞ려다가 방(房)안에 안쳐 노코 무ᄉᆞᆷ 이야기 ᄒᆞᆯ고 ᄒᆞ며 ᄌᆞ미(滋味) 잇게 ᄒᆞᄂᆞᆫ지라
혜벼락이 나려도 모르는 ᄯᅥ이라 옥년(玉蓮)의 얼골은 츈일(春日)과 갓튼 진 밤에 ᄌᆞ료ᄒᆞᆫ 곰 못ᄌᆞ고 풍연(風煙)
하셔 엿더라 명ᄉᆞ(明沙) 십리(十里) 해당화(海棠花)가 아ᄎᆞᆷ 이슬에 져진 듯 아리ᄯᅡ운 ᄭᅩᆺ비 ᄂᆞᆯ기 셰우(細雨)에 져진 듯 엇지
된고 ᄒᆞ회ᄅᆞᆯ 보라
인ᄉᆡᆼ(人生)이 ᄉᆞᆷ 겨워셔 조ᄅᆞᆷ 갓흔 거시 젼셜노 한탄(恨歎)ᄒᆞᆯ 비라 젹벽부(赤壁賦)에 일너스되 긔부(寄蜉)
유어쳔지(蝣於天地)ᄒᆞ고 묘창ᄒᆡ지일속(渺滄海之一粟)이라 ᄒᆞ며 츄풍ᄉᆞ(秋風辭)에 일너스되 소장(少壯)이 긔시(幾時)혜여 노노하(奈老何)
오ᄒᆞᆫ 여ᄉᆞᆺ슈 가련(可憐)ᄒᆞ다 인ᄉᆡᆼ(人生)이라 홍승증(洪承彰)이는 오셰(五歲)에 ᄌᆞ친(慈親)을 일코 십셰(十歲)에 부친(父親)을 일코
만 ᄌᆞ긔(自己) 슉부(叔父)의게 의거ᄒᆞ여 잇더니 십칠셰(十七歲)에 슉부(叔父)마져 일코 ᄯᅩ 이십셰(二十歲)에 셩혼(成婚)
ᄒᆞ여 ᄂᆡ외(內外) 셔로 ᄋᆞᆫ지 연 어린 ᄯᅢ고 ᄉᆡᆼᄒᆞᆫ 듯 이ᄒᆡ 기ᄅᆞᆫ ᄒᆞ고 ᄌᆞ미 잇게 지ᄂᆡ더니 양귀나

월하탄금셩 신쇼셜

시되렁 시러렁 ㅎ는 칠현금이요 시러렁 시러렁 ㅎ니 서북풍이 부러오니 시러렁 시러렁 ㅎ니
하서거의 삼경이라 만호장안에 등촉은 모도 ㅅ고 사방이 고요ㅎ는지라 동산지(東山之) 발근
달이 두우간(斗牛間)에 배회(徘徊)ㅎ니 [illegible] ㅎ는 칠[illegible] 그림자 [illegible] 빗치여 만[illegible]ㅎ며 부
용갓흔 기생들은 누구며 홍상들 거업고 삼삼 오오 작을지여 쌍쌍이 옥[illegible]는 [illegible]에 [illegible]는
경ㅎ 백[illegible] 화답에 번듯ㅎ 좌중에 잇는 사람 혹 심취ㅎ여 양세간지 [illegible]라 ㅎ는
미각전에 파연곡은 아리되니 그 노리에 ㅎ엿스되

노즈 노즈 소년시절에 놀지 아니ㅎ는 거지면 못노나니 동원에 낙화되면 오든 봉접을
쳐가고 남산에 고목되면 오든 호조도 쳐간다 ㅎ도다 이와 갓치
이셔가 [illegible]하여시고 [illegible] 한점 두점 뜬 듯ㅎ더라 보름 밤 둥근 달은 셔산에 걸치
엿고 나무 [illegible] 소ㄹ는 [illegible] 기러기 날아 드는고 사방에 [illegible] 들은 예여 [illegible] 제셔 [illegible] 산곡에
청계수는 예셔 졸졸 제셔 졸졸 ㅎ 사람이 이세를 당ㅎ면 혹 갑분 사람도 잇고 혹 슬픈 사람
도잇는 거슨 왕고 너금에 항상 잇는 거시엿다 더구나 이셔는 구시월 풍셜셔 [illegible] 잔[illegible] 든[illegible]
ㅎ고 [illegible] 도라 가 [illegible] 월[illegible]이 빗치여 안전을 가리엿다 홀연이 [illegible] 든 만
녀 [illegible]용은 즘간 보니 당나라 두목자가 회생ㅎ여 왓나 보다 [illegible] 심이 [illegible] 다

신소설 월하단금성

이복규

서경대학교 국어국문학과 교수.
주요 저서로 『설공찬전-주석과 관련자료』(시인사), 『초기 국문 · 국문본소설』(박이정), 『임경업전연구』(집문당), 『옛날이야기로 배우는 한자 · 한문』(대원미디어), 『부여 · 고구려 건국신화 연구』(집문당) 등이 있음.

신소설 월하탄금성

1999년 2월 20일 인쇄
1999년 2월 27일 발행

엮은이/ 이 복 규
펴낸이/ 박 찬 익
펴낸곳/ 도서출판 박이정
www.shinbiro.com/~books
130-070 서울시 동대문구 용두동 129-162
전 화/ (T)922-1192-3 (F)928-4683
온라인/ (주택)576037-01-001536
(우)010447-0053403
등 록/ 1991년 3월 12일 제1-1182호

값 7,000원

ISBN 89-7878-334-1